杨峰·主编

施永庆·著

众泉为我洗尘埃

人在济南

JiNAN

山东城市出版传媒集团·济南出版社

序

XU

讲好济南故事是我们的使命

看到济南出版社重磅推出的"济南故事"系列丛书，无论是作为济南城市的建设者，还是作为在这座历史文化名城工作与生活了数十载的济南市民，我都深感高兴与自豪。

伴随着这座历史文化名城发展变迁的足音，感受着这座时代新城前行律动的脉搏，我们会感到脚下的大地熟悉而又陌生。当时光列车即将驶入21世纪第三个10年的历史关口，济南的明天将会怎样，想必是每一位济南人都迫切需要了解的。要知道济南向何处去，首先要回答济南从哪里来。只有了解济南的昨天，才能知道济南的明天。了解济南故事，讲好济南故事，让更多的济南人热爱济南，让更多的外地人了解济南，使之成为建设美丽济南的磅礴动力，是我们义不容辞的使命。那么，了解济南故事，从阅读这套丛书开始，应该是个不错的选择。

济南是一座传统与现代相互融合的城市。一方面，济南地理位置得天独厚，南依泰山，北临黄河，扼南北要道，北上可达京师，南下可抵江南。济南融山、泉、湖、河、城于一体，风景绮丽，秀甲一方。她群山逶迤，众泉喷涌，城中垂杨依依，荷影点点，既有北方山川之雄奇壮阔，又有江南山水之清灵潇洒，兼具南北风物之长。作为齐鲁文化中心，她历史悠久，文脉极盛，建城两千多年以来，文人墨客、名士先贤驻足于此，歌咏于此，留下无数美好的诗篇。近代开埠以来，引商贾、办工厂、兴教育，得风气之先，领一时风骚。这些都是济南的老故事。

另一方面，作为山东省政治中心、经济中心、文化中心，当前的济南正面临新旧动能转换先行区、中国（山东）自由贸易试验区济南片区、黄河流域生态保护和高质量发展三大国家战略叠加的重大机遇，正对标习近平总书记

"走在前列、全面开创"的目标要求，阔步从"大明湖时代"迈向"黄河时代"。今日之济南，围绕"打造四个中心"，建设"大强美富通"现代化省会城市，努力争创国家中心城市，统筹谋篇布局经济社会发展，大力发展大数据与新一代信息技术、智能制造与高端装备、量子科技、生物制药、医疗康养等十大千亿级产业集群，加快产业转型升级，一大批重大工程、重大项目落地投产，城市发展充满了无限生机。同时大力推进城市建设管理更新，中央商务区勃然起势，"高快一体"快速路网飞速建成，城市容颜焕新蝶变，城市品质赋能升级，城市文明崇德向善，生活在这座城市里的人们，有着以往从未有过的获得感、幸福感和安全感。现在的济南又趁势而上，加快实施公共卫生应急管理、营商环境优化、双招双引、项目建设、科技创新、城市品质提升、扩大对外开放等十二项重点攻坚行动，踏上了更为壮阔的高质量发展新征程。这是济南故事的新篇章。

作为时代变化的参与者、见证者，同时也应是优秀传统文化的守望者和美好故事的讲述者，我们有责任深入讲好济南故事，告诉世人济南的前世与今生。但也许是尊奉礼仪之邦"讷于言而敏于行"的古训吧，这些年我们做了很多，讲得却还不够。济南出版社策划出版"济南故事"系列丛书，可谓正当其时。它从多层面多角度挖掘、整理和诠释济南风景名胜、人文历史，向世人娓娓道来，并以图书的形式呈现出来，是一件有着深远意义的事情。我希望这套丛书能成为一把钥匙，为读者打开一扇门，拨开历史的风尘，带领读者穿越时光，纵览波澜壮阔的历史长卷，与往圣先贤来一场跨越时空的对话。

翻开它，我们走进历史；合上它，我们可见未来。

中共济南市委常委、市委宣传部部长　　杨峰

济南

众泉为我洗尘埃

JINAN

前言
QIANYAN

济南新名片

  济南似乎是一个与"三"有缘的城市。济南城里有三大名胜：千佛山、趵突泉、大明湖。济南这个城市有三张名片：杜甫的名句"海右此亭古，济南名士多"，刘鹗所著《老残游记》中的"家家泉水，户户垂杨"，老舍先生创作的散文《济南的冬天》。这里还有古代三大文学名家：李清照、辛弃疾、张养浩。甚至在济南，敬酒也是要敬三杯。有人戏称，这是因为济南的"济"字是三点水，趵突泉也是三股水。

  戏言不必当真，但说济南是一个有着悠久历史、深厚文化和独特山水风光的城市，大概多数人都会深以为然。这样一个城市，应该有人去描绘，也一定有人去描绘！我的书橱里关于济南历史文化、自然风光的书，就有几十种之多。

  几十种就算多吗？多乎哉？不多也。相对于济南这座城市来说，再多也不算多。因此，当我看到永庆发来的这部书稿时，不禁又是一喜。如果说每一本描绘和赞美济南的图书都是一张济南的名片的话，那么，永庆的这本书可算济南的一张新名片了。

  但就一张名片来说，光是"新"并没有什么出奇，关键是看它有无内涵，有没有吸引人和打动人的地方。永庆在这方面可谓用力最勤、用心最深。他倾注了无限情感在济南的街巷之中和城市周边不断地行走，在行走

JINAN

中寻觅，在寻觅中思索，在行走、寻觅与思索中把自己化为了济南的一部分，也把济南变成了心中的镜像。于是，他心中抒写的欲望与冲动越来越强烈，难以自抑，就自然地形诸笔端，变成了这样一篇篇优美的文字。

我们透过这些文字，可以看到城子崖古老遗址下藏着的故事，可以看到大明湖微微烟波上浮动的历史，可以与南新街上漫步的老舍对谈，也可在某一条街巷里不期然地遇到闵子骞、鲍叔牙、苏轼、曾巩、张养浩、李攀龙、王士祯、蒲松龄、刘凤诰，或者冯沅君、陆侃如、王统照、卞之琳、王献唐、舒同。我们会恍然觉得，这个城市里偶然闪现的他们的背影，遥远而又切近，迷离而又清晰。他们让这座城变得深沉、厚重而又潇洒、俊逸。或许，这就是文化的力量、文人的风采和魅力。济南，曾经为他们提供了一个舞台，他们也在这个舞台上留下了自己永不褪色的光芒。当年的他们，"你站在桥上看风景，看风景的人在楼上看你"，而今都已化作一轮明月，长久地装饰着我们的梦。

对于大多数人来说，济南的山、泉、湖应该是更让人流连忘返的，这些自然都一一展现在永庆的笔下。令人欣喜的是，我们看到他笔下的山、泉、湖，有了更多历史的底蕴、文化的内涵和情感的分量。他以历史学、考古学和文化学的眼光来打量它们，寻其宗，探其源，并且细致地呈现历代文人墨客为这些自然景观涂抹上的人文色彩，甚至将那些美好的民间传说也摄入笔端。他写的是山、泉、湖，他的每一篇文字又细细编织了一个"万宝囊"：嗅一嗅，芳香扑鼻；打开来，五彩缤纷。我在登山看泉的时候曾经展开这些文字吟咏，感觉比此前来时有了更多的情味，意趣盎然。读山水游记，做"纸上旅行"固然不错，但如果能与山水之游结合起来欣赏，那就更是一番难得的享受了。我们再登山赏泉时，携一卷永庆的新书如何？那自然是一种佳配。

文人总爱恋旧，永庆也不例外。他写消失的西门，写芙蓉街、曲水亭街、东流水街、后宰门街，写状元府，甚至写大明湖畔的一处废墟——钟楼寺台基遗址，均让人既无比神往，又感慨唏嘘。这些地方都似是长满了皱纹，深深刻印着历史的沧桑。

　　我从这些文字里读出了永庆胸膛里跃动着的那颗"文心"。永庆就是这样一个人，他能将思绪与情感倾注于文字，写下自己对这个世界的理解，有哀伤，当然也有渴望。我们读了这些文字，可以更加深入地了解济南的前世与今生，进而思考它的未来。

　　我觉得，这些文字构成了这部书稿中最有价值的部分，不管时光如何流逝，它们都将闪烁着自己的光彩。他所描写的这些人与物与事，也都会与济南相生相伴、难以分离。其实，一部书有这样一些文字就足够了。

　　济南烙印在他的文字里，他的文字也与济南的人文、山水如影随形。这样的文字，可不就是济南的一张新名片吗？

张期鹏

于济南垂杨书院

JiNAN

目录
MULU

人在济南：众泉为我洗尘埃

JINAN

JINAN 济南故事

第一章

文学秘境 大师游踪

大东风雅城子崖

柳韵荷风从远处吹来，在乡间的公路上带来了清凉。车过龙山镇，一眼望去，"城子崖遗址博物馆"的巨大标志映入我的眼帘。恍然间，一座历经沧桑的谭国古城从远古走来，若隐若现，梦回西周。

走在宽阔的道路上，我想起了著名的《诗经·小雅·大东》中的诗句："周道如砥，其直如矢。君子所履，小人所视……"周公东征平定了管蔡之乱后，为更好地控制鲁西（小东）和泰沂山区以东区域（大东），设立了东都洛邑，修建了从洛邑出发的军用道路，用来运送兵车和辎重，直达包括古谭国在内的东方诸国。这些国家的财富，也通过这条道路源源不绝地输入周朝，让老百姓发出忧伤的吟唱——"小东大东，杼柚其空……既往既来，使我心疚。"诗作者是古谭国的一位大夫，面对被侵占、被欺凌的祖国，他只能发出愤怒的低吟。我脚下这条宽阔的公路，不知是否就铺在当年那条西周如砥如矢的驰道上。但我知道，眼前这座城子崖遗址，不仅是济南最早的城垣，也是华夏文明历史上最早的城市雏形。西周时，古谭国分封于此，是汉时的东平陵城、北宋时的济南府的前身。

博物馆是一座以原始社会土城建筑风格进行建设的土堡式建筑，一恍就把人从现代社会拉回到了远古。我跨入大门，旋即被厚重的历史感所笼罩。面前大理石地板上刻着一连串的重要文化节点，形成了一条历史时空大道。从8 500年前的西河文化开始，一直到2 000多年前的商周文化，这便是脚下这块土地连绵不绝的文明传承。而古谭国，便是处于商周文化时期的一个被湮没的历史古国。

《齐乘》载："春秋谭国，齐桓灭之。"古谭国为西周至春秋时期的诸侯国，西周穆王时期（约前976~前922年），周穆王封懿公于谭，位置便在龙山镇，再次开启了城子崖的辉煌。古谭国的灭亡，据说是因为齐国公子小白逃亡，开始欲到谭国，谭国国君不予接待，由此种下了祸根。后来小白回国即位，即春秋时的齐桓公，后成为"春秋五霸"之首，谭国也没有派人祝贺，再次激怒了齐桓公。结果，谭国在前684年为齐国所灭。

其实，古谭国的灭亡，更多是受其独特的地理位置所累。它南倚泰山山地北缘，北临黄河（古济水）南岸，"盖青济之喉襟，登泰莱之要冲"，为兵家必争的战略要地。春秋无义战，其身旁有东边的齐国和南边的鲁国两大强邻，匹夫无罪，怀璧其罪，加上其本身国势微弱，被灭亡是迟早的事。

我到此地，本是追寻谭国大夫吟唱《大东》时的古风，却没想到，古国遗址竟然是传承中国远古文明的载体。1928年，考古学家吴金鼎发现了作为新石器遗址的城子崖。但他也没想到，这座神奇的古城从地表往下，竟然分别是商周文化、岳石文化和龙山文化古城城墙依次堆积，并且城墙重叠，层次间没有中断，从4 600年前一起延续到2 000年前。展厅里，有一段古老城池的长方形

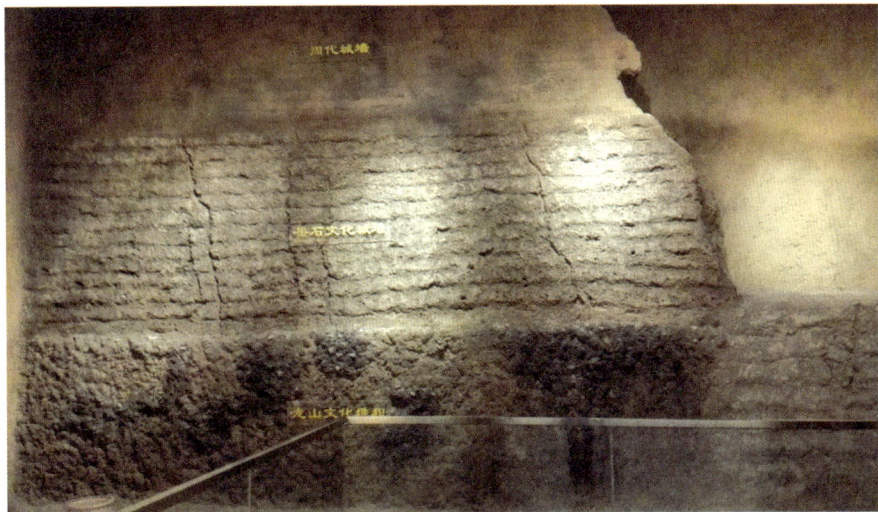

三代古城城墙堆积

版筑夯土城墙叠压，进而还原了宫殿、民居、手工作坊的地基，勾勒出先民生活与劳作的场景。放眼望去，夏、商、周不同时期的出土文物异彩纷呈。腰系兽皮，赤裸着上身的先民从蛮荒走来，手拿石器、骨器、蚌器辛苦劳作；石镞已然残破，仿佛带着先民在原始森林的呼喊；陶鬶长流高颈，整体造型展翅欲飞；铜戈锈迹斑斑，却依然杀气纵横。在那巧夺天工的蛋壳黑陶杯前，我仿佛听到了4 000年前筑城打夯的远古之声，看到了春秋时期城子崖下的刀光剑影……

古城遗址就像一首跌宕起伏的史诗，诠释了一个神秘国度的匆匆过往。数千年的岁月流转，中间又有着多少不为人知的故事，他们的精神世界又有着怎样的喜怒哀乐？中国历史开始有明确纪年是共和元年，即前841年，而《大东》诞生于前684年谭国灭亡前。《大东》作者的姓氏、经历和生活年代已无从稽考，而他的诗，穿过久远的历史时空流传下来，诗中会有着怎样的力量啊！我突然明白，真正的风雅，不是风花雪月、丝竹管弦、吟诗作对、饮酒为乐，而是面对艰难，记录人生的困苦，用诗笔写下对生命的感悟。命运，是我们必须从容面对生活的原因，就像诗中愤怒地"问天"："维南有箕，不可以簸扬；维北有斗，不可以挹酒浆。"满天的星辰张开了大网，然而，箕星不能簸米，斗星不能舀酒。苍天啊，为何不能救百姓于水火，解万民于倒悬？智者随波逐流，而拙者必迎难而上。

群雄争霸，改朝换代，金戈铁马、硝烟四起中，承受苦难的永远是下层百姓，又有谁能真诚地为百姓歌与哭？诗中，那波澜壮阔的想象，那忧时伤世的吟唱，是否就是500年后汨罗江边的三闾大夫屈子、1 900多年后的泉城"二安"？当屈骚传统影响着中国诗歌的道路，《大东》这首远东诗歌的开山之作，是否也为济南这座诗城的崛起奠定了坚实的基础？

古城遗址太老了。当历史的神秘帷幕落下，民间便有许多动人的传说，像城子崖每百年一献宝，除夕夜高粱红米变金珠、牛粪变元宝等。这中间最有意思的是娶媳妇变俩新娘的故事，说的是轿夫贪走近路穿过城子崖，结果新郎掀开轿帘出来俩一模一样、如花似玉的新娘，原来有一个是狐仙变的。呵呵，这

东平陵故城遗址石碑

不就是《聊斋》故事吗？

传说中也有信史。"舜耕历山，伯益与之为友。"据说辅佐大禹治水的伯益发明了打井技术，使先民们无须奔波于河流之滨，就可方便地获得生活和农田灌溉用水，对北方城镇的形成有重大的促进作用。遗址中井的发现，印证了这个古老传说。

夕阳西下，落日的余晖洒在城子崖古老的台地上，让古城显得格外静谧。但在我心里，这却是一片翻腾的巨浪。城子崖哪里像它表面这样静默，它是济南古国古城古文化的发展史，是华夏文化的黎明，是先民拓荒奋进的抗争，是一首兼具现实主义与浪漫主义的古歌！而我，就在离去的惆怅里，沉醉在《大东》宏大的歌声里：

维天有汉，监亦有光。跂彼织女，终日七襄……

我看了看头顶，银河还没有出来。但我知道，那启明长庚、牵牛织女，那满天的星斗，始终闪耀在华夏民族历史的天空之上。

大明湖之孕

一

我一直以为，大明湖是济南灵魂的孕育之所。它是城里的一个内湾，一碧万顷，湖光潋滟，波光照耀了济南一个又一个光辉时代。

1 400多年前，早在北魏年间，著名地理学家郦道元在《水经注·济水》中如此记载："其（泺）水北为大明湖。"趵突泉是古泺水的源头，它和珍珠泉、芙蓉泉、王府池子等一道形成了这大自然的恩物。之后，人们在大明湖边营筑亭台楼榭，遍栽花木，人文建筑与湖光山色相得益彰。

再后，诗圣杜甫以"齐鲁青未了"回答了泰山的疑问后，大老远地又跑到大明湖历下亭，写了一句著名的"广告词"："海右此亭古，济南名士多。"一句话牵出一大串名士风流。之后，曾巩、苏轼、苏辙、晁补之、元好问、李清照、蒲松龄、赵孟頫、李攀龙、王象春、王士禛、刘凤诰、铁保、刘鹗、郭沫若、老舍等历代名士都为其美景所陶醉，在湖畔留下诗文墨宝，传于后世。就连乾隆皇帝，也要三番五次地跑来凑热闹，卖弄一下他那实在不怎么样的诗文，即使帝王之尊也想在"济南名士"中占个位置。

确实，济南潇洒似江南啊！传统意义上的江南，在小桥流水、烟柳画船、风帘翠幕中展示着优雅、甜美或娇柔。遍布大明湖的，除千年古亭历下亭之外，还有宋元时期的北极阁、汇波楼，明清时期的南丰祠、铁公祠、退园等30余处名胜古迹。众多古迹，皆掩映于苍松绿柳和溪桥水陂之中。漫步小沧浪亭

俯瞰大明湖

边，吟着"四面荷花三面柳，一城山色半城湖"的名句，看碧波之上画舫穿行，小舟荡漾，天光云影，游鱼可见。湖边堤柳夹岸，莲荷叠翠，处处花繁树茂、垂柳披拂，台榭点缀其间。"佛山影落镜湖秋，湖上看山翠欲流"，南面的千佛山倒映湖中，形成一幅天然画卷。湖内湖外一派繁华景胜，俨若北国江南，怎能不引得人们诗心大动？

　　仔细想想，济南之于江南，仅"似"而已，名士风流中蕴藉更深的是北国汉子的铁血丹心。明湖南岸，离山东省图书馆大明湖分馆不远处便是辛弃疾纪念祠。郭沫若为辛弃疾纪念祠题抱柱联云："铁板铜琶继东坡高唱大江东去；美芹悲黍冀南宋莫随鸿雁南飞。"此联前句赞扬辛词豪放雄浑开一代新风，后句叹稼轩报国无门抒千古悲愤。一边是"壮岁旌旗拥万夫"立下赫赫战功的浴血将军，曾率五十骑闯入金国五万人大营，缚叛徒张安国从容而归；一边是"唤取红巾翠袖，揾英雄泪"写下悲情诗词的文豪大家。这可谓扩展了"名士"内涵。此后，大明湖将这份铁血诗情烙进济南的灵魂深处：宋有大搞水利建设的曾巩；元有哀民生多艰的散曲大家张养浩；明有顾炎武"天下兴亡，匹夫有责"的"明清实学"，以及屡挫燕王坚守济南、最后兵败成仁的兵部尚书、山东布政使铁铉；清有近代公共图书馆创始人周永年；民族危亡之际有血沃中华的中共一大代表王尽美、邓恩铭，有"五三惨案"中壮烈殉国的蔡公时。庙堂之高与江湖之远中，真的名士在诗文风流中自有着尚风骨、崇气节、重责弘毅、慷慨赴难的担当。

不久前，大明湖扩建工程完成，重建超然楼、明湖居、闻韶驿等历史古迹，增辟"老舍与济南""秋柳人家"等文化展馆，新建"七桥风月""秋柳含烟"等八大景观，以水穿引，桥溪相接，更有江南的风韵，且免费向老百姓开放。

我觉得，这样很好，有风骨和免费的大明湖才是最好的。不信你看看清晨超然楼下老年健身舞的壮观表演，还有傍晚"曾堤萦水"边凭本心靠近的少男少女。

二

若是以锦绣华章比喻大明湖，历下亭就是这篇华章的文眼和诗心。

本来，历下亭籍籍无名。北魏郦道元说："池上有客亭，左右楸桐，负日俯仰。"此客亭不过是供官府迎宾、行人歇脚休息用的，而杜甫来了之后，它有幸目睹了济南文化史中最值得纪念的一幕。

唐天宝四年（745年）夏，杜甫赴临邑（今山东临邑县）看望任临邑主簿的弟弟杜颖。在途经济南时，恰逢齐州司马李之芳建造的新亭竣工，时任北海（今山东青州市）太守李邕也正在济南，还有蹇处士等其他知名人士。他乡遇故知，相见甚欢。于是，他们在碧波环抱的古历下亭（原址在今五龙潭畔）设宴雅聚。文人相聚，胜景当前，自然诗酒相伴。于是杜甫即兴写下了著名的《陪李北海宴历下亭》诗：

东藩驻皂盖，北渚凌清河。

海右此亭古，济南名士多。

云山已发兴，玉佩仍当歌。

修竹不受暑，交流空涌波。

蕴真惬所遇，落日将如何？

贵贱俱物役，从公难重过。

时年，李邕68岁，早已名满天下，能诗善文，尤长于碑颂。其书法与书圣王羲之相提并论，称"右军如龙，北海如象"，对宋元的几位书法大家如苏轼、欧阳修、黄庭坚、赵孟頫等有重大影响。而当时33岁的杜甫，虽是个后生小子，但诗圣的"光焰万丈"已隐约闪现。开元二十九年（741年），杜甫尚"少贫不自振"，可年长他30余岁、在文坛上已享有盛名的李邕却"奇其才，先往见之"，在洛阳更主动约见杜甫。这使得杜甫倍感荣幸和意外，其在《奉赠韦左丞丈二十二韵》和《八哀诗·赠秘书监江夏李公邕》中两次述及此事，引以为荣之情充溢于字里行间。

在此盛会后两年，李邕就遭到奸相李林甫的政治迫害，惨遭杖杀。对此，杜甫悲痛欲绝，写道："坡陀青州血，芜没汶阳瘗。"济南记住了这个伯乐与千里马、文豪与知音之间的故事，也赋予历下亭这个原本无名的建筑以永久的文化象征意义。

安徽滁州醉翁亭因欧阳修而名，浙江绍兴兰亭因王羲之而兴，北京陶然亭因白居易而扬，还有苏州沧浪亭、江西滕王阁、湖南岳阳楼等，均因文人题咏而名扬天下。历下亭也是如此，因为杜甫和李邕的诗会而扬名，并穿越王朝的兴废更替与兵火战乱，顽强地屹立在大明湖边。

现在的历下亭在大明湖中央的小岛上，为重檐八角式，匾额"历下亭"三字为乾隆手书，亭南廊柱楹联即"海右此亭古，济南名士多"，为清代书法大家何绍基书写。历下亭屡废屡建，其间主要经历三变：北魏至唐，在五龙潭畔；宋、金、元、明时期，在大明湖南岸；清代至今，矗立在大明湖湖心岛中央。历下亭的屡废屡建，反映着人们对杜甫和李邕这段友谊永久的纪念。

大明湖风光

　　试看各个时代的记忆：北宋曾巩在齐州任职时，将历下亭重建于大明湖南岸州衙宅后，留下了他60余首诗；明时，历下亭在"府城驿邸历山台下"，明"后七子"的领袖李攀龙曾捐资在原址重建，其人倡导文学复古运动，主盟文坛20余年；清顺治十四年（1657年）秋，"神韵派"鼻祖王士祯在大明湖南岸即席作《秋柳》诗四首，后人据此创秋柳诗社；清康熙年间，山东按察使喻成龙、山东盐运使李兴祖二人利用宋人建于湖心岛的环波亭废址重建历下亭，引来蒲松龄写下多篇诗赋赞美；清咸丰九年（1859年），时任山东盐运使的陈景亮倡导重修历下亭，竣工后邀请何绍基书丹刻石，并有联语记之。可谓历朝历代均有文宗来此缅怀记胜。

　　蒲松龄在《古历亭赋》结尾所述，可谓这些文宗的心声："于今百年来，再衰再盛，恰逢白雪之宗；焉知千载下，复废复兴，不有青莲之后哉！"在蒲翁的眼中，历下亭的兴废已经紧紧地和济南文脉的兴废结合在一起。

　　在我的理解中，文人总未免孤独。"欲取鸣琴弹，恨无知音赏"，于是文人多将个人情怀向名山胜水诉说，山水常结骚人不解之缘。但文人更希望天涯有知己，高山流水遇知音顿成文人们最大的梦想。通过审美的各种艺术活动，人们才能达到精神的超越与心理的慰藉。于是，山水之间文人的聚会就一再被人传颂，如西汉梁园胜会、建安邺下宴集、西晋金谷诗会、东晋兰亭诗会、北宋西园雅集等。在这种聚会中，才学的展示、知音的寻觅、地位的提升都可能得到满足，文坛的佳话或者说是传奇就此产生。

无疑，杜甫、李邕和历下亭的故事就是这一社会心理和文化现象的最好载体，千载之下，令人思之再三。明白了这点，关于为什么一代一代的文人墨客都要来此以李杜为主题抒发一下胸臆，就可以理解了。

三

除了杜甫与李邕的友谊，大明湖最不应忘记的就是曾巩。

在大明湖东北岸，有一座南丰祠，抱柱上悬有一则楹联——"北宋一灯传作者，南丰两字属先生"，道出了这位给大明湖打下深深烙印人物的历史地位。

无须记录他在北宋时政治与文学上的成就，仅看他在济南（1071~1073年）时的政绩：他将治理水患与规划整治大明湖有机地结合在一起，构建了今天明湖美景的总体框架。

一是修筑北水门以泄洪和调节水位。北水门的建成构成了现在大明湖的雏形，城墙将城区与蓄洪区隔开，为齐州百姓造福久远。清道光六年（1826年），山东布政使刘斯湄为曾巩祠碑撰文时写道："至今民赖以安，永除水患。"

二是筑建百花堤成游览胜地。利用清淤湖泥修筑了一条贯穿湖南北的长堤，将湖水隔为东西两部分，间以石桥沟通湖水，亭台错落其间，成为一时之胜。可惜宋、金、元后，东湖渐废，沧海桑田，现成为南北历山街等街巷民居。

三是大量修建亭台及"七桥风月"环湖风景带，使济南初步成为园林城市。曾巩在任职期间修建历山堂、泺源堂、百花台和北渚、环波、水香诸亭，为大明湖风景园林定下了基调。尤其值得一提的是，他围绕着大明湖建起了七座小桥接引城区诸泉之水，如同条条玉带串接湖、泉、河、池，似彩虹卧波，如梦如幻。据史书记载，七桥"曰芙蓉，曰水西，曰湖西，曰北池，曰百花，曰泺源，曰鹊华"。2008年大明湖扩建，新辟的"七桥风月"景区，除"泺源桥"被"秋柳桥"替代之外，其余桥名均沿袭古时称谓，同时重建了"曾堤萦水"景区，也可说是对曾巩的怀念吧！

曾巩离任齐洲没几年，苏辙任齐州掌书记，其兄苏轼曾两次到济南，其中一次在济南生活了一个月，时常去百花堤和"七桥风月"赏玩。想是受了曾巩治理大明湖的启发，后来苏轼在杭州治理西湖时，利用疏浚西湖挖出的葑泥修建苏堤，创造出著名的"苏堤春晓"景观，元代又称之为"六桥烟柳"，却是与大明湖"七桥风月""四面荷花三面柳"精神差相仿佛了。

曾巩给济南留下的，不仅仅是大明湖园林景区的基本框架，以及受这些景观吸引而形成的文人墨客的流连，还有他对大明湖表达热爱的文字。在曾巩曾任职的六七个州郡中，他对济南府山川人文感受最深，情有独钟，自云"何如潇洒山城守，浅酌清吟济水边"。其文集中有关齐州的诗文作品数量也最多。据统计，曾巩《元丰类稿》一书中所收录的其作于齐州知州任上的文有10余篇、诗达70余首（全部诗作400余首），其中题咏济南风物胜景的有五六十首，对大明湖畔的亭台桥堤均有题咏，抒怀写照，历历在目。看他描写大明湖的诗："杨柳巧含烟景合，芙蓉争带露华开。城头山色相围出，檐底波声四面来。"（《环波亭》）这首诗把大明湖烟柳莲荷、四面山色、湖光云影的景象整体托出，与"四面荷花三面柳，一城山色半城湖"有异曲同工之妙。清人王士祯《带经堂诗话》曾言："曾子固曾判吾州，爱其山水，赋咏最多，鲍山、鹊山、华不注山皆有诗，而于西湖尤焉。"

谈起纵情于大明湖的山水风流，曾巩自己在《齐州杂诗序》中说"亦拙者之适也"，这句话意味深长。想想宋代长时间的新旧党争和苏轼的"乌台诗案"之祸，就可以明白那时政治斗争的残酷了。在儒、释、道三教合一的潮流下，文人士大夫将儒家的"兼济天下"与"独善其身"兼容并蓄，从注重功利向关注内在修养转化，把自我人格的完善看作人生的终极目标。文人个体趋于冷静、现实，回避社会矛盾。作为宋代文人的精神领袖之一，曾巩试图从党争中逃脱出来，目光更多地投向山水田园，将身边琐事和宴饮生活这平凡世俗化的题材纳入诗中，平实自然中有着意境之美，生活气息中有着诗情画意，吟风弄月与生活纪实完美结合到一起。就像他在诗中写道"俯仰林泉绕舍清，经年闲卧济南城"（《酬强几圣》），"总是济南为郡乐，更将诗兴属何人"（《郡斋即事二首》），"一枝数粒身安稳，不羡云鹏九万飞"（《次道子中书问归期》）。可以说，在大明湖的湖山林泉美景中，他无奈的精神有所归依，心灵的痛楚有所慰藉。"何须辛苦求人外，自有仙乡在水乡"（《西湖二首》），在对大明湖美景的营建和吟咏中，曾巩找到了负载自己人格理想的山水田园。

这样，我们就更能理解他在离开济南后，在旅途船上对西湖（即大明湖）波月的眷恋："从此七桥风与月，梦魂长到木兰舟。"多年后，他在《寄齐州同官》一诗中再次写道："谁对七桥今夜月，有情千里不相忘。"令他魂牵梦萦的，不仅仅是大明湖的风月，还有他理想的自我人格。

可以说，杜甫以"济南名士多"的预言播下了一颗文化的种子，而曾巩以他对大明湖的湖山林泉的构架和吟咏，为这颗种子的苗壮成长营造了良好的园林环境，吸引着文人墨客纷至沓来，在文化传承之路上走出了关键的一大步。

苏辙在《舜泉诗并叙》中云："……闻济南多甘泉，流水被道，蒲鱼之利与东南比，东方之人多称之。"苏辙因慕济南仿佛江南的甘泉流水风光而来，留下了题咏济南的山川湖泉、胜景风情的诗歌数十首。大明湖的美景先后吸引来数百位知名诗人文士游览题咏，其中著名者如北宋时期的欧阳修、苏轼、王安石、晁补之，金元之际的诗文大家元好问，元代的张养浩、赵孟頫、郝经，明代的边贡、李攀龙，清代的施闰章、王士禛、朱彝尊、蒲松龄、翁方纲、阮元、孔尚任、姚鼐，近代的康有为，现代的胡适、老舍等。正是这些名人游踪和题咏诗词的存在，使得大明湖在具有秀美自然风光的同时，也沉淀了深厚的文化底蕴和内涵。

大明湖夜景

四

　　有一个希腊神话：塞浦路斯国王皮格马利翁喜爱雕塑，他在孤寂中用象牙雕刻了一座表现他理想中女性的美女像。久久依伴，他竟对自己的作品产生了爱慕之情。他祈求爱与美之神阿佛洛狄忒赋予雕像以生命。阿佛洛狄忒为他的真诚爱情所感动，就让这座美女雕像活了起来。皮格马利翁遂称她为伽拉忒亚，并娶她为妻。这个故事所体现出的就是著名的"皮格马利翁效应"，也称"期待效应"。"皮格马利翁效应"成为"一个人只要对艺术对象有着执着的追求精神，便会发生艺术感应"的代名词。

　　使一个人发挥最大能力的方法，是赞赏和鼓励；使一座城市精神变得更富内涵，是代代文人不倦的讴歌与努力。应该说，杜甫"济南名士多"这句话在

当时宴饮场合来看，是对李邕慧眼识人的感谢与赞颂，对当时在座的济南知名人士也不无客套和拔高之意。可后世看来，以诗圣之名题词，是一种预言，也有期盼、期待之意。

"北海遗踪历下亭，一时诗酒会文星。几番改建名如旧，杨柳看人眼尚青。"清人范堉的《竹枝词》道出了历下亭的历史变迁与世事兴废。大明湖有大自然恩赐的独特地理环境，杜甫无意中造就的传奇、曾巩对它的美景的构建和对传统文人生活与人格理想的出色诠释，引得历代文人墨客一遍遍地为济南写就华章，最终使得"济南名士多"成为济南当之无愧的描述。

先是济南土生土长的"二安"——辛弃疾（字幼安）和李清照（号"易安居士"），两人皆为词之大家，豪放雄浑和婉约温柔相映成趣；接着是元散曲大家张养浩、杜仁杰、刘敏中；至明清时期，诗书大家如繁星满天，乃至形成"济南诗派",济南遂成文学重镇。清代王士祯提出了"济南诗派"这一概念:"吾济南诗派,大昌于华泉(边贡)、沧溟(李攀龙)二氏。"这一诗派,以明代"历下四诗人"(李攀龙、边贡、殷士儋和许邦才)为主干,并在其周围,会集了一大批优秀的诗人,如王象春、李开先、刘天民、边习、潘子雨、谷继宗、袭勖、华鳌、葛曦、毕自严等。粗略算来,明、清两代有近150人。其中,王象春曾自豪地说:"济南名士多,从昔然矣。"杜甫当年的预言终于成为现实。

至清嘉庆、道光年间,以马国翰为核心成立了大明湖诗人团体"鸥社",主要成员有马国翰、周乐、王德容、何邻泉、李纬、郑云龙以及谢焜等,不过这已是济南诗派的流风余韵了。

"文章,经国之大业,不朽之盛事。"在杜甫的预言和曾巩等历代文豪的培育下,名士风流对近代济南民众思想起到潜移默化的作用,从个体思想扩展为群体思潮,在历史转折的关键时期发出夺目光辉。先是"乾嘉学派"的领袖之一周永年开设近代公共图书馆,促进了知识的大传播;然后是在清光绪二十七年(1901年)以"为天下储人才,为国家图富强"为办学宗旨的山东大学堂的设立,为后来各地大学堂的兴建树立了典范;1904年,济南自开商埠,实业救国,开创了近代中国内陆大城市对外开放的先河,开始向现代城市转变;1921年,中国共产党诞生之际,中共一大13名代表中,济南有2人,在国内6个早期共产党组织中,济南小组为其中之一。

可以说,从诗文风流到济世安民,杜甫所播下名士文化的种子在大明湖千百年的孕育中已成长为那满园的荷柳,在泰山的屏障和黄河的怀抱里摇曳生姿。

苏轼：济南山水的遗憾

大多数文人墨客来济南，是因为倾慕"济南潇洒似江南"的美景。而苏轼与济南是一个超越地域的故事，因为亲情是冬天里最暖的棉衣，可以突破空间与时间的限制。

苏轼与苏辙从幼年时期就相伴成长，同窗共读，"未尝一日相舍"。苏轼说"嗟余寡兄弟，四海一子由"，而苏辙说"抚我则兄，诲我则师"。两人一生中相和诗高达748首，可见感情深厚。兄弟俩同年得中进士，步入仕途后，他们不得不各奔前程，聚少离多。北宋熙宁六年（1073年）夏天，苏辙试图任职南方未果，"闻济南多甘泉，流水被道"，风景之美不次于江南，于是自请而来，由陈州学官改任齐州掌书记。此时，值不惑之年的苏轼在杭州，已经三年多未见苏辙，对弟弟的思念之情日甚，于熙宁七年（1074年）请移密州（今诸城），十二月到任密州太守。就这样，一代文豪苏氏兄弟先后赴任山东大地。

苏辙初到济南之时，正赶上齐州"大旱几岁，赤地千里"。而苏轼面临的是蝗虫之灾，"岁比不登，盗贼满野，狱讼充斥"。就这样，有"笔头千字，胸中万卷"的苏氏兄弟全身心地投入到"致君尧舜"的赈灾救济工作中。济南与密州距离虽然不远，但二人却无法见面。"济南何在暮云多。归去奈愁何。"（《画堂春·寄子由》）在无法前往济南见弟弟的思念下，苏轼先后写了多首传世之作。《望江南·超然台作》作于由苏辙命名的超然台上："休对故人思故国，且将新火试新茶。诗酒趁年华。"深沉的思念与豁达的心胸洋溢着对生活的热爱。《水调歌头》则是作于熙宁九年（1076年）中秋之夜的千古绝唱，"但愿人长久，千里共婵娟"的深沉期盼更是超越了兄弟之情，化作对普天下人类情感最美丽的祝愿。

文学史上每每风云际会必有名作传世，而济南尤多。如杜甫与李邕历下亭之会的"海右此亭古，济南名士多"；王士祯于大明湖水面亭雅集《秋柳诗》四首；刘凤诰与铁保小沧浪亭之会的"四面荷花三面柳，一城山色半城湖"。我总以为，诗神让苏氏兄弟来到山东，让苏轼感悟宦海的沧桑、酝酿着创作的技巧、压抑着思念的波澜长达两年之久，并写下如此之多怀亲诗词，还有《江城子·十年生死两茫茫》《江城子·密州出猎》传世……前奏如此精彩，那么，在济南山水的背景下，他们相聚时的正戏将会是怎样一个高峰！

诗神在此时却闪了一下腰。熙宁九年（1076年）十二月，苏轼奉旨调离密州。转赴徐州途中，苏轼有了途经济南的机会。然而，苏辙却在熙宁九年（1076年）十月就已罢齐州之职回京述职。就这样，兄弟两人失去了一次团聚的欢乐，浓烈的情感失去了喷薄的出口，济南山水失去了一次被宠幸的机会，而文学史上也少了一页传之千古的华章。

苏轼在济南大约待了一个月，游览了济南山水，在槛泉（今趵突泉）赏梅花，还在槛泉亭墙壁上画了一枝寒梅。尽管有初到时三个侄子迎接的喜悦，"忆过济南春未动，三子出迎残雪里"，也有与好友李公择（时任齐州知州）共游时"济南春好雪初晴，才到龙山马足轻"的轻松自在，但没见到分别多年的弟弟，加上仕途的艰难，苏轼的心情是黯然的。"聚散细思都是梦，身名渐觉两非亲"，即使有大明湖美丽的风景，依然"天气乍凉人寂寞，光阴须得酒消磨"（《浣溪沙·荷花》）。面对槛泉的激湍，他也是"萧然卧灞麓，愁听春禽哢"（《次韵李公择梅花》）。或许正是这种浓浓的骨肉愁思，让济南山水未能在苏轼心中打下深深的烙印。他也有"四面垂杨十里荷"的佳句（已是"四面荷花三面柳"的先声），但终归无法比拟他在密州时的巅峰之作。就这样，济南山水留下了一丝丝遗憾。

苏轼虽然没有在济南留下千古名篇，却也让我们看到了兄弟情的典范。《宋史·苏辙传》云："进退出处，无不相同，患难之中，友爱弥笃，无少怨尤，近古罕见。"在苏轼三起三落、跌宕起伏的人生中，苏辙的不离不弃让人感喟。人生诸多情感中，血脉亲情是最为稳固的，患难之交是最为慰藉的，知己之情是最让人惊艳的，当三者合而为一的时候，这样的人生将有着怎样的庆幸与感激！正如苏轼在"乌台诗案"中的"遗言"："与君今世为兄弟，又结来生未了因。"

文坛一段佳话已经诞生，而诗神的目光从济南移开，一道神秘的光芒照向了黄州（"乌台诗案"后，苏轼被贬黄州，即今湖北黄冈）。

从此七桥风与月

每次到大明湖边游玩，都忍不住要去走走那28座石桥。它们若虹，若练，若月，若亭，若廊，若舫，如玉带迤逦，似长虹卧波，散布在烟柳苇岸之中。行走其间，不管春阳照眼还是风雨潇潇，均有烟波画图水乡行的感觉，让人情不自禁想起杜牧的诗"二十四桥明月夜，玉人何处教吹箫"，道尽了水乡石桥空灵飘逸之美。这就是明湖新八景之"七桥风月"。说起来，这离不开"北宋一灯传作者，南丰两字属先生"的曾巩。

曾巩在济南期间（1071~1073年）切实为百姓做了许多好事。让我们至今仍享嘉惠的是，他将治理水患与规划整治大明湖有机地结合在一起，在修建北水门的基础上，以北渚、环波、水香等亭和芙蓉、水西、湖西、北池、百花、泺源、鹊华诸桥形成了"七桥风月"环湖风景带，奠定了明湖美景的总体框架，使济南初步成为园林城市。以至于苏辙"闻济南多甘泉"，自请而来，留下了题咏济南山川湖泉诗歌数十首。从此，大明湖吸引着无数文人墨客不绝而来。

如今，大明湖新区复建了当年的曾堤和"七桥风月"。"曾堤萦水"景区从百花桥开始，一条石板路由南向北串起凝雪桥、竹韵桥、南丰桥，直至北水门汇波楼，楼南便是纪念曾巩的南丰祠。那一天，冬日的阳光清泠，我在南丰桥上，看见桥西大明湖碧波荡漾，湖心岛上树林黛色如烟，依然如春景般清朗明媚。而桥东水溪曲折蜿蜒，中有竹树青青，幽然深致，超然楼自绿树丛中拔地而起巍巍耸立。桥一边是光风霁月般的广阔通达，一边是曲溪通幽的蔚然深秀。不禁遥想，当年曾巩是否也像我一样沐浴着冬日的阳光？

阳光在宋时和今天并无二致，洒落时只有不同心灵感受的差异。曾巩在

大明湖的石桥

《齐州杂诗序》中说："余之疲驽来为是州"，闲暇之余写诗，"亦拙者之适也"。"疲驽""拙者"颇为意味深长。曾巩至齐州时，正值王安石变法。想想新旧党争和"乌台诗案"，就可以明白彼时政治的叵测。然而他在湖边捻须微笑，提笔写下了情有独钟的诗句："何如潇洒山城守，浅酌清吟济水边。""何须辛苦求人外，自有仙乡在水乡。""太守自吟还自笑，归来乘月尚留连。"在他的诗里，我感受到诗情画意的生活气息、意境之美中的平实自然，里面满满的都是两个字：安适。

平凡之人在面对困境时，总想要寻找某种依靠，或是宗教，或是外力。但人类是孤独的，最可靠的只有自己。我不知道曾巩是否也曾有绝望的心情，是否曾向人生极限挑战，但我知道他留下了一座他努力建设过的园林城市，和作于齐州知州任上的70余首诗（全部诗作400余首）、10余篇文。这些诗篇温暖着他，让他在大明湖边度过了一段难忘的岁月。那七座美丽的桥如同现在一样，接引着城区诸泉之水，如同条条玉带通连串接湖、泉、河、池，似彩虹卧波，如梦如幻。我想，串连起的，定然还有他那如泉水般清澈的心灵和对生活无比的热爱。据史书记载，曾巩从济南调任襄州知州时，老百姓舍不得他走，"州人绝桥闭门留之"。无奈之下，曾巩只得在夜里"乘间乃得去"。这时的他，是尴尬的，但更多的应是欣喜。济南记着他，他也怀念着济南，尽管为官襄、洪、福、明、亳、沧等州多地，却再也没有了"从此七桥风与月，梦魂长到木兰舟""谁对七桥今夜月，有情千里不相忘"的眷恋与怀想。让他魂牵梦萦的，不仅仅是大明湖的风月，还有他向人生困境挑战的曾经。

有人说，一个人一生是否会留下遗憾，要问自己三个问题：一是，身后有没有留下点什么；二是，是否向自己的人生极限挑战了；三是，是否具有向权威挑战的精神。我觉得，对曾巩来说，这三点似乎并不重要，他以积极的心态为百姓谋福祉，以从容的微笑为心灵谋安适，无论成败，都是了无遗憾的一生。南丰先生，在济南得到他人生意义上的丰收。

世事沧桑心事定，胸中海岳梦中飞。某一天，当我们的心中掀起不为别人所重视的惊涛骇浪，或心中苦闷之时，那就去走走曾堤的桥吧，去读读曾巩的诗吧，去南丰祠陪陪曾巩的樟木雕像吧。老先生儒冠长髯，宽袍大袖，双手持一书卷，清瘦的面容之上一双温暖的眼睛，永远凝望着大明湖的波涛起伏……

词魂与清泉相伴

凡游趵突泉者，无不到李清照纪念堂一观。其可观者有：郭沫若题写的"一代词人"照壁，前院漱玉堂，后院静治堂，西院易安旧居有竹堂等。这些串起了李清照在不同时期不同地点的生活场景。院落中绿荫满地，溪水环绕。"溪亭"飞瀑、曲廊诗词，讲述着一个美丽词人的生平。

漱玉堂正殿立着李清照汉白玉雕像。两侧展厅里所展示的李清照坎坷不凡的一生经历和她所取得的艺术成就，让人生出无穷感慨。稍有文学常识的人都知道，词至宋朝，蔚为大观，李清照以其现存七十余篇诗文，成为"婉约派"代表，与苏轼、李白、杜甫等齐名。

静治堂是赵明诚在莱州知府任上时宅第的名字。李清照随丈夫赵明诚在静治堂居住，这段时期是李清照婚后最为安逸的五年岁月。趵突泉静治堂的室内陈列有李清照生活的四个场景蜡像，有"父母教诲""诗坛绽秀""志同道合"等。这大概是李清照一生中生活最愉快的时期。说起来，李清照的父亲李格非为当时著名学者兼散文家，列"苏门后四学士"之中，与张耒等

李清照纪念堂

人相友善；母亲出身于官宦人家，也有文学才能。他们让她通晓音律，长于诗词，工散文，能书画，在内给她一个欢乐祥和的家庭，在外给她北宋诗坛顶级的诗歌创作环境。少女情怀总是诗，她描绘自己的生活格外动人："绣面芙蓉一笑开，斜飞宝鸭衬香腮，眼波才动被人猜。"（《浣溪沙·闺情》）"和羞走，倚门回首，却把青梅嗅。"（《点绛唇·蹴罢秋千》）透过这些词句，一个精灵活泼、眉眼灵动，却又娇羞怯怯的邻家小妹穿越时空，呈现在我们面前。

上天在给了李清照一个美好童年和青年时期的同时，也给了她一段美好的爱情。在李清照18岁那年，她嫁给太学生赵明诚。两人有共同的爱好：切磋诗词、金石考据、饮酒读书。李清照在《金石录后序》中回忆两人相处的岁月：

余性偶强记，每饭罢，坐归来堂烹茶，指堆积书史，言某事在某书某卷第几页第几行，以中否角胜负，为饮茶先后。中即举杯大笑，至茶倾覆怀中，反不得饮而起。甘心老是乡矣。

两人通过角力记忆，比赛谁先喝茶。欢乐之时，笑得将茶倒在身上。一起游戏，一起弹琴，共尝新茶，品评金石文物，就这样，在一起的时光该有多好呢？"甘心老是乡矣"是两人共同的愿望。

"常记溪亭日暮，沉醉不知归路。兴尽晚回舟，误入藕花深处。争渡，争渡，惊起一滩鸥鹭。"幸福的日子里容易沉醉，短暂的离别更见爱情的刻骨铭心："此情无计可消除，才下眉头，却上心头。"（《一剪梅·红藕香残玉簟秋》）"莫道不消魂，帘卷西风，人比黄花瘦。"（《醉花阴·薄雾浓云愁永昼》）每一个句子无不让人回味无穷，每一篇小令均是对美好生活的记录。将日常生活凝练成千古名句，可以说人生的幸福莫过于此。

然而，北宋末年时局动荡，导致李清照后半生艰难坎坷：国破家亡、颠沛流离、中年丧夫、再嫁婚变、身无子嗣、孤苦伶仃、文物遗失、备受污蔑嘲讽……这些曲折的经历，却让李清照在凄苦的晚年，在兵荒马乱中，因忧国忧民而激发出了更大的创作热情，她的很多作品都是在南宋时期完成的。一个诗人在国家遭受苦难时，往往会因为忧国忧民而激发出更大的激情，从而打开诗人的襟怀而写出千古不朽的诗句。清代诗人赵翼在其七言古诗《题遗山诗》中是这样表达的："国家不幸诗家幸，赋到沧桑句便工。"

无疑，我们看到家庭的早年培育和个人的遭遇对李清照有着重大影响，却没有看到济南的山、水、湖、泉对她的影响。在济南，李清照早年有两首词。一首是《怨王孙》，词中有句："湖上风来波浩渺，秋已暮，红稀香少。山色水光与人亲，说不尽，无穷好。"另一首是著名的《如梦令·常记溪亭日暮》："常记溪亭日暮，沉醉不知归路。兴尽晚回舟，误入藕花深处。争渡，争渡，惊起一滩鸥鹭。"

我在大明湖边流连，忍不住用相机留下荷风柳韵、岸花汀草。大明湖的湖山之美，唐宋之时就很有名了，李白、杜甫、高适、苏轼、曾巩均宦游于此。苏辙说，"闻济南多甘泉，流水被道"，因此慕名而来，并有"饮酒方桥夜月，钓鱼画舫秋风。冉冉荷香不断，悠悠水面无穷"的写景佳句。生长于斯的易安居士将这一幕幕场景留在了自己青少年时的灵魂深处。她带着一双发现美的眼睛，在泉、河、湖、山里找到一种朴素而又伟大的东西——真诚。正如她的父亲李格非所言："诚不著焉，则不能工。"美必然是真诚的、自然的，她把自己被清泉荷柳、山色湖光所同化的细微体验和生活感悟都转化到诗词的创作中去。济南潇洒似江南，易安婉约源济南，当她童年和青年最早的生活体验浸染着这一片荷花柳浪时，诗歌的真谛便在她心中萌芽，从此其所有的诗词深处便是这一片婉约的荷乡水国。

或许是为尊者讳，静治堂中所列反映其生平重大场景的雕像中没有她遭遇骗婚的一幕。腐儒讥其晚节有亏，然而，这件事也是理解她词作的"钥匙"。流落江南时，孤苦中的李清照遇见觊觎她仅存文物的张汝舟，并遭其骗婚。识破其丑恶面目后，李清照毅然选择向官府检举张的科举作弊，以图离婚逃脱婚姻牢笼。宋代法律规定，无论什么原因，妻子只要状告丈夫，就要坐三年牢。对宋时的一般弱女子来说，仅此一条便会退缩。而李清照以不惜玉石俱焚的壮烈展示出"巾帼不让须眉"的豪气和奇气。

还是读读这位婉约词人的作品吧！靖康之难，朝廷放弃首都渡江南逃，清照作《乌江》："生当作人杰，死亦为鬼雄。至今思项羽，不肯过江东。"还有其偶吟的两句诗："南来尚怯吴江冷，北狩应悲易水寒。"50岁时，清照作《上枢密韩公诗》云"欲将血泪寄山河，去洒东山一抔土"；晚年流寓浙江金华时，其所作《题八咏楼》中有句"水通南国三千里，气压江城十四州"。其《打马赋》结句："木兰横戈好女子。老矣不复志千里，但愿相将过淮水。"

非黑无以知白，非冬寒无以知春暖，非刚烈无以知婉约。在封建礼教日趋繁细的宋代，清照强烈的独立意识，是远远超越那个时代的，即使放在现代，也不易做到。唯有如此，才能提出词"别是一家"的著名论断，才能以强烈的女性意识成为"词国皇后"，易安体才能超越时空，至今依然打动每一个敏感丰富的心灵。

那一天，我去章丘百脉泉公园，李清照故居便在园内。如济南李清照纪念堂一般，其故居旁边也有漱玉泉。此泉圆形护栏，鹅卵石铺底，泉水奔腾跳跃，与纪念堂前方形泉池清泉盛而无声各有其趣。我观泉之性源清流洁，以其无瑕引人相就；泉之形包容万有，空明纯粹，可以从中照见万物；泉之声清冷有韵，可以宁心静神。那一会，我感觉易安体的骨髓灵魂就是济南的泉水，明白如话、韵律悠扬，可以直指人心，洗神定魂，激起了普通人情感上的共鸣，进而窥见宇宙人生之秘。

又一日，我在大明湖南岸汇波桥边漫步，转折间竟入藕神祠。祠联为当代济南名士徐北文隶书手笔："是也非耶，水中仙子荷花影；归去来兮，宋代词宗才女魂。"原来，自清代起，李清照便被封为藕神祭祀。清人王秋塆有诗记之：

芙蓉为裳水为佩，藕为船兮久相待。柳絮泉寒菊影瘦，魂兮归来结光彩。湘妃拜，洛神贺，荷叶作酒杯，薄醉娇无那。

藕神之祀，估计也就济南才有，却也极有意蕴。莲子虽心苦，荷叶却图团圆。藕身虽陷泥中，却有节且味甘。藕丝纤纤绵绵，却缠绕人们心头柔软之处。其时，夏月荷花大如盆，圣洁高贵，香气盈野，启人幽思。如此奇物，正与易安居士气质相符。

斯文不坠白雪楼

"泺源风景冠齐州，更筑诗豪白雪楼。"明人边习诗中所说的白雪楼，为著名诗人李攀龙旧居。现其纪念馆位于"冠齐州"的趵突泉东南。我去的时候，正值深秋，一栋两层仿古小楼，红柱花窗，古朴典雅，掩映在假山绿树之中。周围无忧泉淙淙有声，湛露泉、酒泉、石湾泉静静流淌，黄菊临水而照。刹那间就觉得人与泉交相辉映，诗香共花香袭人而来。

李攀龙（1514~1570年），字于鳞，号沧溟，历城人。他和王士祯共同发起了文学复古运动，形成一个新的文学流派，被称为"后七子"。其本人则

白雪楼

是"济南诗派"的代表人物。这座白雪楼的诞生，还要从他的一件逸事说起。

明嘉靖三十七年（1558年），李攀龙在陕西按察司提学副使任上，其上司挟势倨傲，"以檄致于鳞"，让他帮忙写私人文章。"檄"是古代官府用以征召、晓谕、声讨的文书，对受檄者有一种居高临下的姿态。李攀龙受够了官场窝囊气，想起了1100多年前的陶潜因为耻于向督邮弯腰而挂印回家，于是效仿先贤而回乡。第二年，他在历城县王舍人庄东北鲍山，取"阳春白雪，曲高和寡"之意建白雪楼，并描绘说："大清河抱孤城转，长白山邀返照回。无那嵇生成懒慢，可知陶令赋归来。"在大清河与长白山的怀抱里，他希望与如嵇康、陶潜般高风亮节的人物为伴，方不负"鲍山白雪"的佳境。

他做到了。楼门上楹联曰："人拟古今双学士，天开图画两瀛洲。"后人赞誉他与边贡一道，像嵇康、陶潜一般高标行世，积极进取，开辟了"济南诗派"的道统。隐居白雪楼10年间，他与王士祯、殷士儋、许邦才等人诗酒往还，悠游于湖山之间。他以流畅清新的笔触绘就华不注、大明湖、佛慧山、龙洞等地的秀丽风光，成《白雪楼诗集》，这使他名动海内，执天下文柄。因为重文人气节，李攀龙当不成厚黑的大官，却成了一个大诗人。

步入楼内大厅，在"大东风雅"的牌匾下有李攀龙的铜像。他顶冠儒衫，瘦脸长须，端坐在太师椅上，思索的眼中有着微微的笑意。与之对视时，让人有着此地会心的感觉。墙上大幅会友图再现了他与友人酬唱的盛景。

李攀龙铜像

除了鲍山白雪楼，他还在大明湖南岸百花洲建第二座白雪楼。山间楼高朋满座，进楼的唯一标准就是好诗喜文；而湖中楼干脆就没有路，只有一叶扁舟可载雅士入内。当代济南名士徐北文在《李攀龙》中描绘雅集情景："楼名白雪起三层，拒客屏舟高自矜。何似蔡姬葱馅美，自家风味至今称。"

后来我读李攀龙的诗文集时，看到的却是他心境的无奈："劝君高枕且自爱，劝君浊醪且自酌。何人不说宦游乐，如君弃官复不恶。"嘉靖年间是奸臣严嵩专权时期。才情横溢的李攀龙在尔虞我诈的官场之中无法施展政治抱负，但效仿陶潜，保全自身于故乡的秀山丽水间，对济南也是一件幸事。

杜甫的吟诵让历下亭历经千年时光而不坠，同样，白雪楼因为记载了李攀龙的梦想而在400多年间经历了多次毁灭与重生。明万历年间，时任山东布政使的叶梦熊出资在趵突泉畔，李攀龙少时读书处，建起了第三座白雪楼，以表达追慕之情，此楼在清初倾圮。清顺治年间，时任山东布政使的张缙彦在原址再次重建"泺源白雪楼"，此楼1956年因年久失修而被拆除。1996年，济南市政府在泺源白雪楼遗址上重新修建了如今这座白雪楼。据载，李攀龙生前曾集资重修历下亭这一城市文化符号，而后人效仿他的举动重建白雪楼，不仅是对文化先贤的追念，也是传承一种历史精神和城市记忆。

当我走出白雪楼时，我听到了一阵丝竹管弦之声："苏三离了洪洞县……"唱腔流利婉转，字正腔圆，激起了台下一阵阵叫好声。原来，白雪楼的北面，是与之连成一体的戏台，每日京韵阵阵，曲弦悠悠，京剧、吕剧、柳子戏等剧种各展异彩。我想，阳春白雪的高贵雅致和下里巴人的活泼热闹，都能让生活充满欢笑。艺术的魅力本就来源于生活，入耳为佳，适心为快，这才是李攀龙筑白雪楼真正的初衷。

云庄的抉择

一

墙外，金字塔尖顶搭住斜阳。

墙里，常春藤蔓枝寂静生长。

一片飞花懒吻着轻蝶的垂翅，

花粉，蘸几点青痕霉化在墓石苔上。

著名诗人王统照《雪莱墓上》描绘的诗境，让人心里生出淡淡的安静，与我在张公坟所感受的气息十分吻合。没有金字塔尖，也没有轻蝶漫飞，我看到的是一片高大的绿树顶住西斜的太阳，透过枝叶洒落的金光，在林间动荡。这片墓园如此的静谧，三间四柱石坊上"张文忠公之墓"六字让人升起崇敬之情。

元代名臣张养浩（1270~1329年）之墓位于济南市北部北园镇柳云村，东临西泺河，西临清河北路，南北河塘相抱。进入墓地，最先看到的是一对饱经风雨剥蚀的石狮子，左瘦右肥，没有常见守护兽的威严狰狞，却给人以萌萌的天真可爱之感，让人心中顿时放松下来。穿过牌坊，路的尽头便是高约两米的封土，青砖围砌，边上有4座张氏家人墓陪伴。封土之上，芳草萋萋。不知名的野花飘落在墓前残破的石供桌、石香炉上，与墓石的青苔拥在一起，与周围杨柳依依、芳草绿波相伴，显得格外清幽，丝毫没有墓地固有的阴森之感。

这让我不由得想起墓园大门上的对联——"风竽鸣地籁，云锦发天机"，横批为"水月松风"。我到过许多名人墓地，其对联多为对墓主的介绍或评价，唯有此处，为墓主自作，描述自然之致，人处天机地籁之中，大概就是天人合一的境界了。

墓园中引人注目的是明清以来的四通碑刻，其中两块刻的是祭文，青砖封边护持。西边一座是龟驮碑，碑首有龙身雕饰，

张养浩雕塑

碑上文字已漫漶。东边的碑文是明朝弘治六年（1493年）吏部尚书尹旻等所写，大致为追述张公生平的内容，历经风雨的字迹正日渐模糊。而山东省人民政府1992年6月所立碑的背面文字，对其生平有着较为详细的介绍。

"执法牧民为贤令尹，入馆阁则曰名流，司台谏则称骨鲠，历省台则号能臣，是诚一代之伟人欤！""贤令尹""名流""骨鲠""能臣"，元代史学家苏天爵对张养浩仕途中四个阶段的评价很是公允。张养浩一生经历了世祖、成宗、武宗、英宗、泰定帝和文宗数朝，他从山东东平学正，一个基层掌执学规、考校训导的小官开始，历任堂邑县尹、监察御史、礼部侍郎、礼部尚书、参议中书省事等职。他留下了《牧民忠告》《风宪忠告》《庙堂忠告》等文集，分别是他在地方官、监察系统、中央省部任职时的经验总结，是历代官箴中的精品，至今仍列入官员群体必读书目。

"归去来兮，田园将芜胡不归！"至治元年（1321年），有感于官场的险恶，张养浩在五旬之际，弃官还乡，建著名的云庄别墅，开始了一段优游林泉的生活。从陶渊明之后，中国古代有太多的文人徘徊在"仕"与"隐"之间，这成为中国古代文人一种独特的生活方式。比如在张养浩之后的历城人李攀龙，便是以归隐后的诗文感动了人心，趵突泉畔白雪楼400年间屡废屡建，始终不坠。如果只是这样，他只是重复着中国古代文人的"达则兼济天下，穷则独善其身"，在朝为能吏，归田为诗人。然而，张养浩最为独特之处，却是他生命的最后阶段，以病弱之身，出任陕西行台中丞，赴陕西救灾，最后以身殉职，散发出他生命中最为夺目的光彩。

张养浩是一个坚定的民本主义者，他的一生，是为民理想和"骨感"现实不断碰撞的过程。他的卓越之处，是善于审时度势，在"全身"与"为民"中找到恰当的结合点，成就了一段独特而又让人钦佩不已的人生。

二

张公坟西门外有一条马路，路对面是一片池塘。池塘四四方方，明显是人为开挖而成。池塘北面为柳云村，西南为张公坟村——据说，这儿便是著名的云庄旧址。

至治元年（1321年），有感于官场的险恶，张养浩弃官还乡，在此建云庄别墅。他开渠引水成湖，名曰"云锦池"；借水构势，建"遂闲堂""绰然亭"等亭台楼阁。因此地为泰山北，张养浩便取唐人李邕诗"太山雄地理，巨壑眇云庄"意，命名其为"云庄"。

静心思考张养浩的人生，可以发现，归隐云庄的决定是一次"神退隐"。在此前一年，张养浩被任命为参议中书省事。年轻的新皇帝元英宗，极为信任张养浩。英宗即位后的第一个元宵节想在宫禁之内张挂花灯做成鳌山。鳌山，是宋元时俗，以花灯堆成巨鳌形状的灯山，花费甚巨。张养浩就上奏右丞相拜住劝止。这种"拂逆鳞"的事，皇帝当然大怒，但当他发现奏折是张养浩写的，却转怒为喜，接受了这个建议。按说，有了皇帝的信任，正是张养浩大展宏图的时候，他却在这一年的六月，以归养年迈父母的理由辞职。两年后，至治三年（1323年）八月五日，南坡政变发生，元英宗在睡梦中于上都南边南坡店被弑，右丞相拜住同时被杀，波及人员无数，"至治新政"流产。

"神退隐"还有第二次。南坡政变后第二年（泰定元年，1324年），朝廷以太子詹事丞兼经筵说书之职召张养浩赴大都任职。给太子当老师，这是一个清贵的职位。据说张养浩都在赴任的路上了，到通州后却称病请辞。四年后，泰定帝驾崩，元文宗即位，这中间政局动荡不休，政变、叛乱屡起。是什么样的原因让张养浩坚定自己归隐的抉择，成功避开危险的风暴，这一直让我百思不得其解。

张养浩归隐云庄是他生命绚烂之时的淬火。在家乡，他过着优游林泉、吟诗听曲的生活。

"四围山，会波楼上倚阑干。大明湖铺翠描金间。华鹊中间，爱江心六月寒。荷花绽，十里香风散。"

寥寥数十字，便将济南四面环山、明湖半城、中有华鹊二山居间、满城荷花香的美景描绘出来。济南山水胜景留在他的曲词里。他在大明湖中划船，在汇波楼里赋诗，在历下亭听曲，在华不注山上饮酒，与友人纵情，与山水相看，留下了许多精彩名句。

"鸟飞云锦千层外，人在丹青万幅中。"

"万山青绕一茆庐，恰便似画图中间里。"

"四面云山无遮碍，影摇动城郭楼台。"

"一江烟水照晴岚，两岸人家接画檐。"

……

如今每当我登临大明湖畔的汇波楼、城北的华不注山，便会想起700多年前一个饱经沧桑的老人对故乡山水的那份眷恋。济南历史上有许多著名的本土诗人，如辛弃疾、李清照、李攀龙、王士祯，前二人基本未留下对故乡风景的描写，后面诸多诗人中，对故乡情感最为深挚、描绘最为细致的，怕是无人超过张养浩。

"绰然亭后遂闲堂，更比仙家日月长。高情千古羲皇上，北窗风特地凉，客来时樽酒淋浪。花与竹无俗气，水和山有异香，委实会受用也云庄！"

在《水仙子·咏遂闲堂》中，张养浩描绘了自己的悠闲生活：白天与三五好友泛舟湖上，饮酒赋诗唱曲；夜里则秉烛思读，过着神仙般的悠闲生活。在离开权力风暴中心、隐居云庄的8年里，他创作了150多首散曲作品，俱为描绘故乡山水之作，结为《云庄休居自适小乐府》，诗文编定为《归田类稿》40卷。这奠定了他在文学史上的地位。明人朱权在《太和正音谱》中评价张养浩的散曲："如玉树临风。"

云庄是张养浩仕途最盛时的抉择，也成为他的精神家园和世外桃源。

三

离开云庄，慷慨以赴国难，是张养浩又一次艰难的抉择。

当张养浩沉浸在故乡山水的美丽中时，天历二年（1329年），朝廷再次征召他，担任陕西行台中丞。这时的陕西，史载"关中大旱，饥民相食"，很明显，这是国家在危难时刻发出的一份沉重的召唤。

在此之前，朝廷曾多次礼聘他出山：归乡休居不到4个月，即召他为吏部尚书；为老父守孝不到3年，又以吏部尚书召；泰定元年（1324年），又召他为太子詹事丞兼经筵说书，给太子当老师；再召为淮东廉访使，进翰林学士。他一一拒绝了。

就在许多人认为他会像往常一样辞掉，在故乡的山水中终老的时候，张养浩却说："民苦饥馑，而吾宁不为之起乎？"随即，他"即散其家之所有与乡里贫乏者，登车就道"。年迈的母亲拖着病体泣诉说："我年迫八旬，汝发亦素，此别之后，再见无期。"但他心系灾民，以国事为重，拜别慈母决然奉召再仕，日夜兼程奔赴陕西任所。

请注意，他不但接受朝廷的征召，而且还把家中财物全部赠送给贫苦百姓。在家乡的好日子他不过了吗？从数次坚拒朝廷征召带来的高官厚禄，到痛快地接受任命，甚至散去家中财物，这中间有什么样的变化？

想要理解他的抉择，还要看他的作品。除了歌咏家乡美景的诗，他还有一些曲词，描绘着他内心无尽的冲突。

"在官时只说闲，得闲也又思官，直到教人做样看。从前的试观，那一个不遇灾难？楚大夫行吟泽畔，伍将军血污衣冠，乌江岸消磨了好汉，咸阳市干休了丞相。这几个百般，要安，不安，怎如俺五柳庄逍遥散诞。"（《沽美酒兼太平令》）

"正胶漆当思勇退，到参商才说归期。只恐范蠡张良笑人痴。捱着胸登要路，睁着眼履危机，直到那其间谁救你！"（《朱履曲》）

因为看到了屈原、伍子胥、项羽、李斯这些人最终惨遭横祸，故张养浩归隐，但他们所建立的一番功业，不正是其寒窗十载之后所渴望的吗？满腹经纶，却壮志未酬，进退维谷之间才会有这些巨大的内心冲突。张养浩的逍遥与挣扎、散淡与执着、水云之间与执政为民的巨大矛盾心理，构成了他博大而丰富的立体人格和一个有责任感的读书人的内心世界。

张养浩最为人所称道的是其描绘趵突泉的名句——"三尺不消平地雪，四时常吼半空雷"，道尽了泉水那汪洋恣肆的奔腾。他还有一首同题诗，写出泉水如此雄健的原因："物平莫若水，堙阻乃有声"，只因面对重重的阻碍，才会从通往沧海的大地深处，汲取元气，来一个"搏激风涛惊"。从这里，我深深明白了一颗对世事悲凉却依然有着"老骥伏枥，志在千里"的雄心。正是有着这种雄心，才使他超越了"兼济"与"独善"的传统命题，焕发出一个古代文人前所未有的光彩。从这里，才能理解他最终接受征召的内心世界。

在张养浩的心间，以庙堂之位，谋取民间平和喜乐，终究是抛不开的梦想。庙堂之痛，却也是解开生民之痛的良药。致君尧舜上，再使风俗淳，这是中国文人永远抹不掉的情结。轻轻一触，它会像水晶般折射出七彩的光芒。

四

天历二年（1329年），年近六旬的张养浩踏上了赈灾的道路。途中，他目睹饥民惨象，泪沾衣襟，写下了惊心动魄的诗作寄给当朝宰相：

西风匹马过长安，饿殍盈途不忍看。十里路埋千百冢，一家人哭两三般。犬衔枯骨筋犹在，鸦啄新尸血未干。寄语庙堂贤宰相，铁人闻此也心酸。

这条路上，他在山水诗酒中的情感得到全面升华，从而达到一个崭新的大境界。他把自己对国家、对民族的慈悲、情感、怜悯、牺牲全部放上生命的天平。

他心中充满了对灾区百姓的怜悯，西行路过洛阳、渑池、潼关，向长安进发。一路上，他看到饥民遍野，饿殍满路，主动开始了救灾工作，"遇饿者则赈之，死者则葬之"，每日目睹白骨盈于野的惨象，写下了《哀流民操》："哀哉流民！为鬼非鬼，为人非人。哀哉流民！男子无缊袍，妇女无完裙。哀哉流民！剥树食其皮，掘草食其根……"

他充满了挑战困难的勇气。天灾降临，人祸更甚。奸商与贪官污吏勾结起来，以纸钞污损为名，趁机营私舞弊，哄抬物价。张养浩将府中1 850多万贯钞票背面盖上印记，又刻印小额钞票发给穷人，命令米商凭钞票上的印记把米卖给他们，然后到国库兑换银两，成功地救济了一大批百姓。

他的诚心甚至感动了上苍。他在华山祈雨，雨连下两日；到任后，他再次在社坛祈雨，"大雨如注，水三尺乃止"。欣喜之下，张养浩写下了《一枝花·咏喜雨》："用尽我为民为国心，祈下些值玉值金雨。数年空盼望，一旦遂沾濡，唤醒焦枯，喜万象春如故……""恨不得把野草翻腾做菽粟，澄河沙都变化做金珠。直使千门万户家豪富，我也不枉了受天禄。"

他为灾难中的百姓流下悲伤的泪水。在华山，他举行了祈雨仪式。对一些人来说，这只是个仪式而已，但他目睹百姓的苦难，"泣拜不能起"，这要心中有多少慈悲才能如此；他听说"民间有杀子以奉母者"，不由得为之大恸，就自己出钱去救济百姓。"民之流亡，如己流亡；民在缧绁，如己在缧绁；民陷水火，如己陷水火；凡民疾苦，皆如己疾苦也……"他践行了自己在《牧民忠告》中的誓言。

他以"鞠躬尽瘁，死而后已"阐述一个为官者的责任心。"有其任斯有其责，有其责斯有其忧。任一县之责者则忧一县，任一州之责者则忧一州，任一路之责、天下之责者，则以一路与天下为忧也。"他在陕西任上，四个月都没有回过家，白天出赈饥民，夜晚则向苍天祈祷，为民求福，每天想起百姓的悲惨，皆陷于痛哭中。最终，繁重的救灾和操劳工作使其身心俱疲，数月后，他一病不起，最终病逝于赈灾任上，享年60岁。

威廉·福克纳说："诗人的声音不应只是人类的记录，而应是使人类永存并获胜的支柱和栋梁。"赈灾过程中，张养浩睹尽民间悲伤，回想起自己几十年所见的官场黑暗，追古抚今，写下了9首《山坡羊》怀古曲。在潼关，他纵笔酣写山川的壮美，以强烈的感情、沉郁的声调，对数千年来封建王朝的兴废发出了绝望却又震撼人心的浩叹：

峰峦如聚，波涛如怒，山河表里潼关路。望西都，意踌躇。伤心秦汉经行处，宫阙万间都做了土。兴，百姓苦；亡，百姓苦。

此时，元王朝的掘墓人朱元璋刚刚诞生。39年后，大元王朝轰然倒下。随后的明清两朝，底层老百姓依然过着衣不蔽体、穷困潦倒的生活。"永乐盛世"中，老百姓"剥树皮掘草根以食""卖妻鬻子以求苟活"。"康乾盛世"里，老百姓"立人市鬻子女""人相食"，都在重复着张养浩"兴亡皆苦"的伤心之语。是否真正的盛世，要看基层的老百姓们是否幸福。那些田间地头的农夫，那些引车卖浆的走卒贩夫，那些病中苦挨的百姓，那些贫困山区的老人儿童，那些占全部人口绝大多数的普普通通的老百姓们，才有真正的发言权。

我一直以为，"达则兼济天下，穷则独善其身"可为传统文人的第一层生存境界，"先天下之忧而忧，后天下之乐而乐"可为第二层境界。何为第三层境界？我无法回答。但当张养浩发出"兴亡皆苦"的浩叹时，已经超出了传统文人从个体观照世界的范畴，进而对整个封建王朝的政权提出最为深刻的质疑。而他，在悲哀之下，依旧以生命萤火之光试图去照亮那浓浓的黑暗！从这一点来说，他已经远远超出一个封建士大夫、一个散曲家的思想境界。辛亥革命一声枪响，带来埋葬封建旧制、探索民族出路的大变革时代，是否是对500多年前这一声浩叹最为真挚的礼敬？

五

在云庄旧址和张公坟漫步，已经看不到陪伴张养浩的遂闲堂、处士庵、雪香林，奇石挂月峰、待凤石已不知何处，唯有麟石还在张养浩墓旁独立。水面微波，不知是否他笔下的云锦池？一亭展翅，可有当初"绰然""拙逸""乐全""九皋""半仙"五亭的影子？我视线中更多的是周围日渐增长的高楼大厦。我不禁感叹，如今的每一个城市，都在不停地规划和展望着未来，想要在日趋千篇一律的钢筋混凝土中寻找着自己的精气神。然而，城市往往忘记了，在自己的过往中有着让每一个人都为之心颤的历史和经典。如果能恢复这座文学史上留名的云庄，那将会给这座2600年的古城注入多少不尽的内涵！

斯人已去，张养浩墓所在的柳云社区与北湖片区已步入经济建设的快车道，高架桥上车流滚滚，向着中国梦疾驰。墓园内，人们或散步，或棋牌，或打球，享受着生活的宁静与快乐，众乐乐如当年张养浩独乐乐。也有一些游人专程前来，在墓碑前凝神静心，体会一个诗人不忘初心、为国为民的内心独白。这一幕，对张养浩来说，应该是他所期望的，虽然，迟到了690年。

老舍：南新街上的爱与光

在安身立命的岁月里，一个好的开始意味着让人兴奋的未来。青年时代的老舍就是这样，携着欧风美雨归来，又因为在文学创作上的初步成就，他于1930年6月开始执教于齐鲁大学，任文学院教授和国学研究所文学主任，来到了济南这座有2 600年历史的古城。而济南，这座以泉为魂的城市，因为老舍的到来，焕发出神秘的光彩。

一

寻找一个能够让心灵安静下来的地方，是人的宿命与必然。老舍在济南的四年，是除了在北京之外他一生中最为重要的阶段，对他的心灵有着极为重要的影响。南新街58号院，就是他魂牵梦萦之地。

南新街位于泺源大街和文化西路之间，是一条南北向胡同，老舍故居便在这胡同拐弯处。我去的时候，故居已经整修完毕，横匾上蓝色魏碑字体的"济南老舍纪念馆"让这片民宅显得幽深起来。迎门而来，是影壁上大大的"福"字，传递着北方民居特有的温馨气息。南墙上，一排"老舍名言"刻石展示着老舍文学世界的心语。小院内立石栏为二门，内有三间正屋、东西厢房，皆以半人高的青石为基，白墙黛瓦，红木为窗，使得小院格外干净利落。老舍半身雕像端坐小院，目光深邃。据载，故居原建筑为一处用砖头土坯垒建的茅草房，整修后的故居保留了旧有格局。北房正屋中间有隔断，东卧中厅西书房，宣纸、毛笔、眼镜等物件放在书桌上，还原了老舍的生活场景。东西厢房原为厨房与餐厅，现展示着老舍在济南的创作经历和他笔下的济南风貌。

徘徊在展厅里，老舍在济南的岁月凝固在我的眼前，那些老照片、老物件、旧书刊展示着"人民艺术家"的崇高地位。最吸引我目光的是展室墙壁上方悬挂着的一连串小木牌，上面都是老舍文学作品名称，让人瞬间震撼于这位文学巨匠的创作成就。

在济南的四年，是老舍坎坷岁月中最为温馨的时光。展室里，《济南的冬天》脉脉地诉说着老舍的心曲：

一个老城，有山有水，全在天底下晒着阳光，暖和安适地睡着，只等春风来把它们唤醒，这是不是个理想的境界？小山整把济南围了个圈儿，只有北边缺着点口儿。这一圈小山在冬天特别可爱，好像是把济南放在一个小摇篮里，它们安静不动地低声地说："你们放心吧，这儿准保暖和。"

老舍笔下所描绘的冬天，温暖而舒适。因为这段"广告"，我的许多朋友将后半辈子留在了济南。他们却不免有着抱怨："济南这儿，夏天热死，冬天冻死，被老舍忽悠了！"其实，他们不知道，老舍感觉温暖，是因为家的温暖、爱情的温暖和友情的温暖。

冬天，是老舍最喜欢的季节。1930年冬天，老舍与胡絜青相识。第二年夏天，他们在北京结婚，双双返回济南。而《济南的冬天》一文，就在1931年春天——他们爱情最甜蜜的时刻诞生了。

院子里，有一树一井一缸：树是石榴，年年依旧红红火火；井是泉井，泉水至今依然清冽甘甜；缸中养荷，夏日芬芳满院。老舍爱花，他每天打出泉水，浇灌着满院的花草。他在这座小院养花、养猫、写作、会友，他的新婚妻子胡絜青操持家务、相夫教子，夫妻琴瑟和鸣，有着一段静好的岁月："爸笑妈随女扯书，一家三口乐安居。济南山水充名士，篮里猫球盆里鱼。"

青春岁月里，爱情和友情是最让人心醉的生命元素。书房里一幅书法条幅便是友情的见证。"四世传经是谓通德，一门训善惟以永年"，魏碑书法朴拙雄浑，这是老舍的老师、北京师范学校校长方惟一先生的手迹。方惟一是江苏昆山人，著名教育家，古文诗词俱工，尤精翰墨，名动江南。

老舍说："我喜爱字画，但是没有花到一个钱去买过。"他极重感情，所保存字画均为师友手迹，并不以作者名声高下为标准。除方惟一手迹外，他还收藏着好友关松坪的画和关松坪所赠其师松小梦的字画，以及结婚时同学颜伯龙赠的《牧豕图》、好友桑子中赠的油画《大明湖》，可惜后来日寇进逼济南，这些作品在兵荒马乱中均已遗失。

老舍与胡絜青在小院合影

除了字画见证着老舍的友情，这座四合院里的大缸也有友情的故事。老舍用北平带来的盆、黄河里的泥、趵突泉的水、买菜剩下的藕，在缸里种了白莲花。花开的时候，友人登门拜访，将荷花瓣裹了面糊油炸，让老舍大开眼界。诸如此类逸事不一而足。

真正的文学作品是生活的副产品。应该说，当年这座小院并不像今天这样气度沉凝浑厚，连屋顶都是用南山老茅草铺成，据说干茅草要铺三层、半尺多厚，像杜甫所云"八月秋高风怒号，卷我屋上三重茅"。简陋的居住条件下，老舍文章里绽放的幽默、才华、诗意，对生活的热爱，不正是在小院里的爱情、友情孕育下的产品吗？

"时短情长，济南成了我的第二故乡"，老舍的第一个女儿在这里出生，取名为"济"。这四年，也是他创作的高峰，创作了《猫城记》《离婚》《牛天赐传》三部长篇小说和第一部短篇小说集《赶集》，还出版了《老舍幽默论文集》，以及一系列的散文。另外，还有一部长篇小说《大明湖》。"他们一看那些小山，心中便觉得有了着落"，这座小院，就是他的"小摇篮"，济南就是老舍的"看护妇"，这让他感到安全、温暖、舒适。《济南的冬天》，何尝不是老舍对济南生活的幸福期盼！

济南的冬天，就是老舍的春天。

二

老舍在济南的住处，除了南新街外，还有三处是在原齐鲁大学校园内，分别是原麦柯密克办公楼二楼、老东村平房和长柏路2号。1997年的一场大火后，新办公楼消弭了旧有的痕迹，老东村平房早已不在，只有长柏路2号（现为11号）别墅还保留着，一块黑色的牌子讲述着曾经的过往。

八十多年后，我被这道光彩吸引，开始无数次地追寻老舍在济南的踪迹，让自己的身体走进他曾经的行走与休憩中。这个过程给我一种别样的寻觅感、代入感，还有一种梦幻感。在他故居的南北两端，山大趵突泉校区和趵突泉畔，这种奇异的梦幻感更让我沉思。

山大趵突泉校区里，繁茂的绿树丛林中，中西结合、有着异域情调的老建筑时隐时现，考文楼、柏根楼、圣·保罗楼、葛罗神学院……它们在杏林路、槐荫路、丹枫路、橘香路边上一直优雅地立着，复建的麦柯密克楼依旧有着当年的雍容华贵，当年的长柏路与现在的长柏路似乎并无不同，只是这些当年的教授楼更老了，不知在楼上是否还能像当年一样远眺千佛山和马鞍山的秀色。楼前楼后苍翠的松柏在阳光里显得生机勃勃，路过的学子们那青春的色彩和当年一样绚丽。北门建于1924年，由清末状元王寿彭题写的"校友门"三字，现在依旧熠熠生辉。门上高高翘起的翼角似欲腾飞而起。从这儿出去，便是南圩子墙上专门为齐鲁大学所辟的新门，当年通往南新街的唯一道路——现在的文化西路，便是南圩子墙墙体所在。

老舍故居的北端，是著名的趵突泉公园，它已是一个名闻天下的5A级风景区，现在趵突泉那三股泉水依旧轰鸣不已。在泺源大街扩建之前，还有一座现在已经消失的劝业场。那时的劝业场相当于今天的自由市场，以国货相号

位于南辛街的老舍故居

召，是济南的繁华所在。趵突泉边和劝业场内，书棚书场、亭阁茶社遍布，叫卖吆喝中夹杂着琴弦鼓板，极为热闹。老舍便在这儿，与普通的教员、记者、车夫、厨子、说唱艺人、民间拳师为友，汲取民间养分，不断壮大着他的文学之魂。

可以说，老舍故居是一个大隐隐于市的佳妙所在。一边，它连接着最为精深的学术高地、思想原乡；一边，它通向世俗生活的热闹场所，无论过去还是未来，精神独立、自由思想与世俗红尘、口腹之欲都是人类的一体两面。事实上，老舍走在这条路上，更多的是对自己未来人生道路的思考。那时，对于未来到底是以教职谋生还是成为一个文学"写家"，他有一番长久的思考与抉择。

民国是一个名家辈出的时期。老舍所居住的南新街同样卧虎藏龙。南新街现51号院为舒同、李予昂的故居；原56号院，为甲骨文研究学者明义士的故居；59号三进深宅大院，是原德国驻济南领事馆高级官员的住宅；61号院是清末民初名流刘尊五的故居；南新街南段路西63号，是有着"民国山东法官第一人"之称的张志的故居；67号院，为"齐鲁画坛四大家"之一黑伯龙的故居；京剧名家方荣翔曾住在南新街中段的省京剧院宿舍，他在这里接待过梅葆玥、梅葆玖姐弟，接待过尚长荣、尚长麟兄弟，接待过袁金凯等京剧名角……还有现已消失的国民众议会议员沙明远的"沙家大院"；"五省巡阅使"车百闻之子车迈平的"车家花园"，武中奇、关友声都曾在这儿居住。这一条小小的街道，文人大家故居、盐商富贾故宅、买办新贵旧居、民国政要寓所处处可见，汇聚着济南开埠以来社会人文风云变幻。当然，如今的街道上，明义士故居已完全不见，张志故居只剩一副老楼"残骸"。但老街见证了时代的沧桑变迁，更留下众多历史名人的背影足迹。济南自晚清开埠以来于社会风云变幻中埋藏着多少令人遐想的故事！

树有树的诉说，花有花的表白，老街则有着沧桑的过往。现在的老街，多是砖石住宅，免不了水泥、石灰修补涂抹的痕迹。一些四五层的楼房则是20世纪末留下的单位住宅楼。如果不刻意去找，你很难看到过去的深宅大院、雕梁画栋所带来的厚重感。但我在南新街上驻足凝神，总能感受到那个时代的变幻。日军侵华、军阀混战、百姓苦难、众生惶惶，时代映象在老舍的心中有着怎样的震撼？他行走的姿态里又有着怎样的山呼海啸？每天，老舍回到自己温馨的小院，都要进行一段伟大的城市记录。

"就在那样的盛暑中，就在这个闷热难当的小院里，老舍一天也没敢歇着。他抢在太阳出来之前起床动手写作，头上缠着湿毛巾，肘腕子下面垫着吸墨纸，以防汗水湿透稿子。就这样，每天至少赶出两千字来。一个暑假，他'拼'出了一部十多万字的长篇小说《离婚》。"

这是胡絜青的回忆，老舍的1932年暑假，一个热死了许多卖苦力者的酷暑。

我想，这条他每天的必经之路，是他的文学成长之路，也是他观照世界之路。他在这条名士之路上行走，记录下一个老城的风雨，见证了济南现代以来的历史，镌刻着老济南人的记忆；他用自己的笔发现了济南之美，泉水之美，使之呈现在世人面前，让"济南的冬天"成为中国城市群里最美的记忆。

那天，我顺着南新街一直向北，直到大明湖边。湖中心岛上有着著名的历下亭，诗圣杜甫联"海右此亭古，济南名士多"，穿越时空镌刻在我的心里。杜甫最让人钦佩的便是其"穷年忧黎元，叹息肠内热"的精神。无论何时，他都身怀济世之心，梦想着"大庇天下寒士俱欢颜"。当年，老舍夫妻定然常常携手到此游玩。老舍作品中为人民鼓与呼，写出了一系列平民形象，获得"人民艺术家"的称号。老舍与杜甫，都有着中国文人特有的社会使命与担当。在我眼中，历下亭与老舍故居跨越了时空，在济南城的上空遥相呼应，闪现出灿烂的光辉！

然而，世人大概也无法知晓，老舍在北京太平湖畔一天一夜独处时，是否想到了济南的大明湖和南新街的行走。大明湖的四季，永远都有来自地心的温暖，决不会有着太平湖底那令人心痛的冰冷。

三

老舍先生在济南仅居住了四年多的时光，但这段时期却是他在文学创作上的一个高峰期，正是这些创作奠定了他在文坛上的地位。我常常在想，如果不是时局的变化，老舍肯定不会离开济南，肯定会将更多的感情倾入这座老城，肯定会在这座老城的温暖中产生更伟大的作品。

1937年，日军逼近济南，老舍被迫离开了济南。上车的时候，他默默地对自己说："我必须回济南，必能回济南！"老舍此去，将自己的命运与中国的命运紧紧地联系在一起，为国家的兴亡鼓呼呐喊。只是，时局变幻，造化弄人，他再也没有回到济南。

济南在老舍身上打下了深深的烙印：

"在那里，我努力地创作，快活地休息……四年虽短，但是一气住下来，于是事与事的联系，人与人的交往，快乐与悲苦的代换，便显明地在这一生里自成一段落，深深地印划在心中；时短情长，济南就成了我的第二故乡。"

　　他把济南这座中古老城的本质烙印在自己的笔尖上。一方水土养一方人，城市性格也因此不同。在他的诗文里，济南这座北方水城的自然清静里的世俗烟火、民间底色里的铁血诗情、大隐于市中的名士风流得以具现。社会也罢，世界也罢，仅仅是人们历练心灵的道具。

　　今天的我，在济南已经生活了20余年，在历史旧卷和现代生活里，也感受到了老舍对济南的影响。

　　"我将看到那城河更多一些绿柳，柳荫下有白石的小凳，任人休息。我将看见破旧的城墙变为宽坦的马路，把乡郊与城市打成一家；在城里可望见南山的果林，在乡间可以知道城内的消息。我将看到大明湖还田为湖，有十顷白莲。我将看见趵突泉改为浴场，游泳着健壮的青年男女。我将看见马鞍山前后有千百烟囱，用着博山的煤，把胶东的烟叶制成金丝，鲁北的棉花织成细布，泰山的樱桃，莱阳的梨，肥城的蜜桃，制成精美的罐头；烟台的葡萄与苹果酿成美酒，供给全国的同胞享用。还有那已具雏形的造钟制钢，玻璃磁器，绵绸花边等等工业，都能合理地改进发展，富国裕民。我希望济南成为全省真正的脑府，用多少条公路，几条河流，和火车电话，把它的智慧热诚地清醒地串送到东海之滨与泰山之麓。"（《吊济南》）

　　这是一篇"神预言"。如今的济南，大明湖早已还田为湖，水域面积扩充了数倍；护城河周边辟为环城公园，泉水浴场中人头攒动；旧城墙变成了宽阔的马路，过去的城郊成为中心城区；南部山区成为省城后花园，在采摘季人们喜悦地来往；烟囱消失了，清洁能源惠及千家万户；济南各大商场里不仅有泰山的樱桃、莱阳的梨，还有着世界各地的珍奇物产，信息科技让济南成为华北的区域中心城市……就是这么奇妙，济南按照八十多年前老舍的"神笔"所勾勒之路走着，更要走到老舍先生所未曾想象的复兴之路上。

　　一个人对于一座城市，有时一生也仅仅是个过客，有时两者却有着奇妙的呼应，哪怕仅仅是短短的几年。张爱玲对于上海、苏曼殊对于杭州、雨果对于巴黎、沈从文对于凤凰古城都有着突出的意义。对于这些城市来说，他们如同夜空里的星辰照耀，让城市能够反射些许光芒。

对济南来说，老舍先生如同1 200多年前的杜甫、100多年前的刘鹗一般，为济南写下了最为浓墨重彩的一笔，成为济南的文化坐标。他用最细腻的心灵感受着这座中古老城的脉搏和气息，感受着老城的温度，触碰着老城的旮旯小街，勾画着老城历史的断面素描。老城的根就这样在他的笔下日益深广。

四

城市在不停地生长，不可避免地将一些有价值的东西舍弃。在"留住乡愁"的呼吁之下，从南新街到历下亭这条文化之路上，有两处老建筑让我叹息良久。一为大明湖南门辛铸九故居，一为万竹园。辛铸九是民国时期济南名士、大资本家，他在抗战年代购得海源阁图书2 000多种，全部捐给山东省立图书馆，是抢救海源阁遗书的功臣。值得一提的是，他的孙女辛锐为抗日而英勇牺牲在大青山，其情其景极为壮烈。万竹园始建于元代，为著名园林胜地，许多名人入住其间。然而，在城市建设的大潮中，前者被永久拆除；后者留下部分园林并入趵突泉公园。

老舍故居也曾经长久地被世人遗忘。在1997年原麦柯密克办公楼火灾前，李耀曦到老舍曾住过的房间打探老舍先生是否在这里住过，这时老舍住过的那间宿舍已成为某单位办公室的门房，一位在此办公的四十多岁的人摇摇头，反问："他（老舍）是哪个部门的？"

南新街58号院在20世纪50年代被一徐姓人家买下，并不知是老舍故居。在随后的时间里，新房主将原来的草房屋顶翻建为瓦房屋顶、砖头土坯墙改为红砖墙，同时将原有的影壁墙和二门拆了。此时故居如同其他民房一般，无人闻知。直到1981年，胡絜青携其子舒济故地重游，找到了这座小院。1982年3月下旬，来济南参加全国第一届老舍学术研讨会的70多位研究者和日本老舍爱好者访问团到此参观，这座已被世人遗忘了很久的小院才逐渐引起人们的注意。

20世纪80年代末，附近某机关想在此建锅炉房，老舍故居险遭拆除，徐先生一家多次交涉未果，只好写信给胡絜青。经过诸多努力，故居才得以保存下

朴素的桌椅记载着一段大师的人生岁月

来。后徐姓人家搬出，此处院落大门紧闭。据"客居济南"（刘书龙）博客2007年记载："从外面看去，这是一处济南旧城区街巷中极常见、极普通的居民院落，旧红砖墙，配两扇黑漆铁门，坐北朝南的正房比较新，东西两旁的侧房已经很旧了。"老舍故居变得落寞、破败，门前没有标识，并长时间为人们所忽视。

幸运的是，老舍故居没有步辛铸九故居和万竹园的后尘，2013年3月，济南文物局以400万元买下老舍故居并重新整修。2013年7月，文化学者张期鹏在《人民日报》发表《永远的文化地标》，指出了老舍故居作为文化地标对济南的意义。2014年7月，整修后的老舍故居对外开放，这是济南对老舍的怀念。

老舍故居对外免费开放，每天都有许多游人探访这座诞生过文学巨著的普通小院。他们在此驻足流连，品读老舍，感受老舍，探寻老舍与济南的历史渊源，寻觅这座文化名城的精神坐标。

我相信，如今对老舍故居的修复，不是因为时代重新恢复了对文学的狂热，也不是因为社会再次兴起了对老舍的追崇，而是因为深植于经济的社会价值观念，重新意识到文化的力量，从而有了新的衡量和选择。

五

济南这座老城，到现在已有2 600多年的历史了，在"济南名士"的歌咏与不懈奋斗中，城市的性格与温度在每个时代都有所不同，然而它们却一直传承在城市的发展变迁中。

那天，友人拉着我到城北华山山麓看房。我很奇怪，因为他曾经告诉我，在济南买房，以东和南为上，轮到他自己，怎么改主意了！他笑着说出一段话："城河带柳，远水生烟，鹊华对立，夹卫大河。"

这是老舍在《吊济南》中对黄河与黄河两岸的鹊山、华山阔大景象的描写，如今被开发商用作房产销售的宣传。原来，就在不久前，济南发布了华山历史文化生态湿地公园规划。根据这项规划，消失在济南历史上的沟汊纵横、水泽遍地的城北湿地风光将被恢复。其中的华山湖约2.51平方公里，相当于5个大明湖的面积，华山位于湖的中间，并与小清河、大明湖、护城河、趵突泉等水系连通，再现宋元时期一朵菡萏欲在水中盛开的奇景。因盛产珍贵的济南青石材而导致山体受损的南北卧牛山、驴山，也将被挖湖的渣土修复。

人文精神的延续，是名城文化和时代精神的一种物化。大概老舍也不会想到吧，他对济南绿水青山的描绘，预言了济南建设美丽城市的行动。虽然他已经离世，但他的精气神还留在南新街的青堂瓦舍中，留在如繁星般闪亮的泉眼中，留在济南的绿水青山里，散发着夺目的光彩。

孔雀东北飞

当我前往山大校园的时候，我本以为，这是一次对前贤的追慕。但蓄谋已久的相遇却让我猝不及防，它引起了一场我对爱情本原的追寻和思考。

我是从山大中心校区东门进入的。顺着法圣路，在高大的法桐树下，在初春繁花的映衬下，我撞见了那一对夫妇永恒的目光。文史楼北，冯沅君（1900～1974年）与陆侃如（1903～1978年）两位先生的雕像面南背北，站立在桃李丛中。从1947年开始，二人在山大同心协力，比翼双飞，度过了长达27年的岁月。他们合作研究中国古典文学，留下了《中国诗史》《中国文学史简编》《南戏拾遗》等古典文学研究经典，至今仍为古代文学研究者所看重，堪称一对令人羡慕的"文学伉俪"！

在路边，我凝视着这对伉俪的雕像。冯沅君齐耳短发，着旗袍，怀里抱着一本厚厚的书。厚厚的眼镜片后，冯先生双目含笑，仿佛沉浸在她怀中古典文学的世界里。陆侃如着长衫，左臂

陆侃如与冯沅君夫妇雕塑

上搭着一件衣服，一条长长的围巾凸显出儒雅的气质。他微微侧头，看着爱妻，目光里满满地盛着他的事业与爱情。此刻，周围万物全然不能使他们挂怀，他们沉浸在自己的世界与王国里。

这是一座让人怦然心动的雕像。青年人从中看见浪漫的爱情，中年人从中看见宏大的事业，老者则从中看到知音与陪伴。在这座雕像周围徘徊，我的心被一种美妙的情感所充盈。

我忍不住向前，想要靠近这对人间仙眷。此刻，冯先生面向南方，仿佛有着不尽的怅惘。南方有什么？在她的目光里，我思绪飘飞，飞到南面的千佛山上，那兴国禅寺的黔娄洞里。

那是战国时期，诸子百家争鸣，是中国哲学思想的黄金时代。鲁国人黔娄，是著名的隐士和道学家，在千佛山上凿石为洞隐居，却名重一时。黔娄的事迹多已不传，其著作亦已经散佚，今天我们能够知道他，是因为《烈女传·鲁黔娄妻》中的记载。黔娄死后，其尸体着破衣烂衫，一块旧短被覆头则露足，覆足则露头。前来吊唁的孔门弟子曾子很是辛酸，说："把被子斜过来盖吧！"黔娄夫人施良娣说："斜而有余，不如正而不足也。先生以不斜之故，能至于此。生时不斜，死而斜之，非先生意也。"

"斜而有余，不如正而不足"的话语，为传统开出千古的气节标尺。黔娄子家徒四壁，却名播天下。鲁恭公曾聘为相，赐粟三千钟；齐威王请为卿，屡欲予以报酬，均辞而不受。他的妻子深深地了解她的爱人，一番娓娓之言，让历史记住了黔娄子，也记住了这段物质贫穷却精神富足的爱情。特别值得一提的是，施良娣出身贵族，其父为帝王家掌握鬼神祭祀的"太祝"。在商周迷信鬼神的时代，"太祝"与"太宗""卜正""太史"同列，是一个有着高度话语权的要职。如同公主般的女子，放弃了周围贵族子弟的追求，却爱上了一个贫穷的青年，不惜脱下绮罗换上布衣，洗尽铅华插上荆钗。事实上，她也赢得了孔门高足曾子、东晋诗人陶渊明、唐代大诗人元稹等人的高度赞扬，他们说："娶妇当如黔娄妻。"这是怎样一个让人怀想的女子！

而我的思绪回到冯先生的雕像上面时，不禁想到历史何其相似！冯沅君与著名哲学家冯友兰和地质学家冯景兰为同胞兄妹，其堂妹冯让兰的夫君为北大教授、哲学家张岱年。冯沅君本人与陈衡哲、冰心、庐隐同为驰名于五四新文学文坛的著名女作家，她以"淦女士"为笔名发表的《卷葹》系列爱情小说为鲁迅所看重，是《语丝》十六位长期撰稿人之一。为了寻找爱情，她像施良娣一样，激烈地反抗家庭包办婚姻，积极主动地寻找生命中的爱情。1926年秋冬时节，正在清华大学研究生院读书的江南才子陆侃如与之相遇了。志趣相投、业务相近，彼此的才华与相互爱慕成就了这桩婚姻。其时，陆侃如正开始撰写《中国诗史》，因冯沅君长于词曲，陆侃如遂将近代诗史的撰写任务托付给了她。在合作中，两人的爱情也成熟了。1929年1月，两人克服了家庭的阻碍，结为终身伴侣。因为爱情，两人终身治学的方向也确定了。1931年，《中国诗史》问世；1932年，《中国文学史简编》出版，并被译成几种外国文字出版。这也见证了他们朝朝暮暮相伴的爱情。

鲁迅很是惋惜冯沅君文学创作的中断："诚然，三年后的《春痕》，就只剩了散文的断片了，更后便是关于文学史的研究。"然而爱情的甜蜜改变了冯先生的文学创作道路，读书与治学成了他们夫妻二人后半生的主要生活，不管是在法国留学，还是因战乱二人在国内各大高校漂泊，学术研究成为两人终生的慰藉。

《烈女传·鲁黔娄妻》记载了施良娣评价夫君的话语："彼先生者，甘天下之淡味，安天下之卑位。不戚戚于贫贱，不忻忻于富贵。求仁而得仁，求义而得义。其谥为康，不亦宜乎！"当我在黔娄洞中看着黔娄子的雕像时，回想着这让后人不断重复的话语，不由得有些痴了。当年的施良娣在千佛山上，陪伴着自己寻来的永恒爱情，两千多年后，她的魂魄等来了和她一样追寻真爱的冯沅君。

有关陆侃如的才情，莫过于1935年他在巴黎大学博士论文答辩上的精彩对话。当时，洋教授提出一个古怪刁钻的问题：为什么孔雀东南飞而不是西北飞？陆答道：因为"西北有高楼，上与浮云齐"。以《古诗十九首》对《孔雀东南飞》，以"妙答"对"刁问"，传为一时佳话。故乡在河南南阳的冯沅君，与陆侃如辗转漂泊，最终来到千佛山下。从地图上看，山东济南正在河南南阳的东北方向。那只才丰笔健的美丽孔雀，避开东南方忧伤的故事，向东北方向飞来，冥冥中与千佛山上古老的爱情有着神奇的呼应。

年代过于久远，我们无法走进两千多年前施良娣的生活，甚至我们也无法真正地走进八九十年前的那个时代。我们只能通过一些历史文献和部分回忆录，感受精神的一次次腾飞，感受生活的一次次平凡。

据老山大人回忆，冯陆二人每天清晨共同去市场吃早点，相伴去上班，傍晚结伴回家。陆侃如经常在教室门口等着妻子下课。妻子从教室出来，他会细心地为爱妻掸去身上的粉笔灰，再接过妻子的书包，而后两人携手回家。冯沅君曾经向往过的"一间房，两本书"的简单生活在此成为现实。两人均为教授，属于高收入群体，却甘于节衣缩食的生活，将大部分的收入用于藏书和捐赠，这也造就了二人在中国古代文学学术研究界的崇高地位。两人在简单而平静的生活里，携手共同从事着相同的事业，幸福就是这样吧，由微小的琐事和满足慢慢地叠加、累积而成。就像这座雕像，冯沅君为书而喜悦，陆侃如为沅君的喜悦而喜悦。

1954年1月25日，冯陆二人在青岛咖啡馆举行银婚纪念活动。在友人的祝福声中，两人想起了什么？25年的相伴中，他们在北大相识，在北海相恋，在订婚照上写下"红楼邂逅浑如昨，白首同心一片丹"的约定，在上海的深夜共同缒下长绳购买夜宵，在南京与北京两地相思时发出"玉兔永在你笼中"的甜蜜电文，在法国一起获得文学博士学位，在新中国成立前的岁月里东西南北地漂泊……在他们盼望着金婚纪念日到来的时候，谁也没有想到，人生的最后20多年里，他们会遭到一场劫难。

1957年，二人双双被打成"右派"，1958年又遭"拔白旗"。政治运动，使他们无法再安于书斋，命运在此时露出它残忍的一面。"文革"时，陆侃如成了"死老虎"，甚至被下狱；冯沅君成了"反动学术权威"，屡屡遭批斗，唯一工作是打扫学校的走廊和厕所。在一次批斗大会上，红卫兵们要冯沅君与陆侃如划清界限，冯沅君说："我大半生与'老虎'（陆侃如昵称）同衾共

第一章 文学仙境 大明遗珠

枕，竟无察觉，是得了神经麻痹症吧？"

当年为了爱情不惜放弃自己生命的女人，曾在小说《隔绝》中写道："我们的爱情是绝对的、无限的，万一我们不能抵抗外来的阻力时，我们就同走去看海去。"经历人生的风雨后，此时面对巨大的压力，发出如此意味深长的一语，这中间又有多少不为人知的悲哀与梦想？

而两千年前的"正斜"之辩，同样意味深长。爱情与婚姻中的爱与坚韧、信任与相知，依旧在生活中千万次地发问。风风雨雨里，两人的爱情不但面临着政治上的无情打击、生活上的种种艰难，甚至还有因陆侃如而发生的情感危机。但是当病重时的冯沅君最后躺在丈夫的怀中去世时，我想，他们二人的情感在此刻定然已经升华。芸芸众生，有一个旗鼓相当、"势均力敌"的爱人相遇相恋，风雨同舟，相知相守，不离不弃，这将是怎样的幸运！正如陆侃如送别爱妻后的痛悼："此别岂永诀？宁无合会期？新恩兼旧义，耿耿系人思。捣麝香难灭，拗莲尚有丝……"

当我站在雕像的正前方，我不禁惊叹于雕塑作者的鬼斧神工。这时，我看到，冯先生的目光，不再是神游天外，而是直直地与我对视，让我悚然而惊。我打扰先生了吗？定下神来，先生的目光是那样的坦然，让我从惊讶中平静下来。每个人都有自己的生活方式，也许，我并不理解冯陆两位先生真正的内心世界。真正的爱情是什么？在相恋与相伴中，我也不能说出它的答案。也许，这个问题每个人的回答都不会相同。相同的，只有热爱生活的人们永远的追求。

山大百年校庆文艺晚会上，节目《最后一课》讲述了冯沅君临终前记忆深处的眷恋。1974年6月，冯沅君已进入生命的最后阶段，常常精神恍惚。一天夜里，她从病榻上坐起，向走廊里灯光最明亮的房间走去。那是值夜班的护士办公室，她把它当成了教室，而教室里她的学生们正等着她授课，她说："同学们，现在开始上课，今天要讲的仍是华夏诗歌之源——《诗经》。昔我往矣，杨柳依依；今我来思，雨雪霏霏……"

在山大的几十年中，冯沅君和陆侃如不仅在古典文学研究上成就斐然，而

山大名师雕塑

且培养了许多著名学者，如袁世硕、牟世金、龚克昌等，都是他们的高足。临终前让冯沅君念念不忘的，一是她没有自己的子嗣，二是古典文学研究的承续。1974年6月17日，冯沅君走完了她74岁的人生历程，她在逝前立下遗嘱：夫妇全部存款捐献给学术事业，希望能设立"冯沅君文学奖"，以鼓励后人努力献身古代文学研究事业。1978年12月1日，陆侃如病逝，享年75岁。临终前，他按冯沅君和他个人的愿望，将其珍存的全部书籍和近3万元存款捐献给山东大学。能传承生命印记的，除了血脉的延续，就是文化的铎音。

爱情，总是要有所附丽的。当我围绕冯陆二人的雕像漫步时，我看见了周围的桃李已经绽出了花朵，年轻的学子不时地从路边走过。东边花木深处，有历史大家"八马同槽"的雕像，他们与"冯、陆、高、萧"等人共同造就了山大"文史见长"的人文风景，点燃了一代大师的学术薪火，也引来无数后人的仰望。

第一章 文学秘境 大师游踪

看着春天的花儿绽放，便想起了一句诗：

> 那漫山的，桃的红与李的白
> 是最初播下的诗句
> 而你，是我最后的怒放

最后怒放的，是爱情还是事业？是朝朝暮暮的陪伴还是遍天下的桃李芬芳？我们所怀念、所仰望的，是青春永远的追求还是岁月脚踏实地的耕耘？

我一时惘然。抬头看着冯陆两位先生的雕像，想要询问答案。可我看见，他们依旧在沉思中，面对着千佛山的方向。那里，除了黔娄洞外，大概还有我看不见的神明，念兹在怀。

金牛山下诗人墓

就在这喧闹的游玩之所，我无意中与著名作家王统照先生的灵魂来了个照面。

金牛山下，动物园熊猫馆西南的小树林里，黄叶萧萧，荒草茫茫。杂树林里，隐约可见一座三间四柱式牌坊，牌坊上方大块剥蚀，已经看不清原有的字迹。就在这冬日的阳光中，一座封土出现在我的眼前。封土前石碑上刻着横排隶书文字："山东省文化局局长王统照先生之墓"。石碑的背面是对其生平的介绍。在荒草没径的杂树丛中，一代文学先驱的坟冢静静地安卧着，孤单与苍凉的气息伴着他的诗文向我涌来。

王统照（1897~1957年），字剑三，山东诸城人，著名现代作家、诗人，与茅盾、周作人、郑振铎、冰心等人共同发起中国现代第一个新文学社团——文学研究会。在那个大变革时代，人们追求的是毁灭一个腐朽的旧时代、创造一个光辉灿烂的新世界。与各路时代弄潮儿一道，王统照先生试图用文学来反映社会，指导人生，从而创造出一个新天地。他的长篇小说代表作《山雨》与茅盾的《子夜》同期（1933年）出版，是年被文坛称为"《子夜》《山雨》年"。

济南几乎影响了王统照先生人生的各个重要阶段。1913年，他以优异成绩从故乡考入了济南山左公学（翌年更名"山东省立第一中学"），在这里开启了他的文学事业，发生了他铭记终生的初恋，并从这里走向轰轰烈烈的五四运动，走向让他成为文坛巨擘的文学研究会。1957年，他积劳成疾而殁于山东省文化局局长、省文联主席任上。这中间，无论是他北上北京求学、南下上海倡导抗战御侮、横跨大洋欧洲避祸、东去青岛任教和长居，还是与泰戈尔、徐志摩、陈毅、臧克家等文朋诗友进行交往，或者回乡探望病重的母亲，还有兢兢业业建设文化事业，都离不开济南这块热土的守望。

望着墓上已渐枯黄的野草，我想起了他的好友、开国元帅陈毅深情的悼诗："剑三今何在？墓木将拱草深盖。四十年来风云急，书生本色能自爱。"倡导"文学为人生"的王统照先生出生于大户人家，在诸城、青岛等地有着令人羡慕的地产与房产，完全可以做个"闹市富家翁"。但他追求的是秋叶在秋风中的舞蹈，"炫耀着春之艳丽，夏之绿缛——不灭的光洁；才能写出生命永恒的诗节"。不管是文学事业，还是他为救国而呼，都是一个书生为自己所信仰理念的探索与追求，为自己认准的目标发出自己的声音。如陈毅所云，他的骨子里有着书生本色——人格独立、思想自由、心系天下、忧国忧民，所谓"铁肩担道义，妙手著文章"也！

斑蚀的牌坊背面有四个大字，虽经岁月侵蚀，仍然清晰可见："精神不死"。我没有带来一首挽歌，没有带来一束花朵，但先生仍然送我一份追寻自由的精神。

走出这片树林，我看到了黑熊在向人乞食，猴儿在假山跳跃，白虎在伏地假寐，毫不理会人们的指指点点。我一时有些恍惚。

于是，我想起了先生游历古罗马基督徒公墓时的诗《雪莱墓上》："墙外，金字塔尖顶搭住斜阳/墙里，常春藤蔓枝寂静生长/一片飞花懒吻着轻蝶的垂翅/花粉，蘸几点青痕霉化在墓石苔上。"这个有着宁静沧桑历史气息的地方，被英国人称为"人的目光和心灵可以停留的最美所在之一"。先生在写这首诗时，大概也在梦想自己百年后能有这么一个身上生长着鲜花的栖息地吧！

宿命的北大山

在长清大学城的街头，我询问了几位路人，居然都不知道徐志摩纪念公园所在地——北大山。情急之下，电询一位曾来此的文友，方才知道，从山东工艺美术学院长清校区东校门前一条马路可以上山。校门前，保安有些诧异地说："除了两块破石碑，啥都没有，怎么还有不少人来看呢？"但他依然指给我上山的路。

这是一条人们踩出来的土路，勉强两人并行。松柏和杂草在路边自由生长，散发着山野特有的生机。天气很好，眼前是高旷辽远的天空。迈着轻松的步伐，我朗诵着传诵已久的《再别康桥》："轻轻的我走了，正如我轻轻的来……撑一支长篙，向青草更青处漫溯。"伴着节奏轻柔委婉的诗句，我脚下如同踩着一曲悦耳徐缓的韵律，所有尘世的繁琐喧闹在此都被洗涤一空。伴着委婉的诗句，我向青草更青处走去。

穿过零乱的松柏，步行十余分钟，便在一个小岔路口看到一个提示：徐志摩，由此上山。字是写在一块不大的山石上的，潦草而凌乱。拐上岔路，杂草灌木中一条只容一人通过的小路尽头，在一片开阔而陡峭的山坡上，立着两块石碑，一为诗人牛汉题写的"徐志摩纪念公园"，另一块为浙江省海宁市所立"志摩，家乡人民怀念你"。碑后，刻着几行红色的碑文："诗人徐志摩（1897.1.15—1931.11.19），生于浙江海宁硖石，不幸罹难于此，享年35岁，一生追求爱、自由和美，对中国新文化运动和新诗发展有着突出贡献。"

1931年11月19日，徐志摩从南京出发的时候，天气也是像今天一样明朗。他急于参加当天晚上林徽因在北平协和小礼堂为外国使者举办的中国建筑艺

徐志摩纪念公园的两块石碑在风中散发着诗意的光辉

演讲会，便搭乘"济南号"邮政飞机前往。路过济南，却是云雾满山，不辨东西，机师为寻觅航向，只得降低高度，不幸在此一头撞上山峰，导致机毁人亡。人们在此立下了两座石碑，作为永久的纪念。

说起来，徐志摩与济南渊源极深。他中学毕业考入北京大学预科，北上时路过济南，短暂停留中，被济南老火车站那座巴洛克风格钟楼的宏伟壮丽所震撼；1923年7月，他与好友王统照共享黄河鲤鱼，并在满天星辉之下，卧在船头仰看大明湖的中天圆月；1924年4月，他与林徽因陪同印度诗人泰戈尔访问济南，媒体赞曰"世界著名长髯诗翁泰戈尔先生与长袍面瘦诗人徐志摩和艳如花的林徽因小姐如同松竹梅一幅动人的画卷……"；1929年，他受聘为山东省立实验剧院通讯导师。最后一次，却是他独特的人生谢幕，在这儿，在空中，一声巨响，一团火光中，一个澄澈的诗魂，永久地驻留在山间。

现在看来，徐志摩与济南有着冥冥之中的缘分，有我们无法读解的生命密码。陪同泰戈尔访问济南期间，他在济南第一师范学校当众朗诵了写给林徽因的诗《你去》："你去，我也走，我们在此分手；你上那一条大路，你放心走，你看那街灯一直亮到天边，你只消跟从这光明的直线！你先走，我站在此地望着你……"一语成谶，名为"济南号"、只有一个乘客的飞机，追爱的旅途，济南的满山云雾，多年前的爱的誓言，让一个诗魂永远地留在了此地。不管是追寻爱情还是践行承诺，不论是前生还是来世，他与济南之间有着某种宿命的关系，一切都不需要任何理由与契机。

石碑的周围，有着前来探望的人们摞起的石块，除此别无他物。山坡上到处是原生的青松翠柏，杂乱的山石高低不平，一不小心就可能被绊倒。显然，除了附近大学城的学生和一些诗歌爱好者外，这儿并没有被作为一个城市的地标或印记为人所知。我不禁想起了另外两处纪念地：一是浙江海宁西山上的徐志摩墓地，是当地标志性旅游景点，游客必到之处；二是徐志摩曾留学过的英国剑桥大学国王学院，学院用产自中国的白色大理石为他立下诗碑，学院合唱团还发布了中文音乐专辑《再别康桥》，成为联结中国和剑桥的纽带。想到这里，看着杂乱的山石间那"徐志摩纪念公园"七个字，我不禁叹了口气：这儿哪里有公园的味道？

值得安慰的是，在碑前，我看到一束黄色的花，虽然有些枯萎了。花上的卡片上写着："志摩，我们爱了，愿我们成为灵魂的伴侣。"卡片后面是一对情侣的签名。看来，这对年轻人效仿着志摩的追寻。他说，"我将于茫茫人海中访我唯一灵魂之伴侣，得之，我幸；不得，我命"，不知道打动了多少爱着的、年轻的心。作为新月社的代表诗人，徐志摩在诗歌创作上取得的成就和他追寻爱情的逸事同样引人注目。有人爱的是他的才情，有人爱的是他对爱的追求。他的诗歌却成为沟通不同时代、不同心灵的传奇载体，带着无数善良美好的愿望，进入知音和共鸣的世界。就如带来这束花的爱侣，此刻一定在深深地爱着，只有如此，才会在徐志摩诗魂所在地发出爱的宣言。

世界对迷茫者来说，是没有意义的，因为你不知道风会向哪一个方向吹。对志摩来说，却全是理想主义的光辉，一生追求着"爱、自由和美"，充满着随心所欲的幻想，尽管这些幻想有着忧伤与悲哀的底色。那又怎样呢，人生境遇原本就如同流变无常的大自然那样充满着偶然与无奈。他从蒙眬中惊醒，坦然面对着命运的安排。在他遇难前的几个月，他写下了一首《云游》，在象征和隐喻的背后传递了神秘的宿命气息：

> 那天你翩翩的在空际云游，
>
> 自在，轻盈，你本不想停留
>
> 在天的那方或地的那角，
>
> 你的愉快是无拦阻的逍遥……

　　本不想停留的，永远地停留了下来；想要停留下来的，却还在不停地走。我抬眼望向远方，西面是掩映在绿树花丛里的大学城；南方是起伏的山峦，郁郁葱葱；东南方，京台高速上不尽的滚滚车流。在我的上空，我看见一只黄鹂，展翅冲破天际，化作一朵彩云，它飞了，不见了，带着一团火焰，带着它的热情。

　　注：在作此文后不到一年，笔者听闻，经过多方努力，徐志摩纪念公园于2018年春启动续建工程，于2018年冬完工。山下有牌坊与汉白玉书卷形"徐志摩纪念园"石雕指路。新月形纪念广场分上下两层，两块碑石下方，为《再别康桥》诗作石刻。上层广场中央建有徐志摩简介刻石，徐志摩石像立于广场东侧，着长袍，架眼镜，戴围巾，抚书卷，眼神忧郁而纯净。沿纪念广场往西侧路边柏树林中，有一刻石为民国二十年十一月二十日《大公报》有关徐志摩遇难报道。沿小路上山，有一黛瓦红柱纪念亭立于山巅。展目远望，可见泰山余脉诸山纵横，长清大学城文气纵横。

　　人们终究不会忘记每一诗魂所在。

第二章

天生泉城　潇洒济南

老街的泉水，泉水的老街

　　说到济南这座"中古的老城"，人们立刻想起千佛山、趵突泉、大明湖等名胜。而我总是对外地的亲友说："去转转历下的那些老街吧！有着泉水牵绕，有着历史出没，有着年代沧桑，它们会给你原生文化的感悟。"真的，那些纵横交错的小街细巷，已经成为老城另一张名片，理解了它们，才会理解真实的济南。

　　从繁华的泉城路随便找个路口向北，便进入了另一个时空。窄仄的小巷、斑驳的墙面、青砖的老屋无声地将车水马龙的喧闹隔绝。浮华世界远去时，另一段曾经的岁月从老街深处走来。这种心灵的宁静与闲适，便是历下人家独有的市井风情。

　　我曾经漫步在江南幽静的雨巷，也曾探寻过北方迷宫般的胡同。说起来，老街都有着沉静内敛的气质。而济南的老街有了泉水，便格外不同，在时间的沧桑里多了几许清亮明媚的气质。老屋不全是规规矩矩、四四方方、成排成列，而是顺着泉水的流向而成，有了许多洒脱和随意。街头路旁，宅旁院里，泉井、泉池如繁星点缀，让人禁不住驻足。众多人家临泉而立，人与水相依相伴。一边是老屋沉静，一边是清泉款款。泉池水体清澈透亮，水中青藻摇曳生姿，还有垂柳洒下几多绿荫。人们临溪汲水，或者淘米洗衣，在岁月的古旧中透出别样的生机与活力。那一年，老残来到这儿，"家家泉水，户户垂杨"八个字脱口而出，从而成就了泉城的美名。

　　明成化二年（1466年），德王朱见潾改驻济南就藩。他在济南最繁华地段，以珍珠泉为中心，大兴土木，修成"德藩故宫"。它东至县西巷，西至

芙蓉街，南至今泉城路，北至后宰门街，是明代济南占地最广的建筑群。朝代更替，珍珠泉却始终与政权相伴。清代为山东巡抚衙门，民国时期先后为山东督军公署、山东省政府所在地。随着兵燹战火与岁月流转，老百姓的生活渐渐消弭了帝王将相们的痕迹，德藩故宫的旧域便成了老济南人的家园旧梦。在遍布街巷庭院的清泉垂柳下，四合院青砖白墙，胡同道青石铺就，大门楼雕梁画栋，小街巷七曲八拐。"东更道，西更道，王府池子二郎庙。前帝馆，后营坊，正觉寺街南门上。走桥不见桥，流水把桥绕，狮子头上一座庙。东芙蓉，西奎文，曲水亭街后宰门……"听着老街巷的旧民谣，你是否会有"旧时王谢堂前燕，飞入寻常百姓家"的感叹？

沧桑岁月让老街内涵日渐呈现海纳百川、兼容并包之势。老宅老屋有着古老的四合院，也有着异域风格的精美楼宇。刚在芙蓉街看过飞檐斗拱的府学文庙、关帝庙，接着便被将军庙街的天主教堂或后宰门街的基督教会十字架所吸引。鞭指巷有状元府的"金柱"大门；寿康楼街有戏楼题壁堂，墙上有"二狮戏珠""松鹤延年"传统浮雕，也有典雅别致的西式石柱、扶壁、山花、尖塔……当你走在石板路上，听着舜井锁蛟、秦琼卖马、乾隆御碑的故事，回味着燕喜堂的美食、黑妞白妞的神曲、老舍温暖的冬天，还有"大明湖畔的夏雨荷"的新传说，是不是有着思接天地、神游八荒的感悟？其实，最有意思的，还是跟着泉水地图的指引，在凹痕青苔、墙皮剥落的民居中寻找那一眼眼"屋中泉""桌下泉""柳间泉"，听白发翁媪讲述清泉的故事，回味泉水小院中散发出的喧闹，这才是济南老街特有的韵味。

古人用"泉为穴，溪为脉，河为肠，湖为胃"来描述历下区的地形水势。泉脉所在，便是老街文脉所在。顺着天地坛街，走入芙蓉街、金菊巷、王府池子街，再沿着起凤桥街，进入贡院墙根街、榜棚街，你会注意到，无论是曲水亭街两岸的茶厅店铺，还是西更道的小巷人家，门前都有一副副对联。"千门万户曈曈日，总把新桃换旧符""一城泉水韵，千古圣贤风""水浅能容月，山高不碍云""鱼戏名泉柳钓诗，谁挥彩笔荷铺画"……这些对联仿佛置身于历史的根系里，或旧或新，或木或纸，传递着这座"中古老城"源远流长的人文历史，反映着居民安居乐业的心态，与"海右此亭古，济南名士多""四面荷花三面柳，一城山色半城湖"的古联前后呼应，让人生出"诗意栖居"的欣悦与美好。

沧桑岁月使老街从历史演变为传奇，传奇里却依旧有着日常生活。对二十世纪六七十年代出生的人来说，老街大概能唤起他们埋藏在记忆深处那故乡的小镇旧梦吧！那漫长而又短暂的岁月里曾经有着无数的荣耀和衰微。当然，那流逝的光阴，现在已经不可能回去，记忆里的车票早已模糊不清。那么，在古城老街中徘徊，重温与寻找的，就是能让老城传承的历史与文化，也是我自己曾经怀疑、现已坚定的情怀与精神。

在"花骨朵"里遇见

明人方文诗云："远望如芙蓉，菡萏未开露。"说的是华山形如荷花花苞，在湖中临流而照。至今，从西面远望，依然可见华山一峰独立，平地拔起，旁无连附，直入云霄。山体上一裂花瓣，似欲从花苞中舒展。当然，此华山非五岳之华山，而是位于山东济南东北，黄河以南，古名"华不（音fū，跗）注"的华山，意思是此山如"花跗注"于水中，民间直接就称为"花骨朵"。如此有想象力的山，映照的是怎样一番美景？

驾车在二环东路高架桥挟风向北，很快到了山脚之下。回望历史，古人来到山下，却不像今天的我这样直接。李白慕名而来时，是从大明湖登船而来，"湖阔数千里，湖光摇碧山"。元人王恽则从大明湖出北水门，经小清河才抵华山。当李白、王恽们立在一叶扁舟中，一路绿萍荡桨，白鸟前导，水村渔色，稻畦藕荡，在这仙境沉迷之时，才有"兹山何峻秀，绿翠如芙蓉""齐州山水天下无，泺源之峻华峰孤"名句的诞生。历代文人墨客也在这湖光山色中生出许多名篇佳作，可见，美是需要在长时间、慢节奏中孕育的。

登临送目，正初春时节。山前一道通天直梯，走上去一定很是轻松惬意。是啊，海拔不过197米，实在不算什么高度。路边连翘初绽，黄花间坡，清风盈袖。但这种想法很快就没有了。一路向上，山石陡峭，藤缠蔓结，枯荆老榛，峭立崖上。登之如泰山十八盘，常有巍然生恐之感。初春的凉意早已被周身的汗水驱散。此时，我不禁想起北魏郦道元《水经注》中的描写："单椒秀泽，不连丘陵以自高；虎牙桀立，孤峰特拔以刺天。"独立方可自高，锋锐才能刺天，此言不仅是说山形险峻，亦是攀登高峰之时独特的人生体验。

一般来说，山石大多以山体为根，层层而起，方显山之宏大。而华山之石

华山

却如同巨人们的玩具，凌乱地摆放在山上，却又别具特色。清人董芸赞华山之石："怒者如奔马，错者如犬牙。横者如折带，乱者如披麻。"这些石头，巨如高屋，平如几案，凹如洞穴，锐如矛戟。其中最为奇特的，是自然天成的前龟、后蛇，左龙、右虎。此四物为道家圣兽，华山也因此成为道家36洞天之一。龙石、虎石据说在山深处，因路途崎岖，无缘得见。龟石尚平和，蛇石却似从草丛中穿出，盘立道边，猛然望去自有几分咫尺惊心。

穿文昌阁，过吕祖祠，扶栏杆，撑铁链，手脚并用，挥汗抚石，几番小憩，终于登上山巅。于山顶观之，远处一圈小山，环绕济南城区，所谓"齐烟九点"，便是这些小山。山下数百里平原中，高高低低的建筑物密密麻麻，几乎遮住了南部千佛山，自然也无法看见大明湖。近处电厂的双曲线冷却塔历历在目，零碎的几块池塘诉说着曾经水泊的历史。唯可观者，北方苍茫云雾下，一带黄河自天地一端始入，又自天地另一端逝去，了无踪迹。低头看见旁边巨石之上红色篆字云：天地独立，日月共存。遥想东方圣城曲阜以泰山为天柱，以华、鹊二山为门户，以黄河为屏障，四者在地理上成一中轴线，守护着齐鲁文化绵延不绝，不由得生出思古之幽情。

说到黄河北岸的鹊山，便想起了著名的《鹊华秋色图》。华山尖而鹊山圆，两者相映成趣。济南趵突泉泺源堂有楹联云："云雾润蒸华不注，波涛声震大明湖。"一语点出了趵突泉、大明湖与华山三大名胜之间的奇妙关系。作者赵孟頫在离济归家后，应原籍华不注的雅词派诗人周密所请，画下了这幅千古的名画。令人感叹之事有二：一是周密与《鹊华秋色图》同样因政治原因，未能回到济南；二是画上历代名人多有题跋，却未见乡愁满怀的周密有任何话语。此中到底有何隐秘，今人已无法知晓。当伪齐刘豫开挖小清河后，彻底改变了华不注周围水泊环绕的风光，也让鹊华之间的水泽故事成为历史的秘密。

下山后，我又去游览了南麓的华阳宫。"天下名山僧占多。"较之他处，华阳宫尤其独特，除了供奉着碧霞元君、玉皇大帝、关帝等佛、道、儒诸天神仙，还有他处所无的庙宇。四季殿内供奉上古四帝，春神句芒掌管木作，夏神祝融以火施化，秋神蓐收掌管风力，冬神玄冥尊为雨神，四神与农业生产紧密相关。忠祠中供祀逢丑父，起源于《左传》所载齐晋《鞌之战》中，"齐师败绩。逐之，三周华不注"，逢丑父易服救主，成就了忠臣的美名。孝祠中所祀

《鹊华秋色图》

闵子骞，因"鞭打芦花"的故事，孝名传遍天下。现其墓地在城区百花公园西侧，但其最早之时是葬于华山脚下，因宋时济南一官员黄廷简疏浚小清河，发现并迁移闵氏石棺，中间还有着近乎神话的传说。

中国宗教之核心在于祭祀，宗教之信仰在于现实人生，不像西方宗教，求的是天堂与来世。"以人生度量宇宙，以历史充实世界"，唯有历史，才是最具有审判权杖的上帝。华阳宫所祭祀的四季之神与历史真人转换成的神明，其实就是天地之心、生民之命。华山周围，沧海桑田，千年变幻，不变的是天人合一的生活延续、以忠孝为本的道德准则，如星辰高挂夜空。华山之著名，源于郦道元之经、李太白之诗、赵孟頫之画、鄻之战、闵之墓，华阳宫中所祭祀的各路神仙，化作如今游人口中的传奇，说的何尝不是人们心中永恒的祈盼！

兴致勃勃地，我在离华阳宫大门不远处找到了著名的华泉，一块石碑立在池边，池内水质远不如城区清泉，观之令人失望。转而一想，华泉淤塞已久，现在能将它恢复，已颇为不易。想想华山东边卧牛山、驴山因为有着"济南青"的石材，山体基本被挖掘殆尽，不由得一叹。

返回时，春阳正好。路边一朵不知名的花，顶着骨朵，一只小小的蝶儿，正在上面徘徊。

注：2018年10月8日，《济南时报》以《华山生态湿地公园成"打卡"新地标》为题报道，国庆期间"鹊华烟雨"胜景再现，市民游客点赞变化"翻天覆地"。据规划，华山生态湿地公园占地约6.25平方公里，相当于6个大明湖公园的规模。湿地公园将与小清河、北湖、大明湖、护城河、趵突泉等连通，恢复华山片区"山水重连，再现水中起芙蓉"景观的同时，也搭起从济西小清河源头到章丘白云湖的济南湿地系统框架，恢复赵孟頫国画珍品《鹊华秋色图》中所描述的华山、华山湖山水相映，长河一线，齐烟九点的盛景，重现历代文人雅士所描述的湖光浩渺、碧波万顷、飞鸿翔鹤、远势盘空。

众生如泉

向　上

所有来看趵突泉的，大概都是冲着那块"第一泉"的石碑来的。而我，是因为它有另一个名字：泺源。这是古泺水的源头。

历史上，泺水经泺口流入济水。后来，黄河夺占了济水河道，河岸渐渐高出地面。泺水改道东行，形成了小清河。小清河走章丘，过滨州，从寿光羊角沟入渤海。

所有的源头都是纯净的、美好的，趵突泉也不例外。

看，三个水柱要有多么神秘的力量，才能这样没白没黑、永不疲倦地向着天空攀登啊！当我不错眼珠地盯着它的律动时，我感觉那股神性的超验气息，欲把我卷吸进去。我刹那的眩晕便是因这股力量的余波吗？

未能触摸到天空，却造就一条赴海河流，自身化作一片让无数人向往的风景。

容纳这片神秘的，是一方小小的池塘，东西30米，南北20米，略成方形，面积亩许。如果，它能记录一座城市2 600年历史；如果，它能引导一片浩渺的湖水；如果，它能造就一条赴海的河流……那么，它一定可以称为伟大。数千年如一日的攀登与热忱造就了另一种伟大，伟大也不以占据的资源、所处的高度为标准。

我最爱的，其实是看池中的锦鳞游泳。泉水永远晶亮如新，可以明目；鱼儿神采奕奕，可以动心。伟大无法直视，能在伟大旁边共生的，一般都格外美丽可观，比如朝霞与彩虹。

源头的伟力便是让依靠它的，有着自我更新的力量；让靠近它的，激荡起内心的潮汐。

泉边有亭，名曰"观澜"。泉水喷涌如几千年前的初始，而城市文明已经走到了现代。这块牌匾果然意味深长，它说出了"天下第一"的另一个内涵。

向　往

在没有见面之前，我曾无数次地想象过它的模样。绿荫晴柔、波腾水突、滚珠溅玉，或者是半亩方塘、云影徘徊？因为它的名字很有气势，叫作"腾蛟"。

《七十二泉记》中说：蛟之得云雨而飞腾也。这样的描写是何等的气象！

当我在老街巷里看到它时，不禁有些失望。王府池子街与起凤桥街的交叉路口，墙角下青石围成一方小小的水池。如果不是刻意前来寻找，它一定会被悄悄地忽略。

站在这儿，没有汽车的喇叭，没有现代都市的热闹，只有四通八达的老街还保留着过往生活的影子。青石板路窄窄的，石头垒起来的墙面，民国风味的老宅，刻着时光的印记。岁月一页页地掀过，传说中的故事留在老街。相比于正史的记载，浅浅的青苔和石板的印记更能让人浮想联翩。

水面离地平面不足半米，伸手便可亲近。低头看去，我的影子印在水中。水很清，很新，一眼可以看到底。百年来，这眼泉水一直是这样清澈、新鲜、恒定。它吐纳着天华地宝，涌动着生命意蕴，滋养着这块土地上的人们。生活似乎无声无息。

不仅是老百姓喜欢这眼泉水，读书人也喜欢它。赶考前，士子们会专程前来报到。他们在这里掬一捧甘甜的水，滋润干渴的喉咙，洗涤脸上的风尘，整理长衫上的皱褶，然后向西走去。西边，经过起凤桥，可以到达文庙和贡院。

那时，士子们的路似乎只有这一条，仿佛泉水的归宿只能是大海。

大地承载所有的泉眼，大海收纳所有的水流。而人类的空间却没有这么宽广。

泉水上方的墙上嵌有石刻，上面是丁卯年（1867年）题写的"腾蛟泉"。从那时到现在已经150余年了，其间经历了战火、变迁，尤其是城市的发展。这眼小小的泉水经历这么多的大劫，依旧存在。

因为除了生活，它还有着向往。

矛　盾

泉水涌露一般与土地、木石相连。有的从石缝间细流，有的从山石下渗出，有的从泥沙间奋涌，有的在林间潺潺。五莲泉不是这样的，它是从水里涌现的。

黑虎泉

　　那天看完了黑虎泉，顺着南护城河闲游，我看见了河心的一座孤岛。一块上书"五莲泉"三字的巨石标出了这方妙景。几块巨大的灰石自然堆叠，高出河心半米，簇拥着中间的一池翡翠，水从石缝中溢出，垂入河中，于是岛上多了几挂小小的瀑布。泉流入河，碧绿的河水与雪白的浪花相叠，流中有流、水中有水，看着两水相交，很是让人沉迷。

　　这大概是泉水的盆景吧！我想起了"万练当空舞，溪上石如莲"的句子。石头如莲，多美的想象！这便是"五莲泉"泉名的来历？

　　网上的解释却不是这样，说的是：池底泉眼甚多，大者有五，水泡成簇，升于水面破裂，溢出池外，似五朵盛开的莲花，故名。在岸边是看不到的，要想看这五朵莲花，需要划船靠近。

　　我感兴趣的是，泉水从河底涌出，却又独立成泉，乃成一景。只是不知道，谁是它的伯乐，将它从"泯然众水"中独立出来，让它绽放成一朵莲花。

　　泉南侧河岸上有"五莲轩"，登台观之，五莲泉在水中如花盛开。要想独览风景，必须置身高处；要想理解河流，必须置身水中。

　　五莲泉绽开，独立于河上，却又置身河中；向上奋涌，却又回落河中，最终顺着护城河走上赴海之路，这真是一眼矛盾的泉水。

爱　恋

　　在小小的山谷里，一棵生长千年的古青檀树，把一眼泉水抱在怀里，这便是檀抱泉。这是泉的诗意与浪漫吗？

　　幽深的洞穴里，清泉从石缝里溢出，流淌到前方青石砌成的水池中，滋养着周边村民青翠的日子。对它来说，奉献一片清流，便是平凡而可满足的日子吧！

　　不知何年何月，一粒青檀的种子落在泉眼的上方。水与木的邂逅并不出奇，奇特的是它们结合得如此紧密。泉水哺育了种子，日渐枝繁叶茂的青檀强壮起来，它的根系在岩石缝隙间盘旋伸展，终于把泉眼完完全全地拢入自己的

檀抱泉

根下，置入自己的体内。以泉池为心脏，以根系为血管，是它枝叶格外郁郁葱葱的原因吧。

在树下，古青檀那发达的根系让我格外惊奇。泉洞的上方，可以看见嶙峋的岩石。紧缠着岩石的，是一层层的树根。猛一打眼，整个根系仿佛一个不规则的中国结，互压互绕，交错成网，网络收口处直达树干中部。它们的外形是泉流的波动，骨子里是久经锤炼的战士，不管暗夜还是寒冬，它们都紧紧地挨着，肩并肩，手挽手，虬结而有序，雕刻着运动的姿势。泉水冬暖夏凉，顺着树根的通道，一波波地冲刷着体内的污浊，留下偏硅酸促进钙化，留下锂和溴安定情绪。于是，在太阳缓缓上升的山谷里，青檀舒展开巨大的身体，触摸山崖，触摸山风，触摸那遥不可及的天空。

触摸天空的绿叶之手，有着泉水的渴望吗？

有人顺着台阶，下到树根下方，在条石砌成的门内取了一桶水，用来泡茶。

如今，深入树根下的岩洞汲泉而饮，大概是一件非常奢侈与古典的事。我从城市而来，没有准备任何容器。好在，我还能靠近这古檀的心脏，倾听一眼泉与一棵树爱恋时的心跳。

知　音

每一眼泉都是唯一，每一眼泉都无复件。如果泉水也有知音，金线泉可以称为"知音之泉"。

趵突泉东北侧，一方泉池，色呈暗绿，时有波纹微动。据前人记载，泉池东西两端各有泉眼，当泉流从池底两边对涌且流势相当时，泉流在水面相交，才能聚成一条水线，漂浮移动。如果你运气好，可以看到阳光照射之下，泉池中有一道金线在水中游走波动。宋人曾巩诗赞："云依美藻争成缕，月照灵漪巧上弦。"如缕如弦，金线浮空，这就是它的低语吗？

嘤其鸣矣，求其友声。我看见泉水无时无刻不在喷涌，这是它在寻找能听懂它话语的智者吗？

伯牙鼓琴，有高山流水之缘；叔牙荐贤，有管鲍之交传世。世间寂寞，孤岛丛丛，没有相对应的一方，人生将会怎样的黯然失色！金线泉，那是泉与泉的相对、力与力的呼应、光与影的映射。只有如此，才能在相交的时刻，放出耀眼的光芒！

我非有缘人，至今未能观得这一小圣境。欲睹此景，一般要在八九月间，地下水位在29米以上，泉水极盛之时，阳光照耀之日。概率之下，只能以缘分说之。

明、清之后，老金线泉已经沉默，似乎消失在人们的视线里。1956年，在原金线泉东约20米处小池中，新的金线奇观萌出，是为"新金线泉"，成为视线新的焦点。

人事沧桑，地脉有变，对知音的寻觅却始终不变，无论是泉、是人。

我却想起了神秘地陨落在济南的那位诗人心底的忧伤：

你记得也好，

最好你忘掉，

在这交会时互放的光亮。

佛山有菊

济南南部有山，山名"佛慧"。

九九重阳时，人们都爱去应个登高望远的景。我也爱在这个时候去逛上一圈，因为喜欢那漫山遍野的野菊花。

秋天的菊花，红、白、黄、紫各得其妙，而黄菊最多，金灿灿的，撒在秋天的原野上。"秋丛绕舍似陶家，遍绕篱边日渐斜。不是花中偏爱菊，此花开尽更无花。"在唐人元稹眼里，看似平和通透的小花，心中也有藐视一切的淡定和执着。日渐萧瑟的原野中，那星星点点的小花已有开遍原野之势。

每一首菊花诗都绕不开那个著名的隐者陶潜，"采菊东篱下，悠然见南山"的光辉穿过千年，在每个成功或失意的人心里牢牢生根发芽，时刻准备着在晚秋灿烂。

生命的韵味在一丛丛菊花中隐约可见。秋天，到了菊花这儿，看到的全部是飘逸的笔法，它们或是丹砂，或是白雪，或是紫朱，或是赤金，用最绚丽的色彩唱着一出最素淡的歌谣，初听惊心动魄，再听心素如简、人淡如菊。

走近那一丛丛无语的小花。它们有的三五成群，有的大片簇拥，有的一枝独放，在峭壁，在石际，在泉边，在野地，在已现枯黄的草丛里。椭圆形的花瓣简简单单，正圆形的花心饱满倔强。它们立于秋风中，在百花凋零的时候，以金黄璀璨的声音行吟在山水黛崖间，以似淡实浓的芬芳萦绕在松萝黄栌里，谢绝繁华，回归简朴。也许，只有这份淡定从容，才能保留住它内心的纯净安详。

除了那个以山为体的大佛头外，山下还有开元寺遗址。寺内面容残缺的菩萨有着线条优美的裙裾。寺外有菊，一跳出红尘，一遗世独立，正应了佛门与陶潜的旧典。菊花谢了，来年又是一片金黄；寺没有了，却迎来有出尘之想的赏菊人。"佛山赏菊"美景留下了边贡、朱崇勋、乔岳、王德荣等济南历史名士的赋吟，"短

开元寺遗址岩壁上的佛像

发新来白，黄花不可簪""枫菊丹黄俨画屏，几回载酒此同经"，描述着人生的坚持自守与放浪形骸。我想，这些诗人们宦海春秋后一抹灵光不灭，其中一定有着菊花的智慧。

还有一些记忆浮上心头。母亲极爱菊，从老家山上挪了许多野菊花种在楼下的绿化带里。一次，我在电脑屏幕前待久了，眼睛红肿疼痛，于是母亲将晒干的野菊花以沸水冲泡，让我用香香的热气熏眼，又将菊花水涂在眼皮上，眼睛的疲劳很快解除。母亲嘱我每天喝上几杯菊花茶，说是对眼睛好。

从此，除了坚守，菊花也给我温暖的感觉。

大明湖的水中蜃景

"佛山倒影"是大明湖独有景观。它的出名，还是因了"晚清四大小说家"之一刘鹗所写的《老残游记》里的精彩描述。

大明湖小沧浪亭旁有一块"佛山倒影"的石碑，记忆着老残当年的感叹。此处风景尤佳，南部群山如屏风陈列，游人凭栏南望，远山虽秀丽依然，但湖面波光云影中，倒影往往无处可觅。快快之余，许多人便对"佛山倒影"的存在提出质疑，其中不乏名人雅士。

1922年，国学大师胡适先生游览大明湖，专门到铁公祠寻访此景未得，便在《〈老残游记〉序》中提出疑问："千佛山的倒影如何能映在大明湖里呢？即使三十年前大明湖没有被芦田占满，这也是不可能的事。大概作者有点误记了罢？"他同时在序中举出蔡元培与其女蔡威廉的观点，认为佛山倒影不可能存在。无独有偶，20世纪90年代，著名文史学家张中行先生则在《历下谭林》中直接认为老残胡说："至于说湖中有千佛山的倒影，乃事理之不可能，就是随口乱说了。"

但"佛山倒影"的存在却是事实。金代元好问诗云："看山水底山更佳，一堆苍烟收不起。"明代刘敕诗："倒影摇青嶂，澄波映画楼。"清代王初桐诗："平涵千亩碧，倒见数峰青。"而明末张鹤鸣说："佛山影落镜湖秋，湖上看山翠欲流。"这诗中直接就有了"佛山倒影"的清晰描述。

我也曾多次前往观看，南部群山隐然成一数里长的巨大卧佛之形，东为佛

大明湖畔百花洲风光

首，大佛头所在的佛慧山为佛胸，两山中间空V形为佛颈，罗袁寺顶为佛腹，西侧千佛山略低，形成佛腿的样子，如同一尊巨大的佛像躺卧在山水之间。若是夕阳晚照时，些许迷离灯火倒映在水中，景色较之清晨别有一番韵味。

那么，为何胡适等人认为倒影的存在不可能呢？有许多学者经过考证，总结出佛山倒影出现的几大要素：一是湖面无风，平波如镜；二是空气清新，远山可见；三是湖水纯净无污染。一般来说，春秋季节雨过天晴的时候是最佳观赏时间，早晚均可。季节与时辰、天气等综合原因说，似乎解决了胡适等人偶然来此无法看见"佛山倒影"的疑问。

张中行先生认为"事理之不可能"却着实让人思索。按常识判断，这远在十多里之外、海拔258米的千佛山的身影，中间又隔着众多屋舍、树木，反射光线能否投射到大明湖中，确实值得思量。特别是站在湖边，如老残句中所说，倒影中的楼台树木，比千佛山真实的楼台树木"还要好看，还要清楚"。如果不是文学家的夸张描写，在倒影中出现楼台的清晰线条，这就是一种奇妙的景观了。

有学者曾经解释了海市蜃楼形成的原因：靠近海面的空气由于海水温度较低和潮湿的水蒸气的缘故，折射率较大，而上方的空气因受日照温度较高（正常情况下上层空气比下层空气冷），亦即海面上空空气层的折射率是由下而上随高度逐渐减小的；光线穿过该空气层时，经连续折射向下弯曲，当远处物体射向空中的光线穿过这层空气时连续弯向地面到达人眼，就产生幻景。

那么，"佛山倒影"是否属于一种特殊的水中蜃景呢？我觉得，白昼湖水温度比较低，特别是有大明湖众泉注入，冷水流经过的湖面水温更低（大明湖水温远较别处更低），下层空气受水温影响，较上层空气为冷，从而出现类似于海中下冷上暖的反常现象。当南部山区射向空中的光线被连续弯向水中时，就产生了老残笔下的异常清晰的"佛山倒影"。

不知"水中蜃景"说可否回答张中行先生1956年的疑问？

老城墙根多妩媚

　　我们是从司里街小区进入的。一道有着雕花砖窗的围墙在我身后落下，将城市的喧嚣挡在后面，我们进入了另一番天地。一群永远上涌的泉池，一段历经沧桑的城墙，一群享受生活的居民，他们在一条清清亮亮的河流周围生长，让我悄悄地爱上了这道城市最美的曲线。

　　这是济南的护城河，古称"泺水"。它是众多的泉眼手拉手围着老城跳着一圈优美的圆圈舞。这一旋转，便是1 500年。在这不规则的圆圈上行走，是真正意义上的散步。没有春日桃花浓艳若绮的华丽，冬日的阳光漫洒下来，透过柳枝形成的帷幄，光线格外的柔和。恍恍惚惚地，我把烦嚣抛到了柳枝之外。河水极清极亮，一路向东流去，与阳光的碰撞也不刺目，反而多了明媚的味道。河道地势低，两边用方石砌成墙壁，延伸开来，将游人纳入其中，风雨之后多了许多沧桑之感。斑驳的石板路、泉池的栏杆、高古的砖壁、气势骇人的石虎、雅致的小亭、弯弯的石桥，沿着河道驳岸石走去，头顶的柳枝寂然不动，沉浸在温暖的睡意之中，全没注意河流将它的倩影印在水里。

　　如果仅是这份暧昧，那么睡意也会袭上心头。这时，一座座泉池便睁开清澈的眼睛，让你心头活跃起来。谁不爱这明媚的事物呢？黑虎泉从黑森森的岩洞里悄然涌出，再从三个虎头出来时，就是龙吟般的巨响。"石激湍声成虎吼，泉喷清响作龙吟"，这激越的声响跌落在四方的池子里，再从池北的水闸直接倾入河中。

　　有动就有静，河北岸的白石泉便是婉约好女。从南岸望去，碧绿的河际线上一丛不规则的太湖石格外耀眼，宛如巨大的白花绽放在绿叶中。走近了看，

黑虎泉与老城墙

葫芦形的泉池比河面略高，满溢的池水新、净、滑，让人心境一下安静下来。黑绿幽幽的池底，一丛丛水草格外的精神，有着绿、金两种色彩。绿，始终是新绿，亮人眼目；金，霎时是淡金，是阳光的折射。一串串气泡如珍珠般从池底、红鱼和草间翻滚而出，如梦如幻。泉水从湖石间溢出，滑入护城河，冲出无数闪亮的气泡。儿子先我而来，忍不住伸手入水，然后叫了起来："爸爸你来，这水是热乎的！"

　　造化是如此的慷慨。不远处，河边、桥下，一个个的泉池都讲着纯净的语言，除了黑虎泉、白石泉，还有九女泉、琵琶泉、玛瑙泉、青龙泉，甚至还有路边未命名的泉眼，被栏杆围起，没有任何说明，却有哗哗流淌的泉水。它们遥相呼应，用相同的语言诉说着从黑暗的地下出逃后，享受这份冬日的暖阳的喜悦。而河流，让它们相聚一堂，也让自己丰盈饱满，向东，再折向北，最终冲向遥远的大海。这冬日的河流，在我眼里，纯净而大气，晶莹、朴素、酣畅、活泼。还有什么色彩能比得上这不受污染的本真呢？

人们爱极了这份本真，拿着各种容器到来，到泉边取水。他们有的在泉眼边绲下水壶、水桶，在泉池边俯下身子，然后将一壶壶的水注入大桶里。外地的游客在池边惊奇地看着，老大爷便提着水壶，邀请游客品尝，换来一片惊叹声。而在专门的取水点，鹌鹑蛋粗细的水管时刻不停地流淌，将泉水注入人们带来的各种容器中。于是，泉边的打水者，排队等候的人们，和络绎不绝的挑着担子、骑着自行车的取水人成了济南独特的一景。若是饮之不足，还可以来到河东的泉水泳池，与泉水来个全身肌肤的零距离接触，那也是一份独得的享受。

河水转折向北，拐弯处，一座棕黑色的拱桥在这幅画上勾出一道浓墨重笔，"白石桥"三个字格外醒目。"泉声喧后涧，虹影照前桥"，哗哗的泉声里长长的柳枝垂了下来，与雕花的桥体一块在水里照个影儿。桥是由钢铁材料所制，踏上去，嗡嗡作响，小孩儿便故意加重脚步，留下一片笑声。桥下，"金山寺遗址"的石碑让人想起"水漫金山"的传说。戏说也好，附会也罢，总给人无尽的遐想。

在河边走来走去，目睹河流萦纡乱石，飞珠溅玉之声满耳，草木森蔚，美景当前，人生的追问在此远去。仰视上空是雄伟壮观、云霄飞檐的解放阁，更觉幽静与安心。这里原本是旧城城墙东南角，济南战役从此攻破城防，一场惨烈的搏杀后，才换来如今这美丽的景色。据说当年修建解放阁的石料，均来自城墙故垒石。四四方方、壮观华丽的楼阁，如山稳固，虎踞在河流拐弯的地方，它是这片美景最忠实的守望者。

有几只喜鹊从枝头飞到路上，踱了几步，在儿子的追逐下扑棱棱飞远了。我忽然想起后天就是小寒。"一候雁北乡，二候鹊始巢，三候雉始雊"，大雁因阳气萌动而向北迁移，喜鹊因阳气生发而筑巢，雉鸟因阳气生长而鸣叫求偶。小寒过后，就进入"出门冰上走"的三九天了。其实，济南的冬天到处可见喜鹊，更多是因为泉城处处是温暖的水域吧。

这条温暖而纯净的河流，陪伴着我们，日复一日，年复一年。

泉之行

泉水在大地的血管里孕育，在岩层的黑夜里徘徊。泰山北麓，黄河之南，杨柳站在冬末，轻唤，大地便睁开无数只水汪汪的眼睛。泉水的面容腻滑如玉，泉水的步伐活泼欢快，泉水的腰肢曲线柔软，泉水的裙裾千珠映彩。泉水是一群性格各异的姑娘，潇洒的舞姿描述着江南的诗意。

这便是泉城之泉了，它有着天上星辰的气息。远古时代，那被封印的力量在黑暗里运行，没有意识，没有目的，没有方向，随着地底溶洞与暗河的延伸，无声无息，随波逐流地移动。此时的大地，定然是一片荒凉与死寂，是宇宙间被打落凡尘的混沌。当天上一颗颗星星出现的时候，星光牵引着地底的潜流，开始汇集洪荒之力。在侵入岩岩体的阻挡和断层的围追堵截下，压力一点点增大，水位一点点抬高，水向低处流的定律被打破了，溶孔、溶洞、溶沟都开始向上运动，于是泉水喷薄而出，仿佛一颗颗新星初试光芒……我相信，每一眼泉水都与天上的一颗星对应。还是那个印度的白胡子老头看出了它的本源，吟道："我怀念满城的泉池，它们在光芒下大声地说着光芒。"不管是反射的光芒还是自身的火热，那无数颗跳跃的光点总能让人沉思。那光芒会因你长久的凝视，在一圈圈绿晕上闪闪四射，碧波荡漾中，映出山的倒影、云的来去、人的变幻，有多少人能够在泉的光芒里禅定那一抹淡淡的笑意！

我到天南海北，见过许多天生地养之传奇，多在名山大川，远离喧闹人间。名泉之出露，在林间清而轻，在山巅清而重，在石中清而甘，在沙里清而冽。往往当它们远离山林岭石之际，那一份清气便日渐憔悴。而济南之泉却满是人间烟火的气息。2.6平方公里的老城区内，泉为穴，溪为脉，河为肠，湖为胃，构成密织的水之体系。伴着杨柳的轻拂，路旁、柳下、桥边、墙角、深巷，到处可见那一汪汩汩的清流，或为一眼小井，或为一方池塘，或是大声喧喧，或是小声嗒嗒，夜以继日地奔流。清泉走街串巷、穿墙入户，便有青砖灰瓦白墙的民居顺溪而建，老百姓则临窗取水、煮茗为乐。有的庭院里，一面无声水镜，满而不溢，脂凝软华，无尘无瑕，映出老人们闲适悠然的笑容。还有一些院落开门之处，小桥跨于溪上，或青石为铺，或弯拱于水。垂柳拂于灰瓦，少妇浣于溪旁，水在桥下流，人在桥上行，老泉城的风韵在不经意间凝固在画家的眼里。酒泉、炉泉、豆芽泉、煮糠泉、熨斗泉……看看这土得掉渣的名字，便知道泉水和老百姓的生活有多么的亲密！济南姑娘的各种秀美，想来离不开这泉水的滋润。

或许应了这份入世的清气，泉水流经之处，多了婉约的江南风韵。穿青戴绿的流水，有着曲山艺海的风韵，踩着宫商角徵羽，伴着急管繁弦的山东快书、黑妞白妞的梨花大鼓、章丘梆子的念词、五音戏的唱腔，在这块土地上高高低低、浅唱低吟。方块的汉字、长长的水袖、闪耀的镁光、明暗的速写、清脆的竹板，都密密麻麻地拥挤在泉流里，把泉的一页页历史拌搅得丰富多彩。叮叮咚咚的流泉，汇成一湾浩渺的大明湖，叩出一段美丽的邂逅。明湖泛舟，捧一杯碧筒饮，你是否想起那美丽的诗句："一盏寒泉荐秋菊，三更画船穿藕花。"行走在鹊华烟雨里，伴着滚珠溅玉的流泉，你是否能想起汇波晚照之时，在夕阳中的相遇相约？而相比灯火辉煌的闹市街头，水汽迷蒙的泉边似乎更适合热爱的人们倾诉心语。

是的，就在这"七十二泉春涨暖，可怜只说似江南"的时空里，一个个追梦人踏水而来，或是一袭青衫，或是峨冠博带，或是意气风发，或是黯然神伤。不管是得意的人生还是苦涩的浊酒，都在红蓼绿荷和碧波清流中得到放松与安慰。清泉的信仰是什么？洗涤红尘、包容万物，却又能澄清自我，不尘不垢。当这闪耀的思想与血肉相连、与呼吸相通之时，便在人生际遇里，亮起一盏盏烛光，照亮道路的同时，也成为这片神异土地上的星辰。从此，一篇篇奇文丽章，一段段隽言妙语，总是在需要的时候，伴着明湖的碧波而来，让

人们在泉边汲水泡茶

我们想起杜甫与李邕的友谊、刘凤诰与铁保的联语、蒲松龄与朱缃的知己之情，品味那彼此光照的时刻；让我们想起七桥风月里的木兰舟、溪亭泉边的蚱蜢舟、白雪楼下只渡雅客的扁舟，仰望着一颗颗载浮载沉、却执着不懈的心灵。泉水流淌，它的灵魂是诗，挟裹着一颗颗高洁的灵魂，让泉水更加甘冽、更加清澈。诗与词，赋与文，密密麻麻地涌来，无声地洗涤着每一个与之相伴的灵魂。

泉水低语，流过一座座民居，串起一个个泉眼，汇成一个个池塘，最终沿着小清河汇入大海，这是所有流水的宿命与使命。年复一年，泉水的眼里不仅满是四季的七彩七色，也落满了风雨雷电。不同于江南的梅子雨与桃花汛，泉水出自星光与大地的神秘联系，不管雨季旱季都有倔强的水流、不变的方向、永恒的坚持，仿佛铁铉面对油锅时的大笑、蔡公时面对残暴日军时的不屈、纬八路刑场上高昂的国际歌歌声。那清澄的水，看似柔弱，实则坚韧不屈。它洗涤过城市的街道、门楼，滋润过城市的花草、林木后，才汇入去往大海的小清河。在水之湄，无数场心与泉的邂逅敲开浑浑噩噩的日子，曾堤旁的竹径柳风在晚霞里飘摇，红蜻蜓飞着，从快乐无忧的童年飞向不再徘徊的中年……

济南自古是诗城，泉水从来有清音。如果说城市是一棵大树，那么济南这座城市的"根"则充满滋养，无数泉水在地缝里蜿蜒曲折，给济南这棵大树的成长输送着"独此一家"的营养。这种美丽的感觉，已经被泉水透过血脉深深地烙印在泉城人的心里。这样，你会明白，为什么随处可见老人们用长竿的滤网，不让泉池沾染异物；为什么济南本地各种媒体长篇累牍地报道着地下水位的消息，一年四季从不间断；为什么黑虎泉、五龙潭前总是有着长长的队伍，取水的人们用各种容器将这晶莹无瑕带回家中，享受这一片简单纯净。从官方到民间，众口一词，以各种语言表达着对泉的喜爱。在他们的眼里，泉水是口粮，泉水是岁月，泉水是灵魂，泉水是永远活跃的精灵，泉水是精神不竭的图腾。老诗人的话说出了人们的热爱：斟满天下最美的水／喝它个轰天一醉／然后把灵魂放生在泉中……

所谓伊人，在水一方。当大多数城市的生长隔绝了大自然的启迪与福佑，我的身边始终有着星辰与大地贯通后的气息，还有着先哲们感悟这泉水的华章妙悟；而泉流的那一端，便是水中央的向往。住在济南，有了这一片当下的泉水，"道阻且长"也就算不了什么了。

云雾润蒸何处来

在济南读泉，多读泉之造化奔涌、泉之晶莹剔透、泉之甘甜可口、泉之流响清音、泉之人文历史。但如果在冬天，你一定要读一读泉之云雾润蒸。

趵突泉泺源堂有一楹联："云雾润蒸华不注，波涛声震大明湖。"这是元代书画大家赵孟頫描绘趵突泉三窟并发、泉池如沸时的情景。天气晴好固然可细观泉水奋涌发力，然而雪后初霁更佳。此时，泉池上方生出肉眼可见的丝丝缕缕白气，继而在冰冷的空气中形成团团白雾，让四周犹如仙境一般。还是老舍说得好："泉上起了一片热气，白而轻软，在深绿的长长的水藻上飘荡着，不由你不想起一种似乎神秘的境界。"这种神秘的境界从何处来？赵孟頫"云雾润蒸"句前还说了，"谷虚久恐元气泄，岁旱不愁东海枯"。原来，趵突泉从地脉中抽取东海的元气，这大概是云雾润蒸的源头吧！

可是，如果你到五龙潭一观，你就未必同意这个观点了。你会说，云雾润蒸从锦鲤而来。俗话说，云从龙，风从虎。在这儿，雾紧随着锦鲤弥散开来。潭畔名士阁前，大片大片的雾气凝而不散，氤氲升腾，遮住了湖对岸的景物，苍茫浑涵之气凛然。影影绰绰中，一群群颜色灿然、大小不一的锦鲤从雾中缓缓现身，进而到你面前嬉戏起来。"一夜东风垂罽珂，水晶宫挂紫罗帏"，我一时愕然，鱼儿离水上岸了吗？仔细看看，才发现雾下是一池透明若空的水，宛如水头最好的玻璃种翡翠，隐藏在漫卷的雾气里。此时，"龙潭观鱼"成为"雾中观鱼"，你能不说这是天地间的奇景吗？

云雾润蒸亦从河流中来。如果你到过壶口，你就会感受到黄河之水天上来的气势，挟带着天风海雨，扑面而来。而在济南老城墙下，护城河内雾舒云

冬日五龙潭

卷，润物无声，别有闲雅幽情。这儿泉池密集，黑虎泉咆哮呜咽，白石泉汩汩
有声，九女泉一清见底，玛瑙泉款款而流，还有诸多名泉三五成群。众泉汇流
入河，使得云雾格外浓重。河流运载的似乎不是水，而是云雾翻波涌浪。跨河
的石拱桥，不见首尾，小亭翼然，飞檐似乎在动。偏偏还有一艘小船驾雾而
来，慢慢显现，更添加了许多仙境趣味。

　　寻个简单素净之地，你可以真切地看到，云雾润蒸从地气中来。回马泉在
五龙潭公园内南侧，条石砌岸，水净无尘。从泉上曲桥回廊中下观池底，如同
登高远望沙漠起伏，咫尺之地有千里之势。原来，池底净沙中有几十处泉眼，
地气化作水泡，顶动细沙，此起彼伏，如蚁穴出虫，战阵方始。有的三三两
两，有的数十成串，大如硬币，小若米粒，飘摇升腾，如直升机翅翼旋转，上
升到水面，纷纷炸开，在镜面形成圈圈涟漪波纹。此时，可看见雾气丝丝从波
圈中化生，进而在泉池上方化作轻纱般的薄雾。

　　其实，泉水所到之处，便有云雾润蒸之景。大明湖边，有晓雾绕岸而行；
曲水亭街，有薄雾升腾于杨柳间；泉流绕户，溪水自带雾结烟；小院泉池，上有雾球丝溢，绕于红酥手际。古籍所载，芙蓉街青石板下有泉水伴行，每至冬季，雾气氤氲从石板上升起，人行其间，缥缈若仙矣！

说到底，云雾润蒸从温度中来。受天地之眷顾，济南泉水是有温度的，且四季恒定。泉水温暖，水汽化成水蒸气，因冬天气温比泉温低上十几摄氏度，又使水蒸气液化成肉眼看不见的小水滴，配上千变万化的泉貌地理，就出现"云雾润蒸"各不相同的景观。受了泉水的陪伴与恩惠，济南人热情、实在、好客、不排外，自有一番齐风鲁韵的气度。元好问就用自己的亲身体验说了："羡煞济南山水好，有心长作济南人。"说的就是济南山好水好人更好，和泉水一般有温度。

佛在人间

　　站在山道上，恍然就有了红尘繁华的味道，还有花月春风之际，朝朝香火，香篆袅袅。

　　这是济南的名胜千佛山，坐落在城市南端，北望黄河，南依泰山，东西横列，峰展如翼，遥遥守护着一个潇洒似江南般的梦境。一道石阶蜿蜒而上，可见山崖突兀，满目清幽。峰回路转，拱梁飞檐下是朱壁金门。寺联曰：暮鼓晨钟惊醒世间名利客，经声佛号唤回苦海梦迷人。寺名"兴国"，楹联却是出尘之意，感觉挺有趣。

　　山名"千佛"，自然与禅有关。拜过了禅寺隋代九窟百三十尊菩萨、万佛洞两万天王力士、弥勒佛如山金身，还有山道旁观音、财神、灵官等庙、园、殿、洞，我的目光还是回到山道起始处那十八尊石雕罗汉。

　　平素所见佛容，庄严神圣，惟妙惟肖，种种不同，各得其妙，共同之处在于他们高踞庙堂之上，遥遥俯视人间众生。而这十八罗汉让人一见就顿起亲近之心。戌博迦手持蒲扇，翘首待友；诺矩罗反手过头，伸着懒腰；注茶半托迦手持经卷，目光睿智；阿氏多双手抱膝，烦闷不已；那伽犀那挖耳直视，急不可耐；半托迦裹紧衣服，闭目享受着春日阳光……他们散落在道旁树荫下，相貌或老或少、或美或丑、或善或恶，或如探讨的学子，或如亲密的兄弟，抑或如迎客的主人，奇特的面容和着装下，有着凡人的忧愁与欢喜。

　　友人也有同感，他指着熙攘的人群，说这些罗汉很有大隐隐于市的觉悟。晨练的老人，还有牵手的情侣从他们身边走过，就像从街头商贩身边路过，毫不理会这些罗汉在做什么。罗汉们各行其是，你看你的春日景，我参我的闭口

千佛山

禅，又或者享受着这结庐南山、人境忘言的意趣。

　　对于我来说，与其说他们是佛，不如说他们是市井行者一枚，有着你我共同的爱恨痴愚。他们在这山道的两边，构筑心灵的净土。槐亭谈经，山寺赏菊，竹林会友。或独自一人，清酒一杯，对齐烟九点，望黄河金带，把经卷翻遍，将禅关坐穿，在失意中寻找希望，寻找生命中微微点点的光芒，期望有朝一日能把佛前青灯点燃，照耀出一片不动如来的清净佛土。

　　参禅之佛亦有情意。十八罗汉不远处有巨佛卧于道旁，双目似闭非闭，全然不理路旁信众的参拜。于是，我想起了六世达赖仓央嘉措的诗："那一年，在山路匍匐，不为觐见，只为贴着你的温暖；那一次次的转山，不为修来世，只为途中与你相见。"不管是罗汉，抑或是使徒，在道旁趺坐了五百年，在佛前跪拜了五百年，袅袅升起的香炉轻烟中，都会想起那抹桃红柳绿、那朵凡尘最美的莲花，时光就停留在这春日的意蕴中。

　　返回时，蜡梅园的蜡梅枝横碧玉，香重如尘，引得游人时时凑上前去细嗅。不像别的植物先吐绿叶，它上来就是一片奢华，黄金破蕾，冷香盈坡，小小惊春一萼，使人振奋不已。

　　看来，千年晨钟暮鼓终究难抵人间一丈轻黄。

城市里的田野：留住那一抹乡愁

如果不是亲身来到，你似乎很难相信，与喧闹的润华汽车公园相邻，会有这么一片广阔的原野。水环树绕的草甸平原、可以零距离亲近湿地的栈道、四时不同的田野风光，还有大片芦苇摇曳生姿，中间飞起大群的白鹭，它们在近百座岛屿间自由生长，让人忘却城市的繁华，回归自然的沉静。

这是济西湿地公园，一片城市里的原野。它位于济南市中心城区的西部，紧邻玉清湖水库，北接玉符河，东至南水北调东线引水渠，横跨长清、槐荫两区，总面积1 130公顷，相当于十多个大明湖。最可贵的是，它处于高速发展的济南主城区内，交通发达，人们抬腿即到。它原本是济南西部的黄河背河槽洼地，现在，承接着黄河和长江的水，加之南部泰山水流都汇集到这里，形成这片规模宏大的湿地。它的诞生，是城市高速发展和注重环境保护的产物。

走在这片生机勃勃的土地上，有着回归大地母亲怀抱的感觉。大堤上杨柳堆烟，叠翠成行，自是妩媚飘逸。不过我更愿意细看那斑驳混杂的树林和恣意生长的野草。这里的树木多是北方常见的品种，大叶女贞、栾树、毛白杨、元宝枫等，各有各的精神，无一例外挺直了胸膛。而荆条、酸枣、拉拉秧、老苍子、狗尾草等，卑微而快乐地紧贴着大地。春去秋来，野花寂寞地开，野果寂寞地红，对应着贴着地面寂寞生长的野草的荣枯。人行其中，也成了一棵移动的植物。

这片原野上，最令人瞩目的还是这儿的河流。其实还不如说，这儿是一片水系。这片湿地形成的时间不长。2001年，作为济南饮用水水源地的玉清湖水库建成之后，水库侧渗，成为重要补给水源。加上黄河与长江南水北调水流，在独特的地质条件下，在这里形成了众多池塘、小溪、浅滩、河道，天然之下，

第二章 天生泉城 潇洒济南

略加人工，便形成了如今沟汊纵横、水泽遍地的湿地景观。河流抱着近百个岛屿静静地流淌，清清亮亮，河中的水草和岸边的杂木始终纠缠着。青蛙从岸边一跃，把小鱼儿惊得四散逃开。而小岛上垂钓的老者却岿然不动，任凭清凉的河水穿过丝线下弯曲的阴影，映成水面上波光粼粼。河流，自然欣悦着自己所孕育的那一份生机，但也憋足了劲，向着流向大海的小清河缓缓而去。

最妙的是，这众多的岛屿和河流，人们可以亲近。公园里，石桥、拱桥、木桥、树桥，横亘于镜波流水之间，将大地与河流紧紧地联系在一起。最写意的则是栈道。蜿蜒曲折的栈道草木掩映，或在平湖之上，或临滩涂之间，或跨丛生深草，或邻芦苇而过，最终与景区长达15公里的生态小径对接起来。不同的地形地貌之间，人们轻衣革履，有野游之趣，却无杂木挂身之忧，无溅水湿衣之累，更无披荆斩棘之苦，这是怎样一个逍遥游！

对孩子们来说，原野最吸引人的是数不清的、道不出名字的飞鸟、小兽和昆虫。大概是喜欢这儿的水草丰美、鱼白荷香，白鹭经常在这儿出没。一些叫不出名字的大鸟在这里徘徊，麻雀和乌鸦也不时飞过。孩子们在呆望后，注意力又回到小溪边。年轻的妈妈一网下去，便有小小的鱼儿和泥鳅在孩子们的欢呼声中被装到小桶。夏日，黄鼠狼和小刺猬常常出来遛腿儿，引得孩子一片惊呼。秋天，蟋蟀和蝈蝈的吹拉弹唱更闹得孩子们心里痒痒的，于是孩子们便呼朋引伴，循着声音向草丛扑过去。失去吟唱的目标后，孩子们又蹑手蹑脚地追踪着蚂蚱，偶尔停下脚步，察看倒毙在草丛里的不知名鸟儿的尸骨。它们在这里土生土长，存在着也同时消失着。

秋天的芦苇是最冲击人的心灵的。湿地拥有大面积原生的芦苇荡，游人乘坐画舫或划着小舟，游走穿梭在苇海中，赏两岸芦苇，听鸟鸣欢唱，有较大的概率成为一株"会思考的芦苇"。你看那芦苇沿着浅滩紧挨着，却又相对独立，细节疏茎，素穗飘飘。微风吹来，穗缨在空中恣意摇摆，雪一般的芦花将飞未飞。飞起来的芦花遥遥上升，起初是白色，阳光照过，有着透明的淡金，最后暗淡下来，隐入池塘中的枯荷。风起，大片芦花随风起舞，雪飞波漾，弥天盖地，"秋风忽起溪浪白，零落岸边芦荻花"的阔大景象又引起怎样的遐思！

于是，我想起了戴望舒的诗："故乡芦花开的时候／旅人的鞋跟染着征泥／黏住了鞋跟，黏住了心的征泥／几时经可爱的手拂拭？"语浅情深的诗句也勾起了我儿时的回忆。少时，我随父母在南方客居，有一段时间住在江西的一个小县城。单位大院外便是一片原野，池沼遍布，河道众多。我曾随着母亲拾过稻穗，随父亲临波垂钓，和伙伴在野地里到处疯玩。那儿，青蛙时时从我们经过的田埂里跳起，小鸟从草丛中惊飞天空。水边的芦苇也成为我记忆中一个永恒的镜头。

离开二十多年，我从未再回那片田野，那片池塘众多、绿荫繁茂的地方。不过我相信，就算我回去，我也不认识了。流浪者回来，不过像幽灵走过夜晚，在虚无里摸索故乡的面庞。就像如今的我，过着没有黄昏、没有凌晨的日子，日常生活似乎和自然大地没有关系。整天生活在城市的水泥森林里，目光被都市的灯红酒绿所惑，身心被滚滚红尘所扰，在汽车尾气中日渐枯萎，成为虽有固定居所却安顿不了心灵的漂泊者。

不仅仅是我，许多人的乡愁都和故乡原野的景物紧紧地联系在一起。著名学者季羡林在《月是故乡明》中说："黄昏以后，我在坑边的场院里躺在地上，数天上的星星。有时候在古柳下面点起篝火，然后上树一摇，成群的知了飞落下来，比白天用嚼烂的麦粒去粘要容易得多。我天天晚上乐此不疲，天天盼望黄昏早早来临。"郁达夫思念着北国之秋："到了秋天，总要想起陶然亭的芦花，钓鱼台的柳影，西山的虫唱，玉泉的夜月……"每一个回忆起故乡的游子，记忆中最深刻的大概都是那片原野所负载起的童年岁月。

其时，我漫步在园区的小径上。前方，一对情侣嬉笑着走入前方斑驳的树林中，消失了。这一幕与我记忆中的某个场景重叠起来。那片在现代商业文明的侵袭下几乎难以寻觅的原野，逐渐与眼前这片湿地重合起来，"为什么我的眼里常含泪水？因为我对这土地爱得深沉……"那树、那湖、那小岛、那河流、那芦花、那飞鸟，彼成了此，此成了彼，彼此易位，吸引着我前行。是的，我用尽一生的力量，一直在走，向更好的时光，向那片故乡的原风景。

济南的三河四水两湖

邻水而居,择水而憩,自古就是人类背靠自然、创造文明的发端。或灵动,或清澈,或微澜,或浩渺,水总是恰到好处地引动人类追寻梦想的内心渴望。一座城市,一种文明,往往因水而诞生、因水而繁荣、因水而伟大。济南区域内,有"三河",为黄河、大清河、小清河;有"四水",为济水、历水、泺水(护城河)、玉水;有"两湖",为大明湖和鹊山湖。这些共同形成了这座山水城市的水域地理。

公元164年,建国不久的汉王朝在东平陵县设立郡国,因在济水之南,故名为"济南国"。至西晋永嘉年间,济南郡治始西移至历城。济水在上古已是名川大河,与长江、黄河、淮河并称"四渎"。作为"四渎"之中最为独特的河流,传说其源于王屋山的太乙池,东穿太行,伏地潜行百余里,至济源城北平地双源重发,涌泉而出,西源为龙潭,东源为济渎池。济水顺流南行与黄河交汇,三起三伏,曲折东流,终至渤海。古人云"河浊济清",是因为济水东流入山东境内汇于巨野泽(今巨野县境内,已淤平),泥沙在泽中沉淀,同时汶水清流注入,流经济南段时水质清澈,又称"大清河"。大清河在山东境内,经定陶、济宁、济南、邹平,在博兴入海。

在小清河未开挖之前,除大清河外,济南境内主要有三条河流。《水经注》分别记录为玉水(今玉符河)、泺水和历水。玉水发源于历城南部山区的"锦绣、锦阳、锦云"三川。三水流经玉符山(后在玉符山与卧虎山之间建水库),始称玉符河。北流入党家镇境内,经丰齐一带至古城村南,折向西北于北店子村注入古济水,为季节性河流,现仍承担着饮用水供应和泉水地

下渗漏区域功能。泺水从趵突泉发源，北流至泺口入古济水。古泺水为公元前694年鲁桓公与齐襄公相会谈判之地，《左传·桓公十八年》载："公会齐侯于泺。"因趵突泉畔有"娥英祠"，古泺水的这一段又称娥英河，今为护城河的一部分。历水发源于古舜泉。《水经注》载："（历）城南对山，山上有舜祠，山下有大穴，谓之舜井。"唐宋以前，此处泉群众多，最有名者为舜泉、香泉、杜康泉。众泉争流，水势浩大，汇流成溪，注入大明湖。《太平寰宇记》记载："历水在县东门外十步。"按《三齐记》云："历水在历祠下，泉源竞发，与泺水同入鹊山湖。"历水北流入大明湖，湖水再度北流，注入大清河。宋时，随着舜井诸泉的干枯，历水途经之地渐渐变成道路，历水消失。

大明湖历史悠久，其最早记录为北魏郦道元的《水经注·济水》："其（泺）水北为大明湖，西即大明寺，寺东北两面侧湖。"趵突泉北为大明湖，在现今五龙潭附近，因大明寺而得名。现在的大明湖则应为《水经注》中所云"历水陂"。济南自古北部低洼，因泺水、历水与众多泉水的原因，形成大小不等的若干湖泊沼泽。西晋永嘉年间，因扩建济南城墙，西北角城墙截断泉水渲泄途径，逐渐形成今日大明湖"一城山色半城湖"的特色。泉水势大时，北城百姓多受水患之苦。北宋熙宁年间，曾巩修筑北水门、曾堤等，成环湖风景带，并可调节城内湖水水位高低，奠定了今日大明湖的基础。

大清河汇集玉水（玉符河）、大明湖水北流，在鹊山周围成鹊山湖。鹊山湖东抵华不注山，南至济南城北，与一些小块的水面相接，包括大明湖在内。李白在《陪从祖济南太守泛鹊山湖三首》诗中云："湖阔数十里，湖光摇碧山。"唐代段成式在《酉阳杂俎》中写道："历城北二里，有莲子湖，周环二十里。"这里说的莲子湖，就是鹊山湖。清朝以前，鹊山湖成为风景名胜之地。古人在大明湖登船，经鹊山湖至华不注山，成为经典旅游线路。

唐宋时期，济水中游的巨野泽和梁山泊相继淤平，从鲁中丘陵起的济水各支流流域内水土流失严重，水质变得浑浊。金元时期，黄河多次在阳谷县张秋镇泛滥，黄河水进入济水，带来大量泥沙。同时，济南南部山区植被在金元时期被无序破坏，雨季时山水裹挟大量泥沙而下。几百年间，大量泥沙进入鹊山湖，导致湖底慢慢抬高，露出地面。人们在其上垦植谋利，进一步加速了鹊山湖水域的减少。元朝初期，王恽在《游华不注记》中描绘了游北郊水域的线路："自历下亭登舟，乱大明湖，经汇波楼下出水门，入废齐漕渠……泛滟东行约里余，运肘而北，水渐弥漫。北际黄台，东连叠径，悉为稻畦莲荡，水村渔舍，间错烟际……"到了清代，北郊已经是"莽然田舍"，不复昔日烟波水景。

黄河的多次改道对济南的水形有重大的影响。北宋熙宁十年（1077年），黄河泛滥，夺大清河东阿至历城间河段河道，大清河在历城东北脱离故道，东北流至利津入海。由于北宋年间大清河的改道，使济南出现了两大问题：一是无海盐运输之利；二是因济南北郊泉水无法疏导入海，水患甚厉。南宋建炎四年（1130年），投降金国的伪齐王刘豫利用济水故道开凿小清河。他在历城县华山之南筑堰（名"下泺堰"），由此而向东北方向打通了一条与大清河（即济水）平行的河道，即小清河。小清河开通后，原来注入大清河的济南北郊湖泊之水，改向东流，经章丘、邹平、长山、新城、高苑等地，于博兴的马家渡注入渤海，全长250多公里。在济南泺口，刘豫筑起"下泺堰"，其作用就是使泺水分流。为区别于大清河，堰以南新开河流称"小清河"。

清咸丰五年（1855年）六月，黄河在河南省兰阳（今兰考县）铜瓦厢再次决口，不再由淮入黄海，而夺大清河故道入渤海，让名列"四渎"之一的济水彻底消失在人们的视线里，也让济南水文环境又一次发生巨变。官府组织人力对小清河做了裁弯取直的彻底整修，泺水（即护城河）遂成为小清河上游，经黄台达羊角沟入海。光绪三十年（1904年），为补充水源以利通航，在现槐荫区吴家堡建睦里闸，引玉符河水东流入小清河，使小清河成为当时山东省唯一的水陆联运、海河通航的内河河道，全长237公里，流域面积1万余平方公里。如今，小清河复航工程已经开始实施，将实现千吨级船舶海河联运，成为沟通"蓝黄"两区及省会都市圈的海河直达运输通道。

第三章

≋

百宋千元　人文遗泽

鲍山温暖

一

鲍山是济南"齐烟九点"中著名的一座山，地处济南东部王舍人镇内。我虽然早就知道它，却因诸事繁忙，一直没有前往。那天与文友聊起来，说，鲍叔牙墓就在鲍山那儿。一语令我大吃一惊，"管鲍之交"啊，这个成语主角的墓葬居然就是鲍山山名的由来？历经两千多年，他的墓葬居然还存在？

兴之所至，我驾车顺着工业北路，在导航仪引领下来到鲍山脚下。据《济南府志》载："《齐乘》夏禹之裔有鲍叔仕齐，食用采于鲍……山因城名。"齐国大夫鲍叔牙功成名就之后，食邑于此，名为"鲍城"，山因城而得名。现在的鲍山已经成为济南钢铁厂的厂中之山了。举目望去，方石铺就的广场，层层台阶之上，有一座气势宏伟的两层仿古建筑，大门上书四个金字："鲍山胜境"。两边抱柱联曰："叔牙贤明誉齐国，和顺淑气盈钢城。"大门后面绿树森森、青杨袅袅，一条石阶向绿荫深处延伸。陶渊明诗云："死去何所道，托体同山阿。"以鲍叔牙之贤，躯体与高山同在，是当得了这份荣誉的。我不由得兴奋起来，加快步伐，想要一探叔牙墓的究竟。

可是，鲍叔牙竟然和我开了个玩笑。荐贤亭、揽胜长廊、人工湖、瀑布，我走了个遍，在山巅我看见胶济铁路、济青高速公路穿境而过，济钢生产区的炼钢高炉、济炼绿色储油罐历历在目，可就是找不到目的地。让我意外的是，多次问询前来游玩锻炼的人们，竟然都不知道墓葬的准确位置。

鲍叔牙墓

管鲍之交，这段最让人惊艳的友谊，就在我们的周围，但人们大多不知道。这让我不禁深深地叹了口气，为他们，也为自己。

二

最终，从一位老人那里，我知道了鲍叔牙墓的确切位置：鲍山东南，济钢单身宿舍楼北。

在济钢宿舍区，沿着整洁的马路，穿过一幢幢居民楼，我看见一片广场。广场上草坪平整、树木扶疏，在初秋的阳光下，人们骑着自行车驶过。广场的南端，在苍松翠柏的掩映下，一座两层的墓园呈现在面前。

墓园整体呈方形，第一层以宽大的长条石方为基，二层以青砖砌就，上方如同城墙上的雉堞，让人想起春秋战国时那一座座旌旗飘扬的雄关，还有连横合纵的一幕幕威武雄壮的"话剧"。而当我走过"二龙戏珠"浮雕，轻轻地踏上那石缝长满野草的台阶时，这一幕幕雄壮的"话剧"刹那间没入一堆黄土之中。是的，眼前一座青砖护边的圆形封土，直径十余米，高三四米。其上长满了杂树和野草，在初秋的风中依旧散发着蓬勃的生命力。就在这死亡与生命奇特混合的墓前，有一灰色石碑，上书七个红色大字——"齐大夫鲍叔牙墓"，字体劲健飘逸，不知是哪位名家手笔。碑前有一仿古形制供桌，上有香炉。供桌边上有两个石狻猊，脚踏葫芦、芭蕉扇和书简，守护着这位2 600年前的贤者。封土堆的周围，方石铺地，石缝中长满了杂草。漫步在方石地面上，历史沧桑的气息扑面而来。

应该说，"管鲍之交"的故事大家耳熟能详。鲍叔牙是安徽颍上人，为春秋时期齐国大夫。他与管仲是发小。齐襄公时，鲍叔牙辅佐公子小白，而管仲辅佐公子纠。齐国大乱时，襄公被杀，纠与小白争夺君位，小白胜出登国君位，即后来春秋五霸之首的齐桓公。作为定国首功的元老，鲍叔牙辞谢桓公拜相，保举与齐桓公有"一箭之仇"的管仲为相，自己甘居管仲手下任齐大夫一职，最终成就了齐国"九合诸侯，一匡天下"的伟业。与之相随的，是"管鲍分金""箭射带钩""让相举贤"等一系列传之千古的故事。这些故事一举奠定了鲍叔牙贤明的历史地位。

这中间，让我最为动容的，是《管晏列传》中管仲的话：

吾始困时，尝与鲍叔贾，分财利多自与，鲍叔不以我为贪，知我贫也；吾尝为鲍叔谋事而更穷困，鲍叔不以我为愚，知时有利不利也；吾尝三仕三见逐于君，鲍叔不以我为不肖，知我不遭时也；吾尝三战三走，鲍叔不以我为怯，知我有老母也；公子纠败，召忽死之，吾幽囚受辱，鲍叔不以我为无耻，知我不羞小节而耻功名不显于天下也。生我者父母，知我者鲍子也！

上面这段话，说出了管仲人生经历中曾深以为憾的经商、谋事、出仕、作战、事君等五件事：经商自利他人视为贪婪；为人谋事未成他人视为愚笨；做官频遭革职他人视为无能；临阵逃逸他人视为胆怯；主死不殉难他人视为无耻。这样的人在今天恐怕也没有人能瞧得起吧！只有鲍叔牙才能不受世俗大众普通价值观的左右，设身处地为管仲着想，体谅管仲的身世与遭遇，洞悉管仲的心意与抱负。

管仲是一位内心坚定且有着宏大志向的爱国者。在《管子·大匡》中，他曾经谈及其对生死的看法：

夷吾之为君臣也，将承君命，奉社稷以持宗庙，岂死一纠哉？夷吾之所死者，社稷破，宗庙灭，祭祀绝，则夷吾死之。非此三者，则夷吾生。夷吾生则齐国利，夷吾死则齐不利。

"社稷破，宗庙灭，祭祀绝"意味着国家的灭亡，管仲坚信自身有着他人无可比拟的价值，只能为国家去死，而不会单纯为某个君主某个人而放弃自己的有用之身。鲍叔牙理解管仲的为国为民的崇高理想，才会让出相位，甘居其下。管仲也才会如此深情地说："生我者父母，知我者鲍子也！"

父爱如山，母恩似海。管仲的这句话，饱含着对知遇之恩、知己之人的如同父母一般崇高的感恩和礼赞！

历史证明了管仲的价值。孔子高度评价管仲说："微管仲，吾其被发左衽矣！"在那个"春秋无义战"的年代里，周天子名存实亡，有势力的诸侯依次采用"挟天子以令诸侯"的方式来开展兼并战争。法律缺失、礼乐崩坏、社会无序，人民陷入战争的痛苦中。在这个时候，管仲的出现，为人们抵抗异族侵略带来力量，也带来一个休养生息的和平时代。

同样，管仲一样能够设身处地地了解鲍叔牙。在管仲临终前，齐桓公询问在他之后国相的人选，齐桓公想要让鲍叔牙任相位，但管仲宁可推荐隰朋也不同意鲍叔牙。他说："鲍叔牙为人过于清廉正直，是非过于分明，得罪人太多，这样的人不适合当国相。"奸臣易牙跑去向鲍叔牙挑拨。鲍叔牙则笑着说："管仲荐隰朋，说明他一心为社稷宗庙考虑，不存私心偏爱友人。现在我做司寇，驱逐佞臣，正合我意。如果让我当政，哪里还会有你们容身之处？"

恰如其分的相互了解与信任是友谊最坚实的"定海神针"。历史也证明了鲍叔牙的自知之明和进退之道福泽后世：他的子孙后代世代食禄封邑于齐十余世，中间出了很多著名的士大夫。于乱世时期保全子孙后代长久的富贵，这确实需要大智慧。

三

当我在墓前徘徊瞻眺的时候，看到墓区一层立着济南市政府于1995年12月所立"鲍叔牙墓保护范围"的石碑。碑后刻有："该墓传为春秋齐国桓公名相鲍叔牙墓。"仔细一想，鲍叔牙在管仲死后，终于接受齐桓公的任命为相，延续管仲的治国方针，直到晏婴为相，齐国再度崛起。这似乎与他墓碑正面"齐大夫"三字矛盾。但仔细一想，鲍叔牙名字之所以传世，正是因为他相信管仲治国之才在自己之上，从而甘居大夫之位，与管仲一起为国家的繁荣昌盛而努力。这种有着共同奋斗目标的友谊并不多见。看来，墓碑书丹者正是理解了这一点。

"管鲍之交"的故事之所以能流传至今，是因为它几乎包含着友谊所有的内涵：管鲍二人初始为贫贱之交，因志趣相投成为"莫逆之交"；因亲如兄弟成为"金兰之交"；因在人生的历程中一起跌爬滚打、共渡难关成为"患难之交"；又因一起上过战场、共同面对生死成为"刎颈之交"；他们几十年来，不因贵贱的变化而改变深厚友情，是为"车笠交"；在道义上彼此支持，成全"君子交"；是不会因众口铄金而产生误会的"知己之交"。它有着朋友间相互亲善而产生的温暖、安逸和快乐，有着传统道德基础上的价值认同，有着因性格契合在另一个人身上看到自身光芒的喜悦，有着不因他人的言语产生误会的鉴别之智。真正的友谊是在性格成熟的人之间才能发生的，它让我看到了美德、智慧、自信、谦让、善良等人类孜孜以求的理想人格和境界。世事沧桑，人事易变，如果没有一份温暖的友情和共享的快乐，人生将会索然无味。

天地一逆旅，古今皆过客。挣扎在追求与放弃、取舍与得失之际，有着多少让人惊羡的遇见啊！钟子期与俞伯牙的高山流水，司马迁为李陵事件受宫刑，杜甫与李白的诗酒酬唱，苏轼与王安石的论争，鲁迅与瞿秋白的交往，这些故事穿越历史的时空带给我们无尽的温暖和向往。历史上同样也有因交友不慎带来的危机，比如孙膑交庞涓而惨遭膑刑，林冲交了陆谦而被逼上梁山。深交后的陌生，认真后的痛苦，信任后的利用，温柔后的冷漠，亲朋间的误解，导致多少人世的悲剧！所以冯梦龙说："相识满天下，知心能几人？"所以司马迁认为鲍叔牙的识人之智远比起管仲的贤能更令人看重。"人生得一知己足矣，斯世当以同怀视之"，这句震撼人心的话如果由管仲来说，定然更感人，更有说服力。

想来，不仅仅是司马迁，也是冯梦龙、是鲁迅、是你和我，同样在渴望着那人生中可贵的友谊和"知音"，抚慰着现代人日益孤寂的灵魂。这大概是历经2 600年后，鲍叔牙的墓依旧存在的最终原因吧！

临走时，我又看了一眼鲍叔牙墓的墓碑。碑上，有一圈彩纸扎成的花环祭礼，风吹日晒下有些褪色了。但我想，无论何时何地，在何人的心中，友谊的光彩永远不会褪色。

历下亭的千年回响

论起济南的城市文化地标，历下亭不可或缺。它作为著名的旅游景点，为游人来济旅游的必到之处。同时，它代表了济南城市文化的精华，即济南的名士文化。

历下亭在大明湖湖心岛上，为一座重檐八角式古亭。匾额"历下亭"三字，为乾隆手书；亭南楹联"海右此亭古，济南名士多"，为清代书法大家何绍基书写。此联为唐时杜甫与北海太守李邕、蹇处士等一干好友雅集时写下的著名诗句。也许诗圣本人也没想到，这句诗自此赋予济南名士品格，在千年的岁月流转中激起了巨大的回响。

中国传统文化对"士"的认识传承已久。"士"的含义中有着忧国忧民、担当进取、取义成仁、敢为天下先的传统文化精华。如今，环绕历下亭周围的名胜古迹，很多是为了纪念给城市发展做出重大贡献的名士。

历下亭东北，有纪念"唐宋八大家"之一的曾巩的南丰祠，阐述着"权为民所用，情为民所系，利为民所谋"的时代精神。曾巩，字南丰，北宋时任齐州（今济南）太守。曾巩在任期间，为老百姓做了许多好事，并治理城北水患，初步建成大明湖环湖风景带。这让后人不禁感叹，"从此七桥风与月，令人长忆是南丰"。

历下亭北，汇波桥侧有铁公祠，祀有明兵部尚书铁铉铜像，含蕴着"忠"的全部意义。燕王朱棣起兵时，铁铉坚守济南，屡破燕兵。后来，朱棣用计擒了铁铉，招降不得，遂将铁铉残酷杀害。后人敬佩铁铉宁死不屈的精神，在大明湖北岸建铁公祠以表纪念。

历下亭正东约4公里，有闵子骞墓。"孝"是中国伦理道德的根本。作为中国孝文化的代表，闵子骞以"孝"被孔子称道，其"鞭打芦花"的故事传诵千年，"母在一子寒，母去三子单"这句话至今听来仍让人为之震撼。

历下亭西南，有辛弃疾纪念祠，述说着"国家兴亡，匹夫有责"的精神。弃疾年轻时，为抗击金兵揭竿而起，曾率五十骑闯入金国五万人大营，缚叛徒张安国从容而归，赢得"壮岁旌旗拥万夫"的赫赫威名。郭沫若题联云："铁板铜琶继东坡高唱大江东去，美芹悲黍冀南宋莫随鸿雁南飞。"辛弃疾是豪放派代表词人，亦可为铁血将军。于此为赞，名士的内涵又多了与国同殇的悲情。

大明湖新区中，也修复了一些名人名筑，如王士祯的秋柳园、记载传世名画《鹊华秋色图》的鹊华桥、赵世卿的小淇园、老残笔下的明湖居、当代的老

历下亭

第三章 百菜千姿 人文荟萃

舍纪念馆。这些人或为诗人骚客，或为一代名臣，将自己人生历程演绎得格外精彩，在城市的发展史上烙下自己的独特印记，为济南文化特质更添光彩。

在历史的风吹雨打中，历下亭屡毁屡建，贯穿着济南的城市发展史。历下亭在北魏至唐时建于五龙潭畔，宋、金、元、明时移建大明湖南岸，清代至今矗立在湖心岛中央。曾巩、李攀龙、李兴祖、蒲松龄等人均发起或参与过历下亭的重建。每一次重建，都是百姓对为他们谋福祉的名士们深深的致敬。

除了历下亭周围，城里还有许多丰碑般的建筑刻录着这些名士起衰振隳的功绩。趵突泉公园里，有一代词人李清照故居、李攀龙的白雪楼；遍布城中有周永年、蔡公时、王尽美、邓恩铭、王献唐等人的雕像，扁鹊、闵子骞、鲍叔牙、张养浩等人的墓园。还有一些人，在城市的拆迁改造中似乎被遗忘了，但他们却以民间故事的形式留在老百姓的口碑中，如"黄河大王"张曜；以著名菜谱的形式留在老百姓的宴席上，如发明"宫保鸡丁"、智斩权监安德海的丁宝桢；以传奇的形式解释泉源的喷涌，如大刀关胜与马跑泉……

从杜甫写下传诵名句到如今，已经过去了1 200多年。在历史的发展进程中，"名士"的含义早已超出了杜甫最初的褒扬，蕴含着山东人乃至中华民族对"真名士"的认可。"我们自古以来，就有埋头苦干的人，有拼命硬干的人，有为民请命的人，有舍身求法的人……这就是中国的脊梁。""苟利国家生死以，岂因祸福避趋之。"鲁迅和林则徐所言不仅是对中华民族英雄，也是对以丰功伟绩撑起了济南一方天空的名士群体最真切的写照。

还有一群人，教会了人们对美的欣赏。没有他们，你不知道什么叫"家家泉水，户户垂杨"，什么叫"四面荷花三面柳，一城山色半城湖"，泉水如何"在光芒下大声地说着光芒"；不能真正地领会"济南潇洒似江南"的含义和明白《济南的冬天》又是何等的温暖。这种美使人的灵魂更加柔软，使思维的触感变得更加敏锐，使平民更有人文关怀意识。这些美丽的诗境，冲破身份、阶级、时代的阻隔，一下子击中了我们的心灵力场。"山水无文难成景，风光着墨方有情"，借助着这些美丽的诗句，我们的情感才能附丽在这山山水水中，才能在日趋千篇一律的城市群中，真正地靠近和体味这天下独一无二的山水济南。

"是真名士自风流。"无它，"名士"更本色的生活，也就更能超脱于生活的庸俗之上，更能理解自然的含义。这一群体包含着人们对奋斗、对坚毅、对优雅生活的最终理解和向往。或许我们对生活有所抱怨、有所困惑，那么，观览不同时空中这些或美丽、或铁血、或坚忍、或高扬的生活方式，我们就会从中得到不一样的感悟。

守望《聊斋》的大明湖

一

　　泉水是济南的灵魂。收纳百泉的大明湖，以包容之心将这一份清澈灵动敛成一处灵性所在之地，成就了"济南潇洒似江南"的美名。对作为读书人的蒲松龄来说，济南不是他的福地，每三年一次的科举考试让他意气全消；而对作为文学家的蒲松龄来说，大明湖对他生前身后都有着奇妙的呼应。

　　蒲松龄是淄川（今淄博市淄川区）蒲家庄人，清初淄川为济南府辖下属县。封建时代，读书人报效国家、实现个人抱负的理想只能通过当官来完成，而科举是普通读书人唯一的一条"华山道"。蒲松龄自幼聪慧，文名早显，童子试以县、府、道三考皆第一，得到山东学政、著名诗人施闰章赏识。命运之神在这以后似乎打了个盹，蒲松龄在济南三年一次的科举考试中屡试不第，受尽了心灵的磨难。"年年作客芰菱乡，又是初秋送晚凉……意气平生消半尽，惟余白发与天长。"人生沧桑如白发，这是他58岁时的一首诗。60岁时，他到济南乡试再度失败，他写道："三年复三年，所望尽虚悬。五更闻鸡后，死灰复欲燃。"这中间有着怎样的"压力山大"和自我鼓舞前行呢？科举考试的屡次失败，消尽了他的自许报国平生意气，直到他71岁成为贡生，才结束了这场心灵反复被狂虐的历程。当然，在他反复地质问自己与科举制度时，他也将之写入了《聊斋志异》中，如《叶生》《于去恶》《考弊司》《贾奉雉》《司文郎》《王子安》《三生》等，以他在落第时内心的痛苦和体验，对官场的腐败和科举考试制度的弊端进行了深刻的批判。

"山林欤，皋壤欤，使我欣欣然而乐欤"，这句话道出了文人的山水情结。大明湖也不例外，在蒲松龄最沮丧的时候，以其灵性安慰着他失意的人生，明湖风光给了他无穷的乐趣。

"大明湖上就烟霞，茆屋三椽赁作家。"

"浅沙丛蓼红堆岸，野水浮荷绿满塘。"

"闲收市上青莲子，归作明湖景物夸。"

明湖烟霞、红蓼绿荷这些风景昭示了他生机勃勃的心境。可以说，是大明湖用缤纷色彩和碧波清流洗涤了他心灵的尘埃。

大明湖最能鼓舞蒲松龄的还是湖心的历下亭。在"海右此亭古，济南名士多"的楹联下，杜甫与李邕的友谊光芒穿透千年的历史时空温暖着蒲松龄的心，而历下亭的屡废屡建让他心中重燃希望之火。1693年，山东按察使喻成龙等主持重建历下亭，蒲松龄在诗中写道："大雅不随芳草没，新亭仍傍碧流开。"大雅指杜甫、李邕明湖之会，新亭为李杜文学传统的象征。第二年，他又写下了《古历亭赋》。赋结尾写道："于今百年来，再衰再盛，恰逢白雪之宗；焉知千载下，复废复兴，不有青莲之后哉！"大明湖先后吸引和滋养了曾巩、李攀龙、王士禛等一代代文坛领袖，留下后人需要仰视的高度。而此时已

湖与亭

基本创作完成《聊斋志异》的蒲松龄，是否也相信自己作品的价值超越前人呢？

《聊斋志异》真正流行于世是在蒲公离世五十多年以后。因为家贫，其时《聊斋》并未流传开来。甚至邀他前来的喻成龙怀着不可告人的目的，想要以千两白银换取《聊斋志异》的署名权，蒲公当然不会同意。他在《自志》中说："集腋为裘，妄续幽冥之录；浮白载笔，仅成孤愤之书。寄托如此，亦足悲矣！"

每看到蒲公的这句话，我都心中为之黯然。幸或不幸的人生中，每个人都会寻找一片土壤，种下让自己安心、让自己踏实、让自己的人生价值能在这里开花结果的小苗。对蒲公来说，《聊斋》寄托着他人生的"孤愤"与幸运，这是无法用金钱来衡量的。

鹦其鸣矣，求其友声。《古历亭赋》列举了一系列文学史上著名的文人雅集——滕阁鸣銮、兰亭流觞、梁园胜会、金谷豪吟等，无不映照着蒲公的眼前景、心中事。历下古亭所代表的李邕与杜甫光照千秋的友谊，同样是人生低谷时的蒲松龄所盼望的。

于是，一曲《古历亭赋》唱给了芙蓉盛开、山明水媚的大明湖。

二

大明湖听懂了蒲松龄的心曲，在两年后给了他一个知音。这个人叫朱缃，字子青，号橡村，祖籍山东高唐，其父官至浙闽总督。朱缃在济南土生土长，为王士禛弟子，诗名甚盛，被王士禛称之为"一代作手"。因为《聊斋志异》，57岁的穷秀才与27岁的贵公子成为忘年交。蒲松龄的长孙蒲立德在其《书〈聊斋志异〉朱刻卷后》中对此有专门的记录：

昔我大父柳泉公，文行著天下，而契交无人焉，独于济南朱橡村先生交最契。先生以诗名天下，公心赏之；公所著书才脱稿，而先生索取抄录不倦。盖有世所不知，先生独相赏者，后之人莫得而传之。

大明湖正门

　　从中可见，蒲松龄"契交"很少，可称为"契交"的，只有朱缃。"契交"就是知音。知音这种事情，向来与年龄辈分无关，只与意趣是否相投有关。蒲松龄非常欣赏朱缃的诗，二人都喜优游林泉。蒲松龄一直在为科举而努力，而朱缃连秀才都没考上，二人同病相怜，自然有共同语言，多次诗酒酬唱。蒲松龄在《答朱子青见过惠酒》中说："爱莲舟过明湖水，问舍衣泪历下尘。狂态久拼宁作我，高轩乃幸肯临臣。"这是对朱缃不因富贵而骄人的品性的赞许。朱缃写了《蒲留仙过访话旧》："旧雨情深动雁群，西风萧瑟又逢君。诗吟篱下狂犹昔，书著山中老更勤。身外浮名空落落，眼前余子任纷纷。泉香峰翠勾留处，且共开樽坐夜分。"朱缃以这首诗对蒲松龄勤于著书的精神表示钦佩。莲舟吟诗，泉香酒洌，大明湖记录了蒲朱二人的高山流水般的知音生涯。

　　最关键的一点是，蒲松龄一直视《聊斋志异》为他来到这个世间最重要的事；朱缃则在还不认识蒲松龄的时候，就被《聊斋志异》的鬼狐世界所倾倒，从而成为蒲氏的"粉丝"。他不同于当时蒲松龄周围的朋友认为《聊斋志异》有损蒲松龄的科举大业，而将之与屈原《离骚》、庄子《逍遥游》、司马迁《货殖列传》、韩愈《毛颖传》等名篇比肩。在抄录完《聊斋志异》全本后，朱缃在篇末题写了三首七绝。诗其三云：

> 捃摭（jùn zhí）成编载一车，诙谐玩世意何如？
>
> 山精野鬼纷纷是，不见先生志异书。

朱缃诙谐地说，世间这么多的山精野鬼，等着到书里去对号入座！他以"玩世"强调了书中寄托讽世的内容，比他的老师王士禛"料应厌作人间语，爱听秋坟鬼唱诗"的评价更为准确和深刻，更能理解蒲松龄的用心和《聊斋志异》的价值！

从钟子期高山流水的故事到鲁迅"人生得一知己足矣"的感叹，中国文人一直都在企望着一个充分理解自己的真朋友：不论出身，不论年龄，不论缘由，在艰难困苦之中有恰到好处的理解、真诚可贵的包容和彼此守望的关爱，将心灵深处的纽带牢固地连在一起；在最需要的时候，互相扶持着经历坎坷、渡过难关，然后在泪水和欢笑中分担痛苦并分享快乐。可以想见，一直羡慕着李邕、杜甫般友谊的蒲松龄，与朱缃结为忘年交后，在人生的"孤愤"中会有怎样的欣慰！

朱缃不仅是蒲松龄的知音，也是《聊斋志异》传播行世过程中最重要的人物。康熙四十六年（1707年）二月，朱缃在历时十年将《聊斋志异》全部抄录完毕后不久就因病去世。尽管这一抄本现已湮没不可考，但它成为《聊斋志异》传播的最初源头。可以说，如果没有它，《聊斋志异》很可能就像老舍毁灭于日本侵略军之手的长篇小说《大明湖》一样，现今无法得观全貌。

由于受到当时通讯条件的限制，在淄川乡下的蒲松龄得知朱缃去世的消息时，葬礼已毕。蒲松龄只能痛哭遥祭：未能束刍吊，雪涕赋招魂！

三

据学者考证，在《聊斋志异》传播过程中，先后有殿春亭本、铸雪斋本、郑氏家藏本、青柯亭本、张友鹤三会本和路大荒汇集本，这中间，殿春亭本、铸雪斋本和路大荒汇集本都在大明湖冥冥中的关注之下。

朱绳生前抄录的《聊斋志异》，在他去世后被人借去，下落不明。雍正元年（1723年），为重新完成父亲拥有此书的心愿，其子朱崇勋，即殿春亭的主人，向蒲松龄的子孙借来全稿，重新抄录了一份。当时，朱崇勋还请蒲松龄长孙蒲立德作序，准备刊刻，但由于种种原因未能成功。其时，济南本地诗人张希杰与朱崇勋诗酒酬唱，往来密切，甚至还在朱家坐馆授徒。张希杰在此期间看到这一"孤愤"之书，或许是因为神奇的鬼狐世界，或许是因为相似的人生境遇，或许是因为"孤愤"之书对科举制度和封建礼教入木三分的批判，也抄录了一份，后人以其书斋之名"铸雪斋"名之。其后，殿春亭本湮没，铸雪斋本便成了我们今天能见到的最早抄本。

我曾多方查找张希杰的资料，从他的《铸雪斋集》及其他资料中，发现张希杰竟然有着与蒲松龄极其相似的生活经历，完全就是清朝底层士子的生活缩影。

张希杰，字汉张，号东山，别号练塘，又取济南名泉众多之意，自号七十二泉渔人。康熙二十八年（1689年）八月初十，张希杰出生在济南孝感巷圆通庵东自家的百忍堂。他五岁即开始读书，先后师从名儒吴仕望、毛禹珍、赵国麟等人。其虽"少即好读诗古文词"，但直到乾隆五十一年才岁试选为贡生，之后连续十三次考取功名不中，其间四处奔波以幕僚讲书为生，最终在大明湖边授徒乡里，抑郁而终。

限于资料不足，我已无法还原张希杰在大明湖畔的生涯，但从他自号七十二泉渔人来看，他对大明湖及七十二名泉有着特殊的感情，这也是一种慰藉吧。张希杰暮年回顾自己一生时说："十三试棘闱，屡得屡失，其间死生离合，忧愉悲欢，一切境界久已荡为冷风，化为飞埃……"

科举社会中，科考失利不仅给士人们带来精神上的种种打击，更对其生存境遇产生极大影响。张希杰晚年时的遭遇，说明了这一点。56岁时，其子补博士弟子员，府学教授为张希杰昔日龙章书院同窗杨廷相。按照潜规则，新生进学须向教授奉上谢礼数金。因家贫，张希杰百般为难后只得转贷少量礼金，并附上一诗相求，希望杨廷相念昔日同窗之谊予以谅解，却仍然遭到杨的鄙薄与凌辱。张希杰虽小有文名，受到当地士绅们的尊敬和仰慕，但由于经济能力的微弱以及社会地位的低下，只得咽下这一口气。

张希杰数十年来汲汲于科举事业，饱尝世间人情冷暖，为生活所迫以幕僚帮办私塾设馆为生，因为诗文才情得以小有名气于地方士林之间，这种生活与蒲松龄有何差别！由此，我们可以理解《儒林外史》中范进中举前的窘境和他中举后的疯狂。科举的巨大吸引力与个人价值、宗族观念、社会认可等种种因素交织在一起，使得士子们形成顽固的科举情结，从而不惜以毕生代价执着于此。对于其中绝大多人来说，落第的挫败感和壮志难酬的落寞之情如影随形，伴其一生。对蒲松龄和张希杰来说，或者著书立说就是他们唯一可以"遣有涯之生"的方式。张氏曾为官至礼部大学士的赵国麟写"行状"（记载死者生平的文章），可见他颇有才气，所缺或许只是蒲公几十年如一日的搜奇志趣"成孤愤之书"。正是相似的生活经历、科举心病、世态炎凉，让张希杰忍不住将这部巨著抄录下来。

作为一个爱书者，我能想象得到奇书在眼前不能拥有的痛苦，尤其是在这部奇书将自己心中所想、笔下所无者娓娓道来，在心中引动山呼海啸般的共鸣时。在印刷不便的古代，想要拥有一部书，抄书便是唯一的选择，因为知音在前，寄托在前。张希杰找到了自己生活的知音。

历来文人有着"立德、立功、立言"三不朽的渴望。当前两者在现实中难以真正实现时，诗文就是对现实的挣扎和超越，"立言"成为作为个体的人实现自己梦想最直接、最为可控的行为。蒲松龄如此，朱缃如此，张希杰也是如

诗住兄见纵抄
苦刻刀无酒杯
既逢兼浩老
传如时化老传
尽不歉人如

丐僧

《聊斋志异》封面　　　　　　　　　　　　　　　　　　　　　　《聊斋志异》插图

此。所以，张希杰晚年在其《铸雪斋集》序中说"录藏以俟来者"，希望其诗文能藏之名山、传之后世，在未来岁月中找到知音。

张希杰的名字果然被后人记住了。只是，历史给他开了一个不大不小的玩笑。他的名字还能被后人提起，他的《铸雪斋集》还能被人研究，不是因为他的诗文才情，而是因为他生在大明湖畔，有机会欣赏并抄录了一部《聊斋志异》，对这本书的广泛流传起到了关键性的作用。

至于他的《铸雪斋集》呢？《国朝山左诗抄》收录清朝中前期山东诗人620余家，诗6 000余首，然而却没有收录张希杰的一首诗。其编者宋弼在《铸雪斋集序》中说：

"张子练塘历试不得一遇，平生踪迹半天下，坎坷肮脏抑郁无聊之气，一假笔墨以发之，是必有陆离光怪藏乎其间，宜其傲睨一世，而若有所不屑也。"

张希杰多年科举未中，陆离光怪的诗文记载着个人的抑郁无聊之气，自傲可之，感人则欠缺。其诗文离开对世事人生深刻的洞察与体验，仅局限于个人的小我世界。同样是处于科举不第苦闷之中的蒲松龄，却假鬼狐之外衣，抨击现实中恶势力和叙述人世间的种种不幸，在泄块磊之愁的同时，唤醒了无数在科举之路上挣扎的士子，抚慰了无数弱小百姓受创的心灵，心系民瘼，与民歌哭，才能征服千千万万读者的心。

不过，纵览文学的历史长河，诗文作者无数，灿若星辰如蒲松龄者，又能有几人？多是匆匆过客而已。张希杰的心路历程不仅是清代底层士子的代表，就是放到现代，也是大多数文人一生的缩影。

四

时间来到了20世纪30年代。

大明湖依旧和以往一样，散发出别样的魅力，先后让杜甫、李白、李邕、曾巩、苏轼等文人墨客留下众多千古绝唱的风景依然美丽。以此为依托，在现今泉城路以北、大明湖以南，形成了一片繁华市井，有各类集市、估衣铺、古董店、酒肆饭店。尤其是依托着明清以来的府、县学及秀才院试、乡试的考棚，设有大量的旧书铺。据民国时张景栻的《济南书肆记》记载，当时的旧书铺大量分布在城内省府前街（旧布政司大街），省府东街（旧布政司小街），芙蓉街、东花墙子街、辘轳把子街、曲水亭街、后宰门街等处，吸引了一大批文人墨客前来搜罗奇书珍籍、购买金石碑帖什物赏玩，并且多有精品和珍品出现。1930年，王献唐在敬古斋购得聊城杨氏海源阁旧藏黄荛圃手校《穆天子传》、顾千里手校《说文解字系传》。黄丕烈，号荛圃，与顾千里均为清代著名藏书家。可见，民国初年的济南旧书铺中不乏珍宝级的古籍。

正是大明湖南岸这一独特的小环境，吸引了大批文人学者，其中就有蒲学研究专家路大荒。路大荒，1895年生于淄川县北关乡菜园村，与蒲松龄的老家蒲家庄相距只有3公里。路大荒自幼受蒲松龄同族后裔蒲国政影响，深深地爱上了奇书《聊斋志异》，并自然而然地走上了蒲学研究的道路。他千方百计在淄川、济南、章丘等地寻求蒲氏诗文手稿，常常弄得节衣缩食、经济拮据。他回忆购蒲松龄珍贵手抄《祭文》情景时说："然在闻号令角声之中，资斧告罄之时，尚恋之一书，人间尚存如我之痴耶乎？然能聊慰自痴，何顾后人之讪笑也！"

为了一部至爱书稿，不顾囊中羞涩，不顾他人嘲笑，也要想方设法拥有。爱书之痴情，与朱缃、张希杰二人何异！

笔者想起了爱书的陆游。诗人说："吾饮食起居，疾病呻吟，悲忧愤叹，未尝不与书俱，宾客不至，妻子不觌，而风雨雷电之变而有不知也。"又有诗云："人生百病有已时，独有书癖不可医！"人生所有的悲欢爱恨到了书痴这儿，都与书脱不了干系。书在这儿成为一种生活方式，把我们与过去、现在和将来连接在一起。书可以让人滋润性灵、舒心怡神，但最重要的是，书可以让人暂别尘世的喧嚣、俗务的烦恼，"躲进小楼成一统，管他冬夏与春秋"，书承担着"独善其身"的精神修复功能。

蒲松龄歌咏过的大明湖美景，珍贵古籍屡屡出现的旧书铺，二者不但吸引着文人学者，同样也吸引着追索蒲氏文稿的路大荒。早期，路大荒来往于淄川和济南之间，寻得与蒲松龄有关的古籍多部，如《聊斋文集》六册、《农桑经》等。1937年，因日寇侵占淄川并追缉其所藏蒲松龄手稿，路大荒逃到济南隐居，先后居住在大明湖畔的秋柳园街25号小楼和曲水亭街8号的四合院。

感受着蒲松龄曾经留下的气息，路大荒在大明湖畔得到了人生友情与事业的双丰收。

一是找到了知音。在痴心求书过程中，他与画家黄宾虹、溥心畬、关友声等为友，书画唱和；又与文献考古学家王献唐、墨学大家栾调甫等山左学人相交，三人并称为"山左三杰"。在他隐居济南最困难的时候，他效仿陆游，将居所命名为"曲水书巢"，由黄宾虹题写匾名，并请溥心畬画了一幅《聊斋著书图》挂在房间里，与此画朝夕相对。黄、溥、王等人的友谊对他人生道路有着巨大的精神支撑作用，重现了蒲松龄与朱缃友谊的温暖。

二是奠定了学术地位。1936年，在时任山东省立图书馆馆长王献唐的介绍下，上海世界书局出版了《聊斋全集》，收录蒲氏诗文650余篇、俚曲10种，并附有《蒲柳泉先生年谱》，成为当时最具权威性的《聊斋》全集。1962年，中华书局为路大荒出版了120多万字的《蒲松龄集》，较以往多出60多万字，是蒲学著作内容最完整的诗文全集，奠定了蒲学研究的基础，被日本学者天野元之助赞为"当今研究蒲氏著作第一位"。1967年，路大荒将自己所藏蒲松龄手稿捐献给山东省图书馆，这些手稿成为山东省图书馆的"镇馆之宝"。

相比于朱缃、张希杰，在守护《聊斋志异》这部奇书的路上，路大荒走出了巨大的一步，人生的格局也远比他们更为宽阔，有着人生的知音，有着事业的成功。也许像梁漱溟所说的"得时则驾"，是时代给了路大荒更为广阔的舞台，才有他人生事业的高点。无论如何，时代是在前进着的，前进的时代更为关注生命个体的价值。

还有一个值得深思的例子。曹雪芹1715年出生，比蒲松龄晚出生75年。然而，《红楼梦》手稿至今未见其只字片纸，《红楼梦》外的诗文更是难觅踪迹。而比他早出生75年的蒲松龄文章手稿却得到了相对完整的保存，这不能不说是一个奇迹，也是一个至今还等待着合理解释的谜团。

与《红楼梦》相比，《聊斋志异》的成书与传承始终有着大明湖的影子，有着李杜知音故事传承千年的光照。我相信，是大明湖的守望为这部奇书始终不坠注入了神奇的力量。无他，近水者智，大明湖守洁包容的智慧正是一段文脉不绝的根本原因。借用蒲松龄的原话结束这篇文章吧：

焉知千载下，复废复兴，不有青莲之后哉！

百宋千元中的身影

　　如果不是山东博物馆名人堂内的专题，相信大多数人不会知道王献唐（1896~1960年）这个名字。然而对于齐鲁文化圈来说，他是一个高山仰止般的人物。"藏身百宋千元内，抗论先秦两汉间。"这是著名藏书家傅增湘对国学大师王献唐先生一生学术成就的精辟评价。王献唐是山东日照人，一生致力于齐鲁文物典籍的抢救和整理，尤其是抗战期间独立护送齐鲁文献精华南迁之举，可比秦时伏生藏《尚书》29篇、汉时萧何尽收咸阳图籍，有存亡续绝、烽火薪传之功。其大德大功自有专家学者论述，而王献唐在济南访书的细节让我注目良久。

　　清末至民国期间，在大明湖以南的老城区，以文庙、贡院和抚院为中心，包括大、小布政司街，后宰门街（今省府前街一带），辘轳把子街，曲水亭街，芙蓉街，舜井街等地，遍布古玩字画店、旧书肆和摊市。自1929年王献唐担任山东省图书馆馆长以来，在多方拓展馆藏之余，经常前来访书购书。芳润阁、汉宝斋、聚文斋，乃至路边的冷摊僻市都可见他觅书的身影。旧书多从废旧物品中来，多数肮脏污损，王献唐在翻拣时常常被弄得尘土满面、手如黑漆。然而得到苦觅多年的书籍或突然而至的惊喜让他流连忘返、乐此不疲。即使因中原大战，敌机不时飞来轰炸，他依旧外出访书。每得善本，他都"如枯肠获酒，欢喜无量"，甚至欣然忘食，喜不成寐。他还记录了其三次失而复得《攗古录金文》的故事，其中充满了对战乱中人生聚散离合的感慨：

　　"旧收一部，丧乱中失去。继收一部，复失去。今又购此，不审何时再为乌有先生也。"

为了购买善本书籍，他倾尽了所有的财产，"清俸所入，半输书市"，压缩日常衣食所用，典当自己正穿着的衣物，甚至卖掉妻子的首饰来买书。如此行径，被别人笑为"痴迂""装大爷"。他自嘲说："穷措而'装'，亦咄咄怪事。"对王献唐来说，觅书藏书着实是一项长期的劳役，需要投入大量的时间、体力与金钱。不过这劳役像是一场漫长的恋爱，甜蜜的负担，让他痛并快乐着，非身在其中不能道也。有一年，王献唐在四川守护山东文物书籍精华，在敌机空袭警报中依然不肯入防空洞。他说："若有不测，何以面对齐鲁父老，只有同归于尽了！"爱得真，爱得痴，书在人在，书亡人亡，此种"疯狂"情怀，史上何人可比！

因为长期访书，他与许多济南名士成为好友。其中，他与栾调甫、路大荒三人并称为"山左三杰"，为民国时"齐鲁学派"的旗帜。三人经常结伴优游书肆，广罗群籍。路大荒为著名蒲学研究专家，多次将自己收集到的蒲松龄诗文集转给王献唐，这些都成为山东省图书馆的"镇馆之宝"。路大荒在淄博访书时，在一个小书摊偶然觅得磁版张尔岐《蒿庵闲话》下册，与王献唐昔年所得上册合璧，现珍藏于国家图书馆。栾调甫曾为齐鲁大学门房，因长于先秦墨学和中国古文字学，成为教授。其墨学造诣让胡适苦寻他三年，谋求一面。后来，王、栾等人合作，整理了从旧书肆中得来的山左先贤手稿精品，包括李文藻、周永年、桂馥、牟庭、王筠、许瀚、陈介祺、刘喜海、宋书升、高鸿裁等人的手稿20余种，辑刊为《山左先贤遗书》。王献唐还撰写了《山左先贤遗书提要》一书，后来齐鲁书社以此为基础，编辑出版了《山左名贤遗书》，在海内外产生了较大的影响。

济南旧书肆有许多奇人。侯素庵以伪造书画为业，曾伪刻汉砖数方至山东省图书馆售卖，被王献唐识破。献唐惜其才，先后让他补刻被日本人偷走的潍县上陶室砖瓦、失去头颅的临淄北魏佛造像，在复制品上留下"侯素庵"之名，并给予厚酬。类似侯素庵的奇人还有许多，均因为文物典籍与王献唐结下了不解之缘。如聚文斋老板彭辑五，鉴别版刻无人能及；茹古斋老板钱汝英绰号"钱眼子"，不识字却善于鉴定书画；芳润阁老板赵润甫善于装池旧书，有

"稷门四巧工"之称；友竹山房老板"吕狼子"眼光毒辣，善于囤积居奇、狠敲竹杠……

王献唐的大家风范折服了这些各具才华的书贾，贩书者与访书者各得其所，达成"双赢"。他们帮助王献唐收得大量无法以金钱计量的文物古籍，同时，书商所知晓的书主先世藏书原委和专业知识，也丰富了王献唐笔下书家掌故与人文渊薮。

王献唐与这些书商的交往，让我想起了当代著名古籍专家雷梦水。雷出身河北冀县贫穷农家，年轻时在北京琉璃厂通学斋（今中国书店）当店员，先后为朱自清、谢国桢、邓之诚等名家搜寻了许多珍贵古书乃至孤本，并得到他们的鼓励与指点。雷梦水先后著有《琉璃厂书肆四记》《书林琐记》等专著十余本，终成为一代名家。若是时代与环境许可，王献唐所交往的这些书商，想必也会有雷梦水这样的人物出现，或者本来就有这样的人物，不过埋没其中而已。

有人说，把兴趣当作职业，往往挫败感远多过成就感。但对王献唐来说，兵荒马乱的岁月里，支持他不断地走下去的，正是他的兴趣与职业的统一。他先后为公藏购入"唐人写卷、宋元旧椠、明清精刻及名家抄校稿本，达1 746种35 400册"。在他个人藏书中，对他学术影响最大的是黄丕烈校《穆天子传》和顾千里校《说文解字系传》。两书为1930年6月王献唐在晋军入济的炮声中，以解职所得一月薪水购于省府前街敬古斋。为表达自己的喜悦之情，他将书斋命名为"顾黄书寮"。顾、黄二人均为清代版本、目录、校勘大师，首创以版本考订为主要内容写作藏书题跋。王献唐师承顾校黄跋，以大手笔来写小题跋，文献学在此别开生面。"九流四部闲征遍，消受春灯一穗红"，在漫长的访书、藏书、校书岁月中，王献唐留下了《双行精舍书跋辑存》，以清丽之笔、雅驯之词，或考辨版本源流，或叙述琐事逸闻，间以人文掌故、世态人情。从中我也能看到光阴流逝中、济南旧梦中的繁华与凋谢。可以说，王献唐的每一题跋都是一篇精彩的人文随笔，展示着作者对学术、对人生的温存，读来令人长思，发人深省。

　　历来文人藏书，不外乎"以藏致学"和"投资增值"两个目的。晚年和身后，王献唐将价值无法估量的藏品全部捐赠给国家，从这一点来看，似乎只有"以藏致学"可以解释。他也确实通过文献收集与研究在版本文献、历史考古等方面成就斐然。那么，他一生中真正想要的是什么？山东博物馆名人堂中铭刻的一首诗道出了他的内心世界：

　　　　我非嗜古爱腐朽，玩物丧志人所丑。

　　　　又不欲以鉴藏名，身外陈陈复何有。

　　　　寥落千秋字字金，字中能见古人心。

　　　　生也有涯知无尽，欲从此处钩深沉。

　　看来，真正永恒的，是在寻找和收藏过程中的坚持与守望。受到传统文化恩赐的他，最终将自己的所思所得反哺回来，将有限的生命投入到无限的知识中去。在百部宋版、千部元刻古籍中，在先秦、两汉金石书刻里，王献唐的个体生命得到了一轮神秘的延续，寥落千秋，却又瑰丽万代。

　　比如在写下这些话的时候，我就感觉，王献唐先生在他的书跋中看着我，目光温和而淡定。

刘凤诰与大明湖名联传承

若论咏大明湖的佳联，首选非"四面荷花三面柳，一城山色半城湖"莫属。此联为清时山东提督学政刘凤诰所作，由清代大书法家铁保书写，镶嵌于大明湖北岸的小沧浪亭西洞门两侧，所在地为大明湖观景最佳所在。

游人在小沧浪亭站立，可见一围荷塘，四面柳浪，小桥流水，莲花溢香。此地还是《老残游记》中所描绘的著名自然奇观"佛山倒影"所在，明湖如镜，倒映佛山，梵宇僧楼，山景湖光。凭栏而立，轻诵联句，与面前"柳、荷、湖、山"空间一体、相互映照的独特风景相对照，体会着大气磅礴中有着旷远清丽之姿、明快爽利中有着杏花春雨江南气息的济南，实在是不可多得的享受。

刘凤诰（1761~1830年），字丞牧，号金门，江西萍乡人，乾隆年间进士，有"江西大器"之誉，曾任翰林院编修、侍读学士等职。他出生于贫苦农家，6岁时就丧母，他的经历是一个通过努力读书改变命运的典型案例。刘凤诰本人善于作对联，他在京城殿试时对乾隆联语为："东启明，西长庚，南箕北斗，朕乃摘星汉；春牡丹，夏荷花，秋菊冬梅，臣本探花郎。"他因为"探花郎"的妙对被钦点为"探花"。但我以为，他能写出大明湖名联，得益于自身深厚学养和历史的传承。

据史料所载，北魏时大明湖称"历下陂"或"历水陂"，南至濯缨湖，北至鹊山和华不注山，如今的大明湖、五龙潭、北园在当时均是一片汪洋，湖阔数十里，可谓烟波浩渺。唐时李白乘船从大明湖南岸直至鹊山和华不注山，写下了"初谓鹊山近，宁知湖水遥"的诗句。宋时曾巩任齐州知州，建北水门，修亭台堤桥，"西湖"成为著名游览胜地。南宋时，伪齐皇帝刘豫开挖小清河，北园与华不注山周围渐成陆地，大明湖成为城内湖。明时，济南重修城墙，设四门及护城河，大明湖范围基本定置。清代乃至新中国成立后，经修缮扩建、植荷栽柳、清理湖田、疏浚清淤，大明湖遂成今日形貌。

在大明湖湖区范围演变过程中，历代诗人对大明湖景色的吟诵不绝于耳。如元好问的"长白山前绣江水，展放荷花三十里。看山水底山更佳，一堆苍烟收不起"；明代张鹤鸣的"佛山影落镜湖秋，湖上看山翠欲流"等诗句，描绘了湖景的大气与婉丽。在历代诗人的描绘中，曾巩、苏轼、张养浩、王士祯四人的诗最为凝练准确。从曾巩《环波亭》诗中的"杨柳巧含烟景合，芙蓉争带露华开。城头山色相围出，檐底波声四面来"，初见柳、荷、湖、山的具体描绘；苏轼《浣溪沙·荷花》词中的"四面垂杨十里荷"，元时张养浩散曲中的"四面云山无遮碍"，均描绘了当时大明湖方圆数十里的阔大湖景；清时王士祯的《忆明湖》则是在大明湖成为城内湖后写的，"烟峦浓淡山千叠，荷芰扶疏水半城"，点出了大明湖在城中所占空间之大。至此，"四面""山色""荷柳""半城"等关键词语已经出现。

在王士祯百多年后，清嘉庆九年（1804年）夏，刘凤诰与著名学者、官至总督的阮元，著名书法家、官至总督的铁保同游大明湖，在小沧浪亭宴饮。当良辰遇见知己，美景遇见才子，文学遇见书法，刘氏佳句喷涌而出。刘凤诰撰"四面荷花三面柳，一城山色半城湖"，铁保即席书丹，阮元篆书"小沧浪亭"匾额，时称"三绝"。

名句的诞生也离不开作者深厚的学养。刘凤诰曾任翰林院编修、侍读学士等职，加太子少保衔，担任过吏、户、礼、兵四部的侍郎，曾任湖北、山东、江南主考官和广西、山东、浙江学政，权衡选拔文士，声名远播。他历时20余年，三易其稿，完成了《五代史补注》，修正了欧阳修原著过于简略的不足，成为流芳百世的历史学家。刘凤诰后因主持科举考试有"徇情"之事，被遣戍黑龙江齐齐哈尔（当时为苦寒之地）。因其学名早著，上自黑龙江将军斌静，下到一般史卒，"咸宾敬之"，并与当地的满族学者西清成为至交好友。后嘉庆帝想起他"纂《皇考实录》"的功劳和"学问亦可"，再次起用其为编修。后因眼疾复发，刘凤诰于道光十年（1830年）正月逝于扬州。可以说，他的仕途与名誉，均受益于其深厚的学养和渊博的学识。

文学史上名篇佳句的诞生无非两类：一为长期经营，终成大器；一为兴之所至，妙手偶得。而描写大明湖的这句名联，实为刘凤诰深厚学养之下，在历代诗人吟咏的基础上，于刹那间灵光闪现，最终得以诞生。

武林高手辛弃疾

大明湖历来是济南名士会集之所，而与李清照并称"二安"的辛弃疾，也在明湖南岸、遐园西侧有一纪念祠。祠堂内"集山楼"北面有七曲石桥蜿蜒逶迤湖中，曲桥漾波，垂柳弄影，颇有一番诗情画意。而我更感兴趣的是祠中辛公石像，只见一位陷入沉思的儒士，着长袍，系披风，手握书卷，腰佩长剑。

大明湖畔辛公像

诗人文采风流是应该的，但我面对这尊塑像，读着四周铭刻的辛词，总觉得有些别扭。"醉里挑灯看剑，梦回吹角连营""金戈铁马，气吞万里如虎"，这么一份侠客的剑与豪迈、血与杀气铸就的精彩，和眼前这尊寒士实在有些不搭。

辛弃疾所处的时代，是金兵入侵中原、群雄奋起反抗的时代。他在22岁时拉起了一支两千多人的队伍举义抗金，加入了势力遍及山东、河南的耿京义军，任掌书记，负责军中文书，掌管印信。他的一个朋友是个和尚，名叫义端，喜欢谈论兵法，也拉起了一千多人的队

四风闸稼轩故里

伍，在辛弃疾的举荐下进入耿京义军。没想到义端不义不端，偷了义军印信跑了。耿京要以举荐人的连带责任杀弃疾。弃疾冷静地说："给我三天时间。"他料到义端肯定是将印信作为投名状献给金人，遂前去追赶，果然追上了义端。义端这货，战乱时期能拉起千人的队伍，"武力值"应该不低；掩藏自己的祸心，与辛弃疾交上朋友，可见很有城府；能想出偷窃义军大印做投名状的点子，可见有些谋略。但是，这些谋略与武艺在愤怒的辛弃疾面前不堪一击。"弃疾斩其首归报"，耿京从此更加器重他。

叛僧义端被杀前说他是"青兕"，友人陈亮说他是"真虎"，另一词人姜夔说他是"前身诸葛"，可见，辛弃疾不仅有一身不凡的武功，更有超人的胆略。绍兴三十二年（1162年），辛弃疾奉耿京命令赴南宋朝廷"奉表归宋"。辛弃疾完成任务回来，却惊闻噩耗：叛将张安国杀害主帅耿京后降金。怎么办？据宋史记载，辛弃疾带着五十骑人马，冲入敌人五万人的军营。"安国方与金将酣饮，即众中缚之以归，金将追之不及"，辛弃疾趁着他们喝酒的时候，绑了张安国回到建康。

　　这是一段令人神往与惊叹的故事。历史的细节我们已经无法还原，好在马踏连营、军中俘敌的叙述在历史上也是有的。小说家言，关羽过五关斩六将、张飞喝断当阳桥、赵云在长坂坡七进七出等故事只能聊作参考，或者只有东汉班超36人平定西域、三国时甘宁百人劫营、唐时薛仁贵驻跸山大战高句丽的历史事实能与之相比。更令人惊叹的是，辛弃疾当年只有23岁！用陈亮的话来说，"眼光有棱，足以照映一世之豪；背胛有负，足以荷载四国之重"，这是一位眼神凌厉、背阔体壮的侠客，勇武、胆识、谋略俱全，既有文人的风度翩翩，又有将军的豪迈霸气。我常常在想，到底是怎样的天地灵气，才能造就这样一个诗人英雄？

　　文人中的武林高手并不少见，比如孔子和李白。孔子精通射御；李白可能当过刺客，还留有"十步杀一人，千里不留行"的精彩诗句。但这些武功和辛弃疾敌营擒俘、全身而退的英雄行为相比，顿时黯然失色。

辛弃疾在四风闸老家的塑像

　　有一段时间，我一直迷惑，作为济南人，辛弃疾怎么就不写咱家乡风景的诗词呢？后来我才明白，原来一开始人家没工夫抒情写意。"把吴钩看了，栏杆拍遍，无人会，登临意。"他剑上的光辉，在南归后渐渐暗淡了。他才开始写一些"乱七八糟"的词："昨夜松边醉倒，问松我醉何如？只疑松动要来扶，以手推松曰去！"这哪里是一个英雄豪杰、剑客高手，明明就是一个醉鬼嘛！回头看看他的沙场风、豪放词，我心中不禁有些感慨。南宋朝廷定下偏安一隅的政策，却毁了一位侠客的复国梦。据统计，辛词现存620多首，其中有500多首是在江西上饶、铅山、广丰一带写成的。古战场上少了一位武功超卓的铁血将军，诗词史上却多了一位悲歌慷慨的豪放词宗，这是幸还是不幸呢？

后来，我到辛弃疾的老家历城遥墙镇四风闸村，看到辛弃疾的另一塑像。塑像用本地锦绣川特产的"绣川绿"花岗石雕刻，辛弃疾头戴儒巾，身披战袍，内穿护甲，腰跨宝剑，目光犀利，举步欲行，一副江湖剑客的形象。我觉得，这才是我心目中的辛弃疾。我在塑像下低吟辛词，终于找到了那凛然杀气、磅礴大气和英雄之气。这一股豪迈之情，远远超过了苏轼的"大江东去"。

周永年的读书梦

读书能够改变什么？回答最多的是命运、气质、生活，还有就是让人更加快乐。一位著名学者说，若想以单一接通丰富，以局部接通无限，以短暂接通永恒，就只有读书。对周永年来说，读书的理想为他提供了一个超越当前而存在的证明，为不满现状、追求未来的人们提供了一个真实的范本。

周永年（1730~1791年），济南历城人，字书昌，号林汲山人，清代学者、藏书家，《四库全书》编修人之一，我国第一个公共图书馆创议人。他出生在东流水街一个普通商人家庭，其母王氏黎明即起，料理家务，洗刷缝补、柴米油盐均需自己动手。周永年自幼爱读书、聚书，在泺源书院时，"经史子集，二氏百家之书，已数千卷"。

明清时期，除村塾中常见的《三字经》《百家姓》"四书"及部分应用书籍外，其他书价极贵。据载，乾隆年间，1两银子可购大米70斗，10两银子可购江南上好稻田一亩。而一部清刻本《诗毛氏传疏》需银子6两，明刻《集千家注杜工部诗集》4两，明版《曹子建集》10两，宋版王维诗集120两。乾隆后期，《红楼梦》流行开来，最初价数十两银子，后来翻印得多了，也要2两一部。由此可见，对一个穷学生来说，若非爱极读书，怎能聚书数千卷！这大概是他初步形成的读书梦。

书中自有黄金屋。通过读书进士及第，光宗耀祖且改变自身命运，这是封建时代所有读书人的梦想。书籍难得，许多珍贵典籍便被深藏于私家的深院高阁，用于教子孙读书明理，却不轻易示人，甚至向外借书都被视作"不孝"。但周永年有感于明代曹学佺之论，由己及人，发下了"与天下万世共读之"的宏愿。他在《儒藏说》中提出："盖天下之利，未有私之而可常据，公之而不能久存者！"他继承曹学佺的志愿，想要把历代学术著作收集起来，分类保存，方便读者。他还想建立一个不仅可借阅图书还能供外地读者住宿的场所，这正是现代图书馆"保存文献、传播文明"功能的首次提出。

在200多年前，周永年便以"大我"的心态，打破封建士人狭隘占有之风，倡导"大众参与、大众成就"的现代理念，打动了许多学者。其中，好友桂馥鼎力支持，不仅出资在泺源书院西面（今济南五龙潭附近）帮周氏买田建园，更将自己多年珍藏的书籍全部捐献给借书园。然而，"天下共读"的宏大梦想，需要的是全社会的力量，仅凭几个财力单薄的书生，注定了建借书园必然失败。

命运堵上了一条路，却又给了他另一个补偿，就是博览和编撰《四库全书》。乾隆三十六年（1771年）周永年进士及第。两年后，乾隆下令以举国之力编撰《四库全书》，并于乾隆四十年（1775年）征召周永年任翰林院编修、文渊阁校理，协助纪昀编纂《四库全书》。或许认识到建借书园失败的原因，周永年将全部精力投入到这项文化伟业中，满足自己读遍天下奇书愿望的同时，全力编撰相应书籍，以致身无著述。与其同时的戴震、邵晋涵、朱筠、姚鼐、翁方纲、王念孙等人均为著名学者。其中，经、史两部提要分别由戴震、邵晋涵主笔；子部提要由周永年主笔，其兵、农、天算、术数诸家极为详尽。另外，他编写的释家、道家典籍错误极少，展示出他多个领域内渊博的学识。

乾隆四十六年（1781年），这部8亿字的巨著初稿完成，让周永年看到"天下共读"梦实现的希望。然而，命运又跟周永年开了一个大大的玩笑。受《儒藏说》之启发，《四库全书》被抄录七部，分置七阁，"北四阁"为皇家内院，而江浙地区"南三阁"存书，不经官府同意，普通士人根本无从借阅。

沉重的打击下，周永年以孤独之身继续他的借书园事业。他竭数十年旁搜博采之力，先后建有林汲山房、借书园和水西书屋等多处藏书之所。史载林汲山房藏书5万卷，借书园有10万卷。但这些藏书历经种种变故，最终流散。

在四库馆时，乾隆皇帝索取其家藏书目录，圈点1 000余种借用，后被一高官截去借阅。不料，此人意外被抄家，书籍被全部没收。周永年在济宁时遭遇水灾，藏书被水冲走大半。为资助李调元刊刻《函海》，周永年借出抄本30种，索要多次不还。其子周震甲在河南太康知县任上攒银2 000两，买成书籍运回，却被看管住宅的亲戚陆续卖掉。

不停地购书、聚书，再失去，再购书，使周永年的生活始终处于困顿中。其友赵渭川资助他时说："髯翁贫病今犹昔，时欠长安买药钱。堪笑石仓无粒米，乱书堆里日高眠。"在周永年这儿，读书已成为生活必需，才能让他在晚年落魄到无钱买药、无米为炊的境地时，依旧以读书为乐。读书，让周永年成为有"幸福感"的人，这是最高境界。

济南东郊龙洞有佛峪寺，现已废弃，然四季景色绝佳。尤其深秋时节，满山的黄栌、枫树经霜之后，深红、绛紫、浅橙、金黄，色色不同，为"历城八景"之"佛峪红叶"所在地。爱此天然，周永年少年时于此读书，自号"林汲山人"。也许是纪念一生不变的追求，晚年时他请人绘《林汲山房图》。翁方纲题诗曰：

因山傍寺托幽居，对画看山十载余。清梵云中出钟磬，浩歌风外答樵渔。芳菲百本仍开圃，怅望千秋更借书。倚枕春明劳梦寐，故乡如此好林庐。

人到暮年，"借书园"伟业可能只是一场梦而已。但他们仍然传递着互帮互助、诚信分享的温暖情怀，见证和推动着时代的进步，渴望着百千年后人们可以自由地读书。

时光过去了200多年，现代图书馆在各地林立，网上图书馆、手机读书成为阅读时尚，更有由之延伸开来的现代"共享"风尚。只是，不知人们是否能记得周永年的读书梦和为之奋斗拼搏的往事。

从张曜怕老婆说起

1952年，毛泽东视察济南，游览大明湖时，指着湖东北岸上的张公祠问身边的陪同人员："张曜怕婆子你们知不知道？"说着，他给大家讲起张曜怕老婆的故事。张曜一次与下属闲聊，问大家："你们怕老婆吗？"各位属吏面面相觑，均说："不怕。"张曜听了反应十分有趣："什么，你们好胆大，居然连老婆都不怕！"

在古代男权社会中，怕老婆大概不是一件好听的事。不过在张曜那儿，怕老婆是天经地义。说起来，张曜在山东历史上也是一个响当当的人物。张曜（1832~1891年），字朗斋，号亮臣，祖籍浙江上虞，光绪十二年（1886年）调升为山东巡抚。少时，他根本就不读书，作为一个街头小混混，好勇斗狠，结果惹上了人命官司，不得不逃往河南固始。就是这样一个失足青年，在晚清乱世操办团练，多次大败捻军，曾率团众苦守固始76日，力保危城不破；作为主力，跟随左宗棠平定新疆叛乱，抗击沙俄收复伊犁，维护祖国统一；巡抚山东时，大力组织抢险救灾，带头捐俸助赈，活民无数，最后因背疽发作死于治理黄河的任上。济南老百姓称其为"黄河大王"，在大明湖北岸立祠堂纪念，现在黄河大坝和泺口还有他种的柳树，称之为"张公柳"。

同事老翟是济南党家庄人，他讲了当地流传的一个故事：

张曜任山东巡抚期间，济南大旱，百姓多日求雨不得。张曜听闻后大怒，调动军队火炮，在黄河岸边一字排开，炮口冲天说：贼老天，若到午时还不下雨，本巡抚将炮击老天。眼看接近午时，张曜打着火折子，准备点燃火炮时，一声霹雳，天空骤然下起了大雨，浇灭了张曜手中的火折子。

传说固不足信，但张曜因治理黄河在济南老百姓中的口碑却极佳。《清史稿·张曜传》记载："张曜居官四十年，不言治产事，性尚义，所得廉俸辄散尽。"在"三年清知府，十万雪花银"的清末官场中，张曜不热衷于添置私产，为官清廉，散财为民，才是老百姓深切怀念他的原因。

观张曜杰出的一生，最引人注目的就是婚姻给他带来的转变。其妻蒯凤仙，为河南固始县令蒯贺苏之女，出身书香门第，精通经史，是典型的才女加美女，还与张曜有着勉强能划拉着的远亲关系。当张曜从固始团练起家展示出他的军事才能时，蒯小姐上演了一出慧眼识英雄的欢乐版《凤求凰》。自从娶了这个智慧女性后，张曜军事上一路高奏凯歌，获"霍钦巴图鲁"（勇士）名号，从团练开始，历任知县、知府、道员、河南布政使，一路升迁，可谓人生得意。清朝布政使一职主管一省的财赋和人事，历来由文官担任。张曜不识字，因此御史刘毓楠以"目不识丁"弹劾，使其降为总兵。

在张曜人生的第一次起伏中，其妻蒯小姐起到两个关键作用：一是在幕后代理张曜的公务及文字往来，张曜能理政至高层，其妻功不可没；二是激励丈夫发愤读书。张曜也是认识到自己综合素质上的短板，镌刻"目不识丁"四字印以自励，并身着朝服，在孔子画像前行三拜九叩大礼，正式拜妻为师。每当妻子有教时，他便以学生身份，躬身肃立听训。在老婆的调教下，张曜精通了封建士大夫必备的"琴、棋、书、画"四艺，留下一部《河山岳色集》，得到了大学士左宗棠的赏识，说他"文理斐然"，并在给朝廷的奏折中说"张曜之器识宏远，文武兼资，实难数遘（遇见）"。老婆的调教为张曜后半生收复新疆、治理黄河的武功文治打下了坚实基础。

还有一段佳话。当年让张曜在仕途上摔了跟头的御史刘毓楠后来被罢官，生活拮据之时竟向张曜写信求助。张曜也颇有名士风范，不但不记仇，还赠予银两，附信问候，有趣的是信末除落款之外，还加盖了那方"目不识丁"的印章。由此可见张曜的肚量与风趣，可与其"怕老婆"的逸事对读。

济南历史上还有一个"怕老婆"的名人——房玄龄。作为唐太宗的股肱重臣，"房谋杜断"一直为史家所津津乐道。房氏惧内的名声传出后，连皇帝都看不下去了，开始"滥用职权"，用山西老陈醋冒充毒酒，威胁房夫人同意房玄龄纳妾。结果，房夫人竟然抢过"毒酒"一饮而尽，宁死也不同意，弄得皇帝也下不来台，灰溜溜地走了。这就是"吃醋"典故的由来。《隋唐嘉话》将此作为笑谈记录下来。吾友张期鹏则评论说，房玄龄的功成名就，离不开他这位性格刚烈的"内助"。

另外一个山东人——明朝"反恐精英"戚继光，也怕老婆。据说，他被部下所激，抹不开面子，就命亲兵接老婆入军营，想借戚家军的军威给其妻一个下马威。其妻面对寒光逼人的利刃、杀气腾腾的军威，不但毫无惧色，反而对着戚继光喝道："唤我何事？""忽闻河东狮子吼，拄杖落手心茫然"，苏东坡的这句诗此时用在戚继光身上很是恰当。不过，长期的惧内也磨炼了戚继光反应迅速、机变灵活的本事，他扑通一声跪下说道："特请夫人阅兵。"

清代话本小说《八洞天》对此现象有精辟的分析，说"怕老婆"分为三种情况，即"势怕""理怕"和"情怕"。"势怕"为畏妻之贵、畏妻之富、畏妻之悍；"理怕"是敬妻之贤、服妻之才、量妻之苦；"情怕"是爱妻之美、怜妻之少、惜妻之娇。张曜、房玄龄、戚继光惧内的原因多为"理怕"。现代社会，"怕老婆"也不外乎上面三种情况。没本事的男人属于"势怕"，如借"裙带关系"和娘家势力上位的；做了亏心事的属于"理怕"；不过，生活中大多数人还是属于现代意义上的"情怕"，因为爱与感激，所以"畏惧"，实际上这是一种更深刻的爱护与体贴，更能体现男人的修养与魅力。

据说某名人访美时，曾面对中外宾客，笑说太太领导他，自己的钱都由太太掌管。一句话让在场宾客与电视机前的观众都会心地笑了。看来，"怕老婆不丢人"这句都市的流行语，对很多人来说都是"于我心有戚戚焉"。

民国海归与济南纱厂

1919年6月，应少年中国学会之邀，28岁的胡适博士作为"海归"代表发表演说，他以一句荷马史诗为演讲作结："You shall see the difference now that we are back again."（请看吧，我们已经回来，未来的世界从此不同了。）历史证明了，胡适、赵元任、竺可桢、梁思成等先觉的"海归"，分别在那个变革社会中，成为各自领域的中流砥柱。在济南，也有一群"海归"，怀着实业救国的梦想，掀起了一场纺织工业的革命。

苗海南、崔士杰、马伯声、卢统之是他们的杰出代表。苗海南是济南苗氏家族的代表，于1904年出生于桓台县索镇。1931年，苗海南在英国皇家第六纺织学院毕业，到英国各大纺织厂参观考察，掌握了许多先进的管理知识和纺织技术，后任成通纱厂经理兼总工程师。崔士杰（1888~1970）为临淄区齐都镇西古城村人。1905年、1912年，崔士杰先后两次东渡日本留学，获日本东京帝国大学博士学位。他参加过革命军，"济南惨案"后替代蔡公时任山东省外交特派员与日军谈判，最终达成日军撤离山东的协议。马伯声，回族，1890年出生在泰安城内圣泉街的一户贫苦人家。作为一个"贫二代"，他传奇般地成为英国华工翻译，游历过加拿大、英国、法国，先后任职于英美烟草公司和英国永年保险公司。卢统之，1902年7月出生于河北省博野县小店村，其父曾先后当选省议员和国会议员，家庭经济条件较好。1921年，他以第一名的成绩考入日本东京高等工业学校纺织系，其后在东京、长崎等地实习，有着丰富的实际操作经验。崔、马、卢成为仁丰纱厂的管理核心。

苗、崔、马、卢等人的西方教育背景与国际游历经历，使他们意识到中国落后的原因，开始立下"实业救国"的宏大志愿。他们受西方学术影响极深。

在济南纺织工业界，他们以"西方的眼光"和"科学的方法"承担起奠基与开拓的使命。事实上，他们以"挽回权利""巩固中国经济"相号召，赢得了济南军、政、商、教育等各界人士的支持，开创了纺织工业的一代传奇。

如果细细地审视，他们所掌握的先进管理知识和管理制度到今天仍值得借鉴。苗海南最为人所称道的就是其前瞻性的人才观。在学习考察和实习期间，他从日本人开办的纱厂里物色了20余名技术工人。这些人来到成通纱厂以后，均被委以重任，成为各道工序中的技术骨干。

仁丰纱厂从管理上看，有着现代企业的雏形。在工厂建设上，他们引进西方最先进的生产设备，从英、日等国购入最新式的纺纱和自动织布机械，克服了民族企业普遍存在的设备落后的弱点，并在使用过程中开展小型技改项目，如在摇纱车挡板加滑铜丝、粗纱锭壳上加开斜口，使生产设备在原有基础上更上层楼。他们还引进洗染设备，形成了纺纱、织布、洗染整条产业链，提高了产品的竞争力。

现代企业生产线上，对员工的生产动作有着严格的规定。仁丰纱厂通过观察和实践，推广"标准工作法"，精确去除工人的无效动作，使企业生产效率大增。据资料记载，"摇一车纱，工人自车首至车尾，来回不超过六次。若不按标准工作法在自然状态下往返，则会超过十次，以每次五步计算，摇一车纱须多走五十步路，一天按四十车纱的工作量计算，则会多走两千步，大大增加体力支出，影响企业生产"。每人每天节省两千步，以仁丰纱厂千人规模来看，一年下来，节省的成本是极为庞大的。

记得十余年前，中央电视台"标王"广告战略使国内许多企业创造了瞬间崛起的神话。而早在20世纪30年代，仁丰纱厂就已实行广告战略。其注册的"美人蜘蛛"商标极为"吸睛"：蛛网中一着红艳泳装女子，大波浪发，金色蝴蝶结，螓首微侧，浅笑示人，张开白皙双臂，单脚落地，曲起右腿，引人浮想联翩。在旧中国的保守氛围中，该广告的效果极为出色。

同时，在资金管理上，仁丰纱厂还引入了银行投资。仁丰纱厂在1934年6月投产后，曾因资金不足而陷入困境。在面临资金周转困难时，中国银行、金城银行共同投入资金100万元，这令仁丰纱厂局面顿时改观，随后发展迅猛，为商埠同业所瞩目。

　　至抗日战争爆发前，仁丰纱厂已经成为员工近千人的联合企业，其产品质量冠于全国各企业，与日资产品竞争于市场。1936年，冯玉祥将军为仁丰纱厂题写了"实业救国"四个大字，以示激励。1938年，日方企业在日军侵占济南期间，吞并了包括鲁丰纱厂在内的许多民族企业，却与仁丰纱厂实行"中日合办"。合办契约规定总资金400万元，日方拨入200万元占一半股份。日方认为："像仁丰这样的纱厂，在日本也少见。"他们看中了这只"金蛋鸡"，想要维持原状，以期给日方带来更大利益。

　　在实业救国的过程中，这些"海归"的命运也各有不同。苗海南在创办纱厂的过程中，逐渐了解了中国革命，后任山东省人民政府副主席、副省长，赴过毛主席的寿宴，被毛主席誉为"有用之人"；新中国成立后，崔士杰在仁丰纱厂公私合营后，因年老退休；卢统之任纺织工业部纺织科学研究院物理性能试验研究室主任，解决了诸多学术上的课题；马伯声创办面粉厂、工商学校、电灯厂，热心教育事业，成为济南工商业巨子。

　　值得一提的是，马伯声在日本战败后，举办了一个"纺织工业技术训练班"，招收本厂与社会有志青年学习纺织、染、电、铁工技术。新中国成立后，这批学生多数被分配到上海、徐州、淄博等地从事纺织工业技术工作，成为骨干人才。

　　新中国成立后，仁丰纱厂被改为济南国棉三厂，成通纱厂为济南国棉四厂。发展至上世纪80年代，济南纺织局直属企业达到47家，整个纺织行业产值利税27亿元，占当时济南市利税总额的1/4，纺织行业从业人员达到10万人以上；济南成为中国纺织工业的主要基地之一，名列中国纺织界"沪、津、青"之后。

　　到现在为止，济南周边依旧盛产棉花，济南依旧是棉花原料的集散中心。可惜，起步于民国时期的济南纺织工业，在20世纪末期未能搭上纺织工业变革与发展的列车，导致大多数济南纺织国企走向闲置、倒闭和被吞并的末路，其中的原因，很值得思考。

琵琶山：暗淡的血证

在我眼里，琵琶山是一座悲怆的墓碑。

日军在侵华期间，犯下了南京大屠杀、平顶山惨案、731细菌实验等诸多令人发指的罪行。在济南槐荫区南辛庄西街琵琶山下，同样有"万人坑"遗址，诉说着泉城历史上那屈辱悲壮的一幕。

我是从济南试验机厂大门进入的。穿过大门两侧建于20世纪90年代的四层办公楼，举目望去，厂区充斥着艺术招生、快递公司、篮球训练营等内容的众多招牌，连同破旧的厂房、无序的广告、乱放的杂物，让人感觉格外别扭。但琵琶山在哪里，万人坑在哪里？没有任何标记，也没有任何指引，我一时有些迷茫。

据史料记载，1940年至1945年，日军华北方面军所辖第十二军"济南军法会议"在西郊琵琶山下设立杀人魔窟，专门用于屠杀抗日军民、爱国人士。特别是在1941年至1943年间，几乎每隔一天，日本宪兵队、特务机关和军队就要来此进行屠杀和虐杀。如此日复一日，年复一年，尸骨层层叠盖，形成了如同人间地狱的"万人坑"。

经人指点，我才看到厂区北部一片略高于周围建筑的树林，这便是琵琶山了。不经介绍，大概谁也不会想到这片矮矮的土坡

琵琶山上的万人坑纪念碑

居然是一座山。这里没有山的野趣，更没有山的棱角。山体西侧，是一家打着巨幅招牌的龙虾馆。东侧，是个体户制作铝型材的车间。山上盖满了房子，据说是原厂区宿舍，将山体遮盖得严严实实。好在有一排台阶，引导我走了过去。没几步，我就看见一座一米多高的石碑，以花岗岩为基，上书"琵琶山万人坑纪念碑"，为济南试验机厂于1990年12月19日建立，碑后为建碑捐资的企业和个人名单。石碑正面的碑记，由著名学者徐北文撰文，叙述了万人坑由来、发现过程及立碑原因。"我数以千百计抗日军民先后被日军第十二及继驻之四十三军残害虐杀于此。尸体枕藉，层累叠加，白骨蔽野，一任乌啄犬噬……"370余字的碑文简要通脱、文情并茂，令人读后悲愤之情油然而生。

那么，万人坑遗址何在？在厂区大门右侧办公楼后，一排巨大的雪松下面，废弃小公园的荒草丛中，我找到了一块与纪念碑同等规制、高约半米的石碑，上书"琵琶山万人坑遗址"。这大概就是万人坑的中心位置。如碑文所载，1954年底至1955年初，济南市人民检察院会同有关部门，历时4个多月，发掘8个尸坑，共取出完整尸骨746具。检查发现，死因多种多样，包括枪毙、锐器刺杀、钝器击杀、犬咬及活埋等。那么万人坑有多大呢？未确定的尸骨又有多少？这些都没有明确数据。在此之后，这儿辟为企业用地，一次次的厂房扩建中都能挖出森森白骨，还有人亲眼见到两车白骨往外拉。1990年，在万人坑旧址上建起了试验机厂的办公楼，便是我身边这座破旧的老楼。其时，夏日炎炎，杂草丛

办公楼后的万人坑遗址石碑

生，藤蔓葳蕤，合抱的老松荫蔽着这块血迹不显的土地，我不禁打了个寒噤。

翻检文史笔记，日军在侵占济南期间建立了众多军事和特务机关，目前还存有众多遗址。"731"这个词，以无麻醉活体解剖、冻伤实验、鼠疫实验、人血与马血互换、活体解剖胎儿等魔鬼手段，成为惨无人道、灭绝人性的反人类罪行的代名词。在济南经五纬九往南的原省物资局员工宿舍位置，为"华北防疫给水部济南派遣支队"原驻地，是"731"细菌部队的分部；经二路162号邮政大楼曾为日军济南司令部；天桥区堤口路91号（原济南第六职业中专）院内有"新华院"，是日军在山东设立的关押中国战俘的集中营；泉城路西端路南（今齐鲁金店位置）的泺源公馆曾为日寇特务机关。另外，还有诸如"梅花公馆""鲁仁公馆""朝阳公馆""梨花公馆""鲁安公馆"等众多日本特务机关，遍布泉城大街小巷。它们的罪恶，"万人坑"的尸骨可以做证。当时流行这样的话："新华院——阎王殿，病号房——鬼门关，抛尸处——万人坑。"令人遗憾的是，这些遗址在时间流逝中正在慢慢消失，或已经消失，没有人知道这些地方曾经发生过多么丑恶而惨绝人寰的罪行。

日军两次侵占济南，犯下的一大罪恶就是"五三惨案"。"此耳此鼻，此仇此耻，呜呼！泰山之下血未止"，身为民国外交官的蔡公时尚且被割鼻割耳，在琵琶山下这座杀人魔窟中，普通民众和抗日志士身受何种非人的折磨，便可想而知了。

半个多世纪过去了，琵琶山万人坑遗址有着奇怪的命运。1952年，几家私营企业在此合并成股份公司，经历了公私合营和国有化之后，成为济南试验机厂的前身。1954年，万人坑遗址被发掘后，受条件所限，没有采取任何保护措施。1990年，试验机厂在万人坑旧址上建起办公楼，破坏了原址，仅立起了两块石碑。琵琶山上也逐渐盖起了房子。现在，原试验机厂因经营不善倒闭，厂区被众多企业分租使用，遗址保护面临着令人尴尬的局面……

日军侵华14年，掠夺我无可估计的财富，杀害我3 800万军民，留下了数量众多的万人坑，例如辽宁阜新万人坑、山西大同煤矿万人坑、三亚田独万人坑等。据有关资料载，目前我国已发现万人坑80余处，死难同胞超过70万人。

可以确信的是，仍有一些万人坑未被发现和发掘出来，这中间还不包括被炼人炉毁尸灭迹的巨数死者。作为日军侵华历史血的见证，在日本右翼势力仍试图抹杀、篡改历史的当下，琵琶山万人坑遗址更具有历史价值和现实意义。

"'前事不忘，后事之师'，国难毋忘，痛史当记。"徐北文先生所撰碑记上的话语如晨钟暮鼓，振聋发聩。2018年4月27日通过、5月1日起施行的《中华人民共和国英雄烈士保护法》第五条规定："每年9月30日为烈士纪念日，国家在首都北京天安门广场人民英雄纪念碑前举行纪念仪式，缅怀英雄烈士。"济南亦有相应纪念活动，每逢"五三"便有全城警报拉响。但是，我觉得，这还不够，作为一个城市的记忆，不能只有荣耀和辉煌，同样，也要记住每一个曾经的耻辱和伤痛。济南，有着众多日军侵略遗址，我们同样不能忘却。

回程时，我沿着被城市淹没的琵琶山走了一圈。在山的北麓，众多建筑与高楼围成的空隙间，我看到了裸露出来的山根，有着山石特有的棱角和线条，被风雨击打过的痕迹历历分明。这才是山，纵然已经立起了死亡的墓碑，但它的风骨永远不灭。

舒体，从长征飘来的翰墨清香

那天到南新街访友，无意间走入51号院，院里有两栋二层的小别墅楼。小楼有些破旧了，但巨大的爱奥尼克石柱彰显着它曾经华贵的气质。寻觅间，看见墙上有2013年标识的济南市级文物保护牌，才知道这儿是舒同旧居。

舒同是江西抚州东乡人，新中国成立后任中共山东省委第一书记。但让世人记住他的，不是他的官职，而是因为电脑上广泛应用的"舒体"字。其书宽博端庄，厚重通畅，别具魅力。几千年来，书法能自成一体者无不是大师级的"牛人"。这中间又有多少不为人知的考验与修炼呢？细究之，他的书法离不开长征的锤炼打磨。

舒同长征时29岁，任红一军团第二师政治部宣传科长、政治部主任。行军途中，纸笔显然是奢侈品。舒同便效仿古人，利用"马上、厕上、枕上"零碎时间，抹沙为纸，折枝为笔，很是痴迷。一次骑马时候，他用手指头在裤腿上划拉，被毛泽东看见了，毛泽东笑言："舒同，你成了马背书法家啦！"自此，"马背书法家"的美名就传开了。

舒同的长征回忆录——《遵义追击》，让人读来很是捧腹。夜晚追击溃敌时，红军与敌军交错混合，一些打散的敌人，混杂在红军队伍中跟着跑，"他们问：'你们是第几师呀？'回答说：'老子是工农红军！'结果把他们吓跑了。"

长征路上，牺牲了太多的战士，其艰辛与惨烈，可想而知。伟大的历程中值得记忆的重大史实和光辉事迹也着实不少。但舒同最深刻的回忆里却是令人闻之粲然一笑的小事，不能不说是其性格使然。面对逆境，他将苦难打碎、碾磨，然后享用从中渗出的乐观与幽默。

字如其人。观他的书法，兼具厚重豪迈和灵动活泼，却又融合如羚羊挂角，不着痕迹。那凝重而又奔放的线条有着极具韧性的张力涌动，"点"如礁石圆重，"横"似老枝探空，"撇"中波动顿挫，墨迹浓淡枯腴，运笔萦带飞白，转折坚劲不屈，笔势激越奔腾。长征的豪迈壮丽与舒同乐观天性相结合，才会有这厚重不失活泼、雄强多蕴秀逸的"七分半"舒体字吧！

舒同主政山东期间，与著名书画家关友声书画相酬，从书法理论到实践都有新的认识，书艺得到很大的提升，还留下了为得墨宝争抢砚台磨墨的"千佛山争砚"逸事。在他人生低谷时期，他最喜欢书写的就是毛主席长征诗词，"红军不怕远征难""东方欲晓，莫道君行早""山下旌旗在望，山头鼓角相闻"……在他笔路提按使转中，有一股冲破无形压迫而舒展恣意的生机勃勃，一如当年红星指北而上，照耀了大半个中国。舒同借此度过又一段人生艰难的岁月，书法更见圆融，迎来他书法大放异彩的人生后半段时期。

我徘徊在两栋老别墅时，秋意正浓，斑驳的阳光在树间烂漫而下。人字形的屋顶，青砖的墙面，雕花的石柱，更有茂盛的爬墙虎遮盖了半边墙壁，使得略显破败的老建筑呈现出别样的生气。当初，这些爬墙虎是否也如长征一样，给了舒同建造书法王国时的灵感？回想起他在此居住期间那些历史风云，也就知道，书法也是人心镜像。

世事皆是如此。人们手中擎一管竹笔，走过不同的道路，就有了不同的笔底风雷。

开满鲜花的刑场

本来是要步向那株盛开的红玉兰的，可我看见了它：三块长方形汉白玉高低错落，紧密相依，形成一座横截面为"上"字形、高约5米的碑体。一幅金色的浮雕上，烈士们圆睁双目，紧闭双唇，长发零乱。浮雕下方，则是一串金色的数字：1931.4.5。我的心蓦然揪紧了。紧走几步，我听见一位花白头发的老者对身边的年轻人说："看，济南'四五'烈士纪念碑。这里原来是纬八路刑场，中共一大代表邓恩铭、毛泽东的儿女亲家刘谦初就是在这里英勇就义的。"

我倍感错愕。这里青松翠柏，绿竹猗猗，玉兰挑起朱笔书写春语，冬青催发新绿扮靓春妆，滑梯上的孩子们嬉笑追逐，情侣们相偎着走过……我一时无法将风光旖旎的广场与悲风鬼哭的"刑场"二字联系起来。剪剪春风中，凝视着碑上邓恩铭等22位革命烈士的英名，我听到花草在歌唱、大地在诉说。

1927年"四一二"政变后，白色恐怖笼罩下的山东党组织接

人们从纪念碑前走过

"四五"烈士浮雕

连遭受重大破坏，党的许多重要领导干部先后被捕。从1928年末至1931年初，短短两年多的时间，邓恩铭、刘谦初、吴丽实（化名卢一之）、李敬铨等先后四任山东党组织领导人，竟然都是因为被叛徒出卖而被捕！这是一段多么残酷、多么惨烈的时期。

而地下工作者们开展艰苦斗争的许多细节更让人沉思。刘谦初与爱妻张文秋以窗前的黑礼帽为警讯，他们夫妇二人的地下斗争经历，远比电视剧《潜伏》中余则成夫妻的故事更为精彩而真实。刘谦初牺牲的时候，女儿刘思齐刚刚满月；刘晓浦的家人想要花费巨款赎他出狱，但他坚决不肯写自首信，从容踏上通向真理的祭坛；22名烈士中唯一的女烈士郭隆真临刑前拒绝敌人的诱惑，"宁可牺牲，绝不屈节"，高呼"共产党万岁"的口号，英勇就义；吴丽实临刑前坚决不肯说出自己中共山东临时省委书记的真实身份，哪怕这样可以让他生存下来。他们中间，最年轻的王凤岐仅20岁，生命之蕾还未尽情绽放；最年长的王锡三也只有41岁，年富力强正可为国之栋梁。是什么让他们心甘情愿地倒在向真理、向信仰前进的道路上？邓恩铭的《诀别》诗道出了这些殉道者共同的心声："卅一年华转瞬间，壮志未酬奈何天。不惜唯我身先死，后继频频慰九泉。"诗中虽然有革命尚未成功的遗憾，但更多是一个战士吾道必成、血荐轩辕的自信、豪迈与无畏。

"宁死不屈，浩气长存。"碑上，王震将军的题词深深地震撼着我。人固有一死，或重于泰山，或轻于鸿毛。而在黄河泰山的怀抱里，这片热土上的鲜血，正是殉道者为自己信仰的祭祀。穿越85年的历史时空，我听见了《国际歌》那激昂的歌声："满腔的热血已经沸腾，要为真理而斗争！旧世界打个落花流水……"枪声，让生命和青春瞬间升华，英雄气概纵横激荡。他们像流星一般划过天际，让光明照亮这方黑暗的天空；他们以自己的青春热血，浇灌脚下这春天的土地，这春日的鲜花，让过去的刑场变成今天的花园与乐土。

漫步槐荫广场，瞻仰"四五"烈士纪念碑，让我感慨万千。昨天与今天，烈士的鲜血与绽开的花朵，敌人的枪林弹雨与今天人们的欢声笑语，历史与现实在这里交错，让人刹那间有种不真实的感觉。宣传栏上，三个问号格外凝重：我们要建设什么样的国家？我们要建设什么样的社会？我们要成为什么样的人？我不禁问自己，当面临生死抉择之时，能否像他们一样，坚守自己的人格底线，为自己的理想和信仰而献身。我看过一些人，为了权，为了钱，甚至蝇头小利，将自己灵魂出卖，更不要说以生命去捍卫自己的理想了。我本一介书生，在寻觅的道路上，是否能像先辈们一样，谨守初心，不被幻象所惑？或者，从他们不屈之心铸就的民族魂中取一瓢净水，已是难得。

夕阳将一束金光洒向整个广场。一群老人身形矫健，腿脚随着毽球上下翻飞；一个娃娃"咯咯"笑着，蹒跚的脚步追逐着流光溢彩的肥皂泡；玉兰、连翘、山桃、海棠随着我的视线绽放。也有行人像我一样顿住匆忙的脚步，惊讶地看向那汉白玉的碑身。是的，掩映在树丛中的纪念碑并不高大，甚至，只有当你走到它身边，才会突然发现这里如春天般蓬勃的壮烈。这样很好，每天都有突然停下的脚步，让这里的英雄气感染一下疲惫的心灵，拂去一些岁月的灰尘，从而在这浮躁的社会里，拥有一丝明悟。这，已足够。

决胜开始的地方

当我凝视着陈毅元帅题写的"解放阁"鎏金大字时，不禁回想起那血与火、梦与路的光辉年代。此刻陪伴我的，是黑虎泉激越的呐喊，是白石泉婉转的低语，是护城河静静北流的无声沉思。

解放阁原为济南古城内城东南角城墙遗址。1948年的中秋节前夜，在许世友将军的指挥下，华东野战军吹响了济南战役的号角，以摧枯拉朽之势扫清济南外围后，从这里突破内城防线，打开了济南战役胜利的大门。新中国成立后，拆除古城墙时，保留了这段旧城墙，于1965年建成台基，1986年建起了巍峨壮观的楼阁，以纪念这段光辉的历史。

登阁六折汉白玉护栏将阁体衬得格外雅重大气，富丽堂皇。阁分两层，四

解放阁修建碑记

解放阁

面方形，简洁庄重。下层四面环廊，琉璃覆顶，抱厦相连，饰以山水花卉、飞禽走兽。上层攒尖宝顶，五星闪亮，翘角重檐，吻兽扬韵。阁内，"济南战役攻城突破口纪念展览"吸引着我的脚步。站在济南旧城模型前，地面上"1948年9月24日凌晨2时15分华东野战军第九纵队第二十五师七十三团于此处突破内城"的地雕铜字，将我带到了战火纷飞的那一刻。

凌晨，护城河边。高达14米的城墙上，上中下三层明碉暗堡疯狂地喷吐着火舌，城头上的守敌借助地利，大量的集束手榴弹、炸药包、燃烧弹倾泻而下，给我方战士造成巨大损失。1点30分，我军第四次进攻开始了。成千上万发炮弹倾击在城墙和周围阵地上，压制着敌军火力。73团的勇士们越过护城河，对厚厚的城墙实施爆破，再次架起登城云梯，终于冲上了城头，将红旗插在城墙上。城下，一声巨响，1 500斤炸药将突破口左侧城墙炸开6米宽的豁口，大部队在招展的红旗中冲进了内城……多年后，这场惊心动魄的战斗，在参加攻城战斗的三十七师师长高锐的词中展现："清溪畔，当年鏖战，山摇地裂。炸药雷鸣坚壁破，云梯直立高城越。古城头，杀气映红天，英雄血。"

是啊，英雄血，英雄血！展柜里，69年前的毛瑟枪枪柄上包浆依然厚重，突火枪枪管上有了锈痕，军号上遍布撞击的伤痕，那穿孔的破旧征衣上隐隐还有着血液干涸的痕迹。看着看着，冲锋号嘹亮的响声、步枪发出的死亡声音，竟像活了起来，在耳畔重新演绎着历史的碎片。而让我为之动容的，是那一面面的军旗。"济南第一团""济南第二团""济南英雄连""茂岭第一连""砚池连"……每一面战旗，都是一场殊死的战斗。尤其是"济南第一团"旗，不同于其他红旗，以白底黑字给人强烈的冲击力。在这些战旗中间，李永江、王其鹏，一个个"济南英雄"年轻的面庞在光荣榜上沉思、微笑、寻觅。我想，当他们手持钢枪，在中国革命史的大道上行进时，前面是血迹，后面是火光，他们在想什么？真的勇者，不惮于这血的狞笑，敢于在血火之间，以大决心、大牺牲铸就理想的丰碑。

在解放阁上漫步，最吸引我视线的，是那一块块饱经风雨的巨大的城砖。这些城砖是从旧城城墙上拆下来砌在这里的，均为岩石雕琢而成，厚实大气，有的长满青苔，有的坑坑洼洼，有的残边缺角，时间的流逝让它们更显沧桑，显得格外厚重。在它们中间，《解放济南战役革命烈士纪念碑》上3 764位烈士的英名冲入我的眼帘，其中有三纵八师师长王吉文、十三纵三十七师政委徐海珊两位高级将领，让我心中一颤。这一排排已经化作石头的名字，依旧如墙砖般排成行、列成队，仿佛时刻在等候着党和人民的召唤。我相信，这里的每一块墙砖都有着灵魂，都有一颗永远搏动的心脏。

在胜利的呐喊声中，我更沉默于战争的细节。于城墙东门南侧突破的七十九团一部登上城头，但因桥被守军打断，后援不继，血战一小时后，全部壮烈牺牲。一〇九团七连在伤亡殆尽时，百余伤员以身体阻塞在豁口，便于再攻登城的战友踩踏："从我们身上踩过去！踩过去，冲啊！"三十七师政委徐海珊，度过最艰难的攻坚阶段，在战局已定时，却被敌机轰炸而亡。第一个冲上突破口城墙的李永江，被授予"济南英雄"称号，在两年后的抗美援朝二次战役中付出了年仅19岁的生命。所有的成功与丰碑，都有着有我无敌、一往无前的勇气，都要由生命和鲜血来祭祀，这样才能迎来东方的曙光。看，解放阁顶，那红色的五角星便是这丰碑中最璀璨的闪耀。

护城河里，从地底涌出的泉水依旧奔流，它见证了人民解放军高歌猛进的伟大一瞬，见证了中国革命的大转折。经过8昼夜激战，华野以伤亡2.6万余人的代价，取得共歼国民党军10.4万余人（含起义2万人）的胜利，在解放军军史上写下了浓墨重彩的一笔。国民党参谋总长陈诚后来写道："'戡乱'时期的剿共军事，以三十七年九月下旬济南的失陷，作为一个转折点。在此以前，可以说胜败之机，犹未大定，国军努力的机会，还有争取的可能。但在此以后，显然已成江河日下之势，狂澜既倒，无可挽回矣。"

济南战役开创了人民解放军夺取国民党军重兵坚守的大城市的先例，成为战略战役学的经典战例。济南的解放，使华北、华东两大解放区连成一片，从而拉开了决定中国命运的三大战役的序幕，大决战的胜利从此开始。

值得一提的是，国民党守军司令长官王耀武曾是抗日名将，上高、常德、雪峰山三次会战为他赢得了巨大的声誉，却在济南战役中兵败被俘。个中缘由，不能不让人深思。

解放阁对岸，黑虎泉永不停歇地喷涌着。轰鸣的浪花，载走了历史的刀光剑影，暗淡了溪边的烽火硝烟。当年炸药雷鸣、杀声震天之地，白石泉、九女泉、玛瑙泉争奇斗艳，串串水泡旁逸斜出，在水面上泛起层层涟漪，与水中青藻白石相乱，映照着溪边烟树画船。泉边，几个市民打起一桶泉水，相互的问答显示出他们悠闲的心情。是的，有着这座英雄阁的守卫，又有什么能让人不放心的呢！

历史的脉搏跳动下，生活如同泉水一般甘甜。

JINAN 济南故事

第四章

老街怀古　美食依然

消失的西门

对我来说，"西门"是个奇怪的地方。到现在为止，还有好几路公交车报着"西门站到了"。20世纪末，我在此处下车的时候，会自动脑补出一个巍峨壮观的城楼。楼阁钩心斗角，飞檐脊兽挺立，城砖垒起拱门洞，石板路从中笔直地铺出。城砖黑黝黝的，有些地方闪闪发亮，大概是数百年风雨和行人留下的痕迹。那时，我东张西望都没能发现这幅景象，只是看到周围几座店铺、民居，不免在"有"和"无"之间困惑一番。

西门瓮城

我开始注意"西门"，是在恋爱之后。因为"西门"周边是城市最繁华的所在，年轻人都喜欢"锦上添花"。去的次数多了，开始了解西门的历史。

老济南内城有8个城门，4个正门分别是东门齐川门、南门历山门、北门汇波门和西门泺源门。1956年，城市建设，拆掉了老城墙，原址变成环城马路。护城河西门段这座不起眼的石桥，其前身就是泺源桥，北宋文学家苏辙曾为之作《齐州泺源石桥记》。从石桥向东到青龙桥，便是济南"第一金街"泉城路，由曾经的西门大街、西门月城街、院西大街、院东大街、府西大街、府东大街等六条街道构成。这里曾经是老字号店铺和重要官署聚集地，一直是济南府的中心。桥西北为山东省党史陈列馆和五龙潭公园，西南为趵突泉公园，均为环境优美、名胜众多之地。现在，三联家电、沃尔玛商场里更是人头攒动，热闹非常。

知道这段历史，再出入此地，就有一种历史和现实重合的感觉。老城门没了，便想从他处寻找那数百年的岁月，寻找时光留下来的故事。抬头时，泉城路以南全都是现代化的高楼大厦，满眼是广告牌下商业的繁华、楼宇精致的装修。我喜欢城市的富丽，但一座历史悠久的老城，不会只留下狮子口街、旧军门巷、按察司街、榜棚街这些简单的地名牌吧？高都司巷、剪子巷没了，丁宝桢故居没了，东流水街只剩下一块石头，让人在游走间便生出物人皆非的感觉。

"西门"这块地，我曾经最常去的不是商场，也不是街道，而是一条叫"卫巷"的小街。小街因为明朝时期曾设立"济南卫"而得名，不过二百米长，三四米宽，却分布着众多的餐饮小店。让我记忆犹新的是一家顾客多是情侣的快餐店，招牌菜是爽口黄瓜、炒粉皮、红烧排骨和炸鱿鱼圈。在这里，花费不多，却能让人吃得心满意足。2006年拆迁后，小街成为大商场的一部分。大概是因为那种独有的氛围消失了，那种心满意足的感觉再也没有了，时光的无情在此显现无疑。

泰山之下血未止。这里还有着让济南人刻骨铭心的历史。1928年5月3日，日军侵入山东交涉公署，将交涉员蔡公时割耳鼻、剜眼舌后枪杀，并在全城肆意焚掠屠杀。西城墙下顺城街，房舍悉数被烧，居民无一幸免。这便是"五三惨案"。当年的顺城街为此改名为"五三街"，现已湮没为环城公园的一部分。"五三惨案"遗址上有一组纪念建筑，巨型白色大理石台历定格在1928年5月3日，下方四棱锥体纪念碑隔着清澈的护城河水，与河西岸济南惨案纪念馆遥遥相对。

历史总是有相似之处。明时，燕王朱棣造反夺位，山东布政使铁铉坚守济南，设计诈降，在泺源门上置千斤铁闸，差点砸死朱棣。后来，朱棣逼降不

济南惨案纪念堂

成，将其剜鼻割耳，最后油烹了铁铉。现在大明湖北和护城河西两人的雕像遥相呼应，宣示着济南的铁血风骨。

这段历史和我有什么关系呢？那时的我经常向外地的同学朋友讲这里的故事，语气中满是自豪之意。我的潜意识里大概有一个轰轰烈烈的梦吧。现在，我去"西门"，更多是因为季节的召唤。春天，草木萌发，河岸的柳树抽出新芽，柳哨的声音悠悠的。五龙潭的樱花开时如绯如月，落时如雪如泪。"五三堂"前的流苏洒落如雨，飘在"勿忘国耻"巨钟上。不知不觉间，夏天来了，护城河上空浓荫深深，将城市的喧闹挡在数步之外，给人带来清凉静谧。蝉声退去的时候，趵突泉的菊花开始怒放，白雪楼边的黄菊在无忧泉的泉声里格外芬芳。风起处，雪花飘落，水面上升腾起氤氲水雾，让人如同身临仙境。季节在"西门"这儿格外分明，有江南之明丽，有北国之爽利。人们一年四季在西门内外奔走，收获着属于自己的梦想。

泺源桥南还有一处所在，游人似乎很少驻足，而我却常常在此呆立。这是《清省城街巷全图》刻石，旧时内城和外城的石影。包括西门在内，老济南内外城共有11道门。现在这些旧城墙消失了，城门消失了，随着城市的发展，许多美丽的往事也消失了；不变的只有泉水的流动，从春秋鲁齐会于泺水开始，也会流向未来。只是不知，是否有一天，这泉边还会有和我一样的行者，在曾经的西门边踟蹰。

芙蓉街：红尘扰扰，老街悠悠

不管我何时来，芙蓉街总是最热闹的地方。民以食为天嘛，用来解释以小吃闻名的芙蓉街再恰当不过了。本地人逛完泉城路，外地游客游完大明湖，饿了累了都直奔这儿来。肉串、烤肠、脆饼、泰芒、油旋、小笼包子、章鱼小丸子、"冒烟"冰激凌、"轰炸"大鱿鱼……各色小吃让人目不暇接。各种各样的小店施展浑身解数吆喝着。儿子在一旁蹦蹦跳跳，东张西望，享受着市井里的热闹和轻松。

真正论起来，芙蓉街的历史可不像那些流行一时的小吃你方唱罢我登场。老街北首，是建于北宋熙宁年间（1068~1077年）的府学文庙。从那时起，就有了老街的雏形。作为珍珠泉群的一部分，芙蓉泉、南芙蓉泉、水芸泉、濯缨泉、腾蛟泉、起凤泉等许多泉子争相喷涌，人们顺水势在芙蓉泉边修渠，汇众多泉水北流，入府学文庙泮池，使泮池变成有源活水。入泮，意味着科第入台阁，读书到青云，此水因之被称为"梯云溪"。后来，为了出行方便，人们以条石覆盖溪水，成了一条街道，并以"芙蓉"名之。日久，梯云溪消失，而芙蓉街却随着明时德王府和清代山东巡抚院署设立与变迁，规模渐广，包括"瑞蚨祥"布店、"一珊号"眼镜店、"文升行"百货等老字号在内，老街聚集了钱行、当铺、书坊、首饰铺、古玩铺、鞋帽铺、绸布庄、小吃店等店铺作坊，遂成商家与士子流连之地。

走在石板路上，透过遥远的岁月，我仿佛看见那条曾经的梯云溪。石板缝里，潺潺的泉水流过，淙淙的泉声如在耳畔。清晨，薄薄的雾气在石板路上氤氲飘荡，远远望去，往来的行人似漫步于仙境之中。从这仙境迈过去，便是

熙熙攘攘的芙蓉街

济南的特色烧烤

尘世中的权柄在握与荣华富贵。千百年的漫长时光里，读书人们次第走过这条街，双手提起长袍前摆，迈过棂星门、屏门、戟门那一重重的门槛到达大成殿，去祭祀孔圣先师，以期高中榜首。这是那时所有读书人的梦想。

芙蓉泉之于清代诗人董芸，就像南新街之于老舍，曲水亭街之于路大荒。"老屋苍苔半亩居，石梁浮动上游鱼。一池新绿芙蓉水，矮几花阴坐著书。"诗中所写，如今丝毫不差浮在眼前。屋檐下，5米×10米大小的一池碧水新绿，中间石梁，红鱼逍遥，只是周围的喧闹使其似非读书佳境。当年，董芸在此苦读，无数次行走在芙蓉街上，却终生布衣。他是济南府平原县人，以讲学著书为业。董芸寓居于此，从这里走向泉城的明山秀水，写下了吟咏济南优美风光的《广齐音》。《广齐音》，又名《济南杂咏》，是目前仅存的描写济南风物的两部诗歌专集之一。孔子最希望的生活是"浴乎沂，风乎舞雩，咏而归"。董芸未能出入台阁，却践行了孔子的理想。这大概是另一种形式的朝拜吧！

老街另一可观者，为文庙南邻关帝庙。此庙很小，却很有特点。我去的时候，看见一位白发老人正在玉制关圣像前叩拜，座前香火旺盛。此处与他处不同者有二。一是，庙内立有清康熙五十九年（1720年）《重立考棚碑记》石碑，碑文为贡院考试规则。原来，明洪武年间，济南替代青州成为省会，贡院同时建立。发展至清代，考棚号舍已超万间。考规立于此，让关帝庙在推崇信义、恩赐财富的同时，多了一个威慑监督、保证公平考试的功能。另一特异处是有武库、飞霜、芙蓉三泉，同为北流入泺之水。据说此处"芙蓉"为古时真正芙蓉泉，引来专家学者争论不已。

除了现已被填埋的梯云溪外，原有的腾蛟起凤牌坊、青云桥也损毁不见，周围尚存秀才们拴马匹的马市街、张榜公布考试成绩的榜棚街，与文庙、关庙共同形成一幅士子求进图，让人回想起当年祭拜孔子时鼓乐喧天、万人景仰的盛况。当然，如今的芙蓉街成为济南著名的历史文化街区，在繁华中有着历史，在喧闹中有着悠闲。人们各有所好，有追寻历史遗迹的，有探寻老济南风情的，有寻觅舌尖上的美食的，更多的人只是前来漫无目的地闲逛，享受浮生

老街的青石板上负载的时光恒在恒新

半日闲的都市慢生活。

　　正想着，却被一股奇臭无比的臭豆腐味给熏醒了。正疑惑间，却看见儿子端着冰沙芒果茶、举着旋风薯片塔向前跑去，我喊："干吗去？"儿子兴奋地说："我要去买榴莲酥。"我摇摇头，只好快步跟上。

曲水亭街：市井与诗境之间

人们都说，曲水亭街是从唐诗宋词里走出来的。在我看来，这是一条在诗情画意与市井繁华间停住的老街。

与友人在老街漫步，时光在此陡然慢了下来。一条清澈的河流两岸，青瓦白墙的四合院鳞次展开，斑驳沧桑。岸边垂柳堆烟，帘幕重重，荫蔽着一脉清流，几许庭院，使得小街更加幽深。河上几座小桥有平有拱，或与小院人家相连，或与小街胡同相接。后宰门街、小兴隆街、涌泉胡同、泮壁街等窄窄的巷子曲径通幽，青石板路浅浅深深，让人暗想，沿着这条时光隧道，是否可以回

曲水亭街

溯到某个时代的古朴清雅中呢?

路旁帆布凉棚下，藤几一方，香茗一壶。茶社老板殷勤相邀，"泉水泡茶"的话语停住了我们的脚步。淡淡的茶香里，友人闲说起北魏郦道元笔下的老街。珍珠、濯缨、腾蛟等众泉竞发，泉水蜿蜒北流，人们建造了流杯池、曲水亭。闲暇之时，群贤毕至，少长咸集。清流激湍中，酒觞顺流而下。当它停下的时候，便有诗词佳作借泉而生。士大夫们如此精致的游戏奠定了曲水亭街闲雅的基调。后人们在亭边建茶舍，开书肆，弄金石，设棋枰，"闹中取静下盘棋去，忙里偷闲泡碗茶来"之句不胫而走，使这里成为一处"琴、棋、书、画、诗、酒、花、茶"会集的好地方。

原来如此。"亭"即是停，只有停下匆忙的脚步，才能在茶与酒中细细品味生活不断延续的微妙与奥妙。而我们，在生活节奏越来越快的时候，有多久不曾静下心来，静坐一隅，在一杯茶里品味难得的安静?

说罢曲水亭街的旧事，我们默契地不再言语，看着清清的河水在身边流淌。如今的曲水河已被裁弯取直，老街一半是路，一半是河。路上游人意态悠闲，且行且停；河里清泉不着纤尘，澄碧空明，人与泉各有各的目标，并行在一条老街上。水与路间，秋柳在风中微动，万缕千条轻拂着河水。水藻仿佛柳的影子，在水下的世界里参差摇曳，自在漂游。让人揣测不已的是，此处水藻之绿，何以如此惊心动魄?

不时看见访泉的人们从古旧的院落中走出，在河边发出一声声感叹。不远处，有女在桥下浣衣。随着她撩起水花的动作，我想起了明人王初桐的《曲水亭》："曲水亭南录事家，朱门紧靠短桥斜。有人桥上湔裙坐，手际漂过片片花。"数百年时光眨眼而过，诗中景象依旧在眼前，使得老街古旧中透出活力、沉静中显出生气。

一壶茶淡，我与友人踏石板路沿河而去。穿过剪纸、面塑、蛋雕等特色民俗小店，路北头便是著名的百花洲。这儿已不复昔日水波浩渺的旧貌，仅是一方浅浅的池塘，但它却与曾巩的百花台、赵孟頫所绘《鹊华秋色图》、李攀龙的"白雪楼"有着一段极深的渊源。岁月流转，人事变迁，只留下一个个美丽的传说。抬眼间，看见大明湖的彩绘大门，我才恍然明白，曲水亭街到了尽头，而泉水依旧向着生满荷花的大明湖而去。那儿，也是满城的泉水奔流入海的开始。

想起来时走过的街区。那里，有着舌尖上的芙蓉街，有着出过状元的鞭指巷，有着明清时的权力中心——德王府、巡抚大堂，还有着传承千年的府学文庙。而我们，经过这层层叠叠的富丽繁华与悲欢离合，从曲水亭街向北，走向盛产风景与诗词的大明湖。无意间，这竟然是一个从市井向诗境行进的过程。路终于此，诗始于斯。如果在此回首，会是一个彼此重复的过程吗？

友人吟起曾巩的《百花台》诗："莫问台前花远近，试看何似武陵游。"武陵人之游，不过是一场桃花旧梦，而我们的湖，却是一片大明。想到这里，我们便向着秋高气爽的大明湖而去。

闵子骞路的光芒

住在泉城东部，闵子骞路是我常去的一条路。它南起解放路，北接洪楼南路，南北长不足三里，双向四车道。乍一看，它与城市中的任何一条马路没什么不同，但如果仔细品味一下，作为济南唯一以历史人名命名的路，确实与众不同。

既名闵子骞路，自然是因为千古文化名人闵子骞。在路的北首，有座面南背北的古朴大院，青瓦出拱，朱红大门，上有著名书法家欧阳中石题写的"崇孝苑"三字，这就是闵子骞墓所在。闵子骞名损，以"孝"被孔子所称道，其"鞭打芦花"的故事传诵千年，"母在一子寒，母去三子单"这句话至今听来仍让人为之震撼。而闵墓的成因有一个带有神秘色彩的故事。宋时挖小清河得一石棺和谶语："孝哉闵子骞，死后葬黄泉。幸遇黄太守，起我在高原。"迁棺者黄廷简果然升职为太守，迁棺时绳子断开，落地处风旋聚土为高原（据说20世纪60年代此处封土还有十几米高），符合民间高处为墓的习俗。从传说可见老百姓对闵子骞的敬仰与崇拜。后太守李肃之在墓前修建了闵子祠，由著名文学家苏辙撰写碑文。自此历代均有大修，祭祀不断。院内有济南孝文化博物馆和二十四孝刻石，每次外地文友来济寻访，都在此感叹不已。

每年清明时，闵氏宗亲会都前来祭拜。据说海外闵氏后人也专程来此。他们戴着黑色网纱高帽，身着天青色长袍礼服，一起庄重地祭拜他们共同的先祖。苏辙说："此邦之旧，有如闵子而不庙食，岂不大阙！"作为传统孝文化的代表，闵子理应享受后人的"庙食"。

"百善孝为先"，孝为善德之始。时代也证明了，这束绚烂的美德之光，不会因为身处异国而有所衰减，它始终温暖着炎黄血脉的心灵。

我经常走闵子骞路，还因为闵子骞墓紧邻着百花公园。从闵子祠出来，往左一转，就进了公园。在花木繁荫的环境里，

闵子骞塑像

人马上就有放松的感觉，"慢慢走，欣赏啊"是你此时唯一的感叹。高大的雪松、青青的竹林和绿绿的草坪形成了清新幽静之地。春天，白玉兰花海发出高贵雅洁的光芒，牡丹花旁少不了自拍自恋的姑娘，喷泉边上老人们在翩翩起舞，孩子们在沙田和滑梯间发出快乐的笑声，而我却以为园西的芦花池最有特点，岸边有芦竹，池内栽荷花，虽说暗合"鞭打芦花"的故事，却总让我想起杜牧"多少绿荷相倚恨，一时回首背西风"的诗境。在寸土寸金的都市里，这块宝地能让多少浮躁的心灵有着小憩的空间啊！

除了让人沉思与放松，闵子骞路的地理位置也很独特。往北不到千米，是洪家楼广场，传承百年的山大老校区青春气息勃发。作为济南标志性建筑物的洪家楼天主教堂同样有着百余年历史，哥特式建筑风格的教堂矗立在广场边，

高高的尖顶直刺蓝天，似乎要引导人的灵魂冲天而起。经常有新娘以此为背景拍摄婚纱照。向东千米，是山东省图书馆新馆一缕书香弥漫；向西千米，是有"济南中关村"之誉的山大路科技市场。城市主干道解放路和二环东路高架桥环绕周边。闵子骞路就在这些城市综合体的中心地带，繁华围绕，静谧其中。走在路上，头顶高大的法桐树几近遮天蔽日，虬龙一般矫健的枝干伸展开来，撑起一片色彩斑斓的秋日景色。

说起来，闵子骞路不像经十路那样大气磅礴，没有芙蓉街那样名闻天下，也没泉城路那样繁华富丽，更不如老城区那些记载着城市厚重历史的老街巷有着令人发思的古之幽情，但它特有的美德传承与现代文明的交互是任一条街道都无法比拟的。她像一个温润典雅的好女子，低调而不失高雅，传统而不失时尚，安安静静地隐身在都市里，你每一次与她接触，总有着不同的感觉。

在泉城的建设开发中，许多独具特色的老街道陆续消失了，城市的街道变得千篇一律，毫无个性可言。闵子骞路的存在，为济南的性格留下了浓墨重彩的一笔，它散发出永恒而温暖的光芒，滋润着大踏步走向现代文明的泉城。

愿济南有着更多这样独具个性的街道。

东流水街的前生今世

作为一条老街,东流水街其实已经变成一段过往岁月的标本。

我把目光转向这条曾经的老街,还是因为入夏以来连续的几场大雨。甘霖到处,复活了一株株水做的植物。而长得最高的月牙泉,在蘑菇形的假山周围,垂下万千条晶莹的枝条。它处泉水出露,就地成池、成井、成潭、成波,月牙泉则从假山石顶泻下,淅淅沥沥,成帘成瀑,在相机里定格。远观时,活脱脱一树三月里的水晶柳。泉城诸泉以此泉水位最高,月牙飞瀑景观出现之时,泉城诸泉早已百泉竞涌了。

让我陷入历史回望的,则是因为月牙泉北那块刻着"东流水街旧址"的假山石。石后刻着济南名士徐北文先生的《东流水街记》。随着作者简洁的笔触,这条老街曾经的生命历程缓缓地展现出来。

依水而居本是人类文明的起点。在东流水街消失之前,它北起铜元局前街,南至估衣市街(今为共青团路东段),街西是众多的商铺,街东是西护城河。近千年的老街元朝时便已存在,那时它还有一个名字叫"船巷"。顾名思义,这是一条如江南水镇般可以行船的街巷。众多人家之间,古温泉、月牙泉、北洗钵泉、洗心泉、静水泉、回马泉、贤清泉、显明池等泉水竞相喷涌,形成一条条溪流,汇入护城河。面河而居,众帆摇落,船借水力,东流入海,一条前途多么辽阔的水路!

现在的老街,已经成为五龙潭公园的组成部分。依亭台水榭,可观泉池清澈幽静,锦鱼嬉戏,杨柳低垂,一幅醉人的江南画卷。如果时光回溯,人们可以看到过去的岁月中，无数文人墨客陶醉于东流水诸泉的情景。伊人馆、贤清园、罗家园、漪园，只要有泉水的生生不息，便有一座座园林的生灭，诉说着人世的悲欢离合。潭西泉北岸石壁上，明人"近水楼台"巨字石刻曾为朗园旧物，它倾听过清时学者周永年的读书声，目睹了王士禛撰写《游漪园记》，还看到了到此寻觅特色菊种时蒲松龄的惊喜，"朱门向西，绿水东流""扉临隘巷""槛鸟垂杨""入户之溪九曲"，这不就是"家家泉水，户户垂杨"的描写嘛！蒲松龄比刘鹗提前两百年道出了泉水人家的特色。

月牙泉东，一座名为《载誉归来》的雕塑，将这条老街上的"工匠精神"彰显得淋漓尽致。一位山羊胡子老先生举着手中的奖牌，笑眯眯地逗弄着两个踮脚伸手的童子。这位老先生就是当年创办与北京同仁堂、杭州胡庆余堂齐名的宏济堂药店的乐镜宇。这座雕塑表现的是，他在1915年荣获巴拿马国际博览会金奖后，回到家中时的喜悦情景。我觉得，乐氏之所以能获奖，离不开从宋朝时就有的东流水畔阿胶产业的传承。东流水诸泉自有灵性，渐渐取代了古阿井之水的地位，众多制胶人家苦心经营，再加上乐氏精益求精、大胆创新的"九昼夜提制法"，方才成就了宏济堂"九天贡胶"的美名。而东流水阿胶产业的发展也带动了其他民族工业的发展，济南先后有了各种现代工业。据1928年的调查，济南电灯公司、华兴造纸厂、丰年面粉厂、民安面粉厂、济南电气公司，地址均在东流水。

或许因为这儿产业工人众多，老街地形复杂，易于隐藏行迹，成立不久的中国共产党便在东流水街105号，当时的赵树堂阿胶庄楼上，设立了山东省委。中共一大代表、山东党组织创始人王尽美与邓恩铭分别以小学教师和商人的身份，在这里从事革命活动。他们草拟文稿，油印报刊，发动工人运动，为中国革命留下了一段光辉的历史。目睹近代产业工人的艰辛生活，多才多艺的王尽美叹道："无情最是东流水，日夜滔滔去不停。半是劳动血与泪，几人从此看分明。"曾经带给众多诗人清风明月般的东流水，在革命者的眼里，流淌的是旧时代的罪恶，寄托的是革命者"虽九死其犹未悔"的豪情。流水如镜，不同的年代里映照的是不同人心中的梦与远方。

　　我在月牙泉边停留，看着溪流流入西护城河，也看着溪边这座肃穆的小楼。小楼如同一座灯塔，在那段阴霾岁月里指引着众多的航船。也许因为这个原因，这座别致的建筑得以保存。与它所联系的那个年代里的智慧与创造，是否能在今天流传下来？恍惚间，我眼前仿佛出现了那条东流水街。街西一栋栋江南风格的小楼，青砖灰瓦、花脊翘檐、门板木窗，那是阿胶作坊和门市。街东则是清澈见底、杨柳依依的护城河。如今，护城河美景依旧，却少了那条人声鼎沸的老街。

　　好在，泉水还在，风景依然。人们从五龙潭码头下船，从花红柳绿间逍遥而来，在玉泉边接一壶甘甜的直饮水，自有一番简单的快乐。这也许是老街另一种形式的复活，虽然它少了那份人间烟火的气息。

湖畔废墟

从城南去大明湖有许多条路，但我常常"被"走到这里来，很有点鬼使神差的味道。原因呢，我不知道是不是这座废墟。在大明湖畔，在城市最繁华的地方，它的存在着实是一个奇妙的寓言。

这便是钟楼寺台基遗址，位于县西巷与大明湖路的丁字交叉口上。大明湖路风景极美，众树成景。靠近时，我被覆满废墟的茂盛树木所惑，几乎擦肩而过。当我走到它的身边，心有所感，才看到那一层层的老砖、生苔的肌肤，杂石修补的墙体。我惊讶地停下来，围着它转了一圈。钟楼台基二十米见方，高七米多。残损的台基上方，层层青砖的方角巧妙排列，形成低调的繁丽花纹。在杂树的阴凉里，它们陈旧的美丽依然不变。

墙上的简介中，一段消失的往事缓缓呈现。在旧城改造前，南北钟楼寺街和东西钟楼寺街在此穿过，老街有着600多年的历史。在漫长的岁月里，钟楼寺历经三变。明初，这儿叫作"康和尚院"。原在城内的开元寺被征为济南府署（今山东省政协驻地），时任济南知府陈修迁建寺内钟楼于此，"移梵王相，改名镇安院"。梵王指佛教色界初禅天的大梵天王，有镇压诸邪、佑护众生之功。明成化年间（1465~1487年）重修济南正觉寺，镇安院改名为"钟楼寺"，成为正觉寺别院，僧纲司迁到这里办公。僧纲司为明朝僧尼寺院直接管理机构，大权在握，使钟楼寺在佛教界成为重镇。至嘉靖四年，山东省提督学道邹善将钟楼寺改为"湖南书院"，后更名为"至道书院"。明清时，提学道衙署、提督学院（相当于今天的教育厅）设置于此，当时贡、学两院学子接踵而来，由此奔向科举之路。废除科举制度后，这里变成了客籍学堂，延续着其教育功能。初始鸣钟报时、镇邪护民，继而佛韵悠长，后为向学之所，这一座小小的台基竟然负载过如此悠长的历史。

如今台基虽废，但古钟尚存。明昌钟始建于金代明昌年间，重达8吨，八卦纹身，钟钮龙形。1992年自此处迁移到大明湖北岸晏公台钟亭，联曰："金钟鸣处蛙声静，璧月升时客梦清。"晨昏之际，厚重悠远的钟声回荡在静谧的大明湖上。废墟如果有灵，听到自己曾经发出的宣言，不知会做何想？

台基的北边，是重新修建的明湖居，继承了老济南"曲山艺海"的传统。方石铺就的庭院里，有一老一少的石像，描述的是老残与书童前来听白小玉说书，是"明湖湖边美人绝调"那段经典。老残捻须背手，沉浸在大鼓书的绝唱中。西边，水西桥弯拱如月，与明湖居亭廊相连，水影相接，仿佛复现清时施闰章、翁方纲、刘凤诰主持学院时的"平桥待月""红栏活水""四照晴岚"等著名风景，将废墟所带来的苍凉消融无迹。

然而，废墟依旧存在着。城市繁华中，能有如此苍凉的景象，带给人们的思索和震撼远胜于旖旎的风景。雕梁画栋依旧，钟鸣鼎食依旧，但远非曾经的色彩，更让人体会到什么是繁华如梦。眼前的钟楼景区，是对历史的超越吗？随着时间的流逝，眼前这风景，是否也会再次变为废墟呢？

围绕着钟楼寺，渐有了东西钟楼寺街和南北钟楼寺街。现在的大明湖路即原东西钟楼寺街；南北钟楼寺街则被拓宽后的县西巷合并。当年的老街，生活气息浓厚，店铺坊市林立。各种特色食品中最有名的便是酱菜，以北厚记、同元兴、兴顺福为最，其八宝菜、包瓜、磨茄、臭豆腐、豆豉等，味道鲜美，久负盛名。然而，都市繁华里，让我记住的却是老街上一个悲惨的民间故事。

一位贾姓青年商人丧妻后有一幼女。后来，贾商续弦，后妻善妒，经常折磨贾女。有一次，她竟用香火把继女的脸烧坏。贾商外出归来，见女儿的惨状，伤心不已，郁郁而死。一天，墙外铸钟的火炉生火后，恶妇骗贾女登高观望，一把将她推进火炉之中。大钟铸成，钟声里便有了贾女的哭泣声。恶妇每每听见钟声便胆战心惊，不久便害心痛病而死。

悲剧远比欢乐更震撼人心，废墟也远比繁华更让人沉思。比如圆明园里那指向天空的石梁，比如古长城那坍塌的敌楼，这些残损和破败体现着怎样的韧性和坚守？

街头依旧喧嚣。台基废墟不再言语，沉睡在静谧的树荫里。但我觉得，它有着非同寻常的力量。当城市不断地进化时，它作为文明的见证和历史的化石，默默地矗立在角落里无言，观望着大明湖畔又一次的"新陈代谢"。

后宰门街的心灵祈愿

行走远方，有人想要欣赏自然美景或感悟历史沧桑；有人想要以美食愉悦肠胃，淘宝酬谢眼目；有人膜拜在神明面前，渴求心灵的宁静；有人只是单纯地想要走走，以随意舒缓的步伐走过不一样的生活和故事。而有着600年历史的后宰门街，就在人们的不同索求里，冷眼看着人流熙熙攘攘、来来去去。

从曲水亭街向东，并不宽敞的后宰门街两侧均是低矮的旧时建筑，稀稀寥寥的游客走在温暖秋阳下的石板路上。实际上，这条老街里依旧生活着众多的市民，杂乱的电线网、斑驳的水泥墙与老宅精美的雕花分割着蓝色的天空。它在落拓中散发独特的美，吸引着许多游客。

说起来，后宰门街与明朝德王府有关。明成化二年（1466年），朱见潾修建德王府，北门名曰"厚载"，所谓"君子以厚德载物"。脚下的老街便在厚载门外，时间久了，便以谐音取代了"厚载"二字。

老街确实承载着明府城厚重的历史。后宰门街是一处上风上水之地，诸多泉水环绕周围。南邻珍珠泉，东有珍池，珍珠泉水串起珍池，从老街路南民居下潜行，与西边王府池子诸多泉水穿街绕户，共同汇于曲水亭的溪流。众水生金，这清澈的泉水便带来了明清以来一条繁华的商业街。据载，短短的老街上曾建有八旗会馆280多间，留下闻名遐迩的老字号。其中最为有名的是首创九转大肠的九华楼饭庄，长于糖醋黄河大鲤鱼、荷叶粉蒸肉、罐儿蹄等鲁菜的同元楼饭庄，用珍珠泉水腌咸菜的远兴斋酱园和制作小儿杂症良药"至圣保育丹"的庆育药店等四大名店。

　　时光流转，这些老建筑从富丽堂皇慢慢变得破旧不堪。那时精美的老宅，在现存的田家公馆和万家大院还可以体会其余韵。雕刻精美的门窗、用巨石做成的影壁、绣楼上的砖雕画像，让人遥想那时为官为富者的繁盛，而颇有仙气的"九转大肠"诞生地九华楼也只剩个残破模样。后宰门街42号与40号门口挂着一块文保牌，写着"后宰门街同元楼饭店及后宅传统民居"字样。若不是这块牌子，很难想象蒲菜猪肉灌汤包、金丝卷、银丝卷等著名鲁菜会由此兴盛。现在，田家公馆已经变成了大杂院，院里居民对这里的历史显然并不了解。

　　走过岱宗街，转身便看见了一口井泉。雕花的井栏下，岱宗泉泉水安静地映出身影，不知是否还在汩汩冒水？这一切都像这条街一样安闲。

　　遥想数百年前的旧居，在泉上架床叠屋，泉水是否也绕屋走起？或者是为了回答我的疑惑，在街北百花洲片区，我看到灰瓦灰墙的民宅院落、水环泉绕的小街、枝叶披拂的杨柳、红鱼悠游的泉池，与眼前大杂院的乱形成鲜明的对比。那些描述民间生活的雕塑，有压井抽泉嬉闹的孩子，有拉风箱烧水蒸包的

后宰门街上的小酒吧妖媚别致

泉边老宅檐角守望着天空

妇孺，叙述着久远的泉城故事，把人们拉回旧时泉水人家的生活，让人不禁生出时空错乱而并存的恍惚感。

走着走着累了，看着看着惑了，人世的变幻与沧桑涌上心头，那便寻一个神明祈祷吧。

老街东首，是一片重新整修好的雕甍绣槛，这便是福慧禅林寺和武岳庙了。福慧禅林寺始建于唐朝，明、清两代曾多次重修，是济南城区少有的佛教建筑。武岳庙始建于宋代，是济南最大的关帝庙。在岱宗街上，还有一座祭祀泰山老奶奶的碧霞宫，俗称"娘娘庙"，可惜现在已成为民宅。看，在这不足一里的小街上，佛寺、道观、武庙俱全，与济南府学文庙东西向呈一条直线。

老街西首，是一座基督教教堂，青砖灰瓦，古朴典雅，楼顶竖着巨大的十字架。1937年，为了避免因出城做礼拜而向守城的日本军队行礼，美南浸信会教士于此建造了礼拜堂。我路过时，教士正在布道。据说，教堂早在1986年就恢复了宗教活动。

　　临近傍晚，老街上的小酒吧和咖啡馆都亮起幽幽的灯光，展示着一份慢生活的宁静。四面八方的游客在民俗小店、小旅馆、小饭铺、小文具店、小杂货店悠游。

　　老街上的日式居酒屋、英伦小酒馆、德国啤酒馆，民谣、爵士乐、乡村音乐、蓝调音乐，还有青春可人的女子，轻轻吟唱的歌手，形成别具一格的都市新景。

　　一个人独自走在石板路上，忽然听到透过门缝传来的歌声，莫名的感慨突然涌来。此刻，南有泉城路的喧哗流年，北有百花洲的幽静湖水，左手是与世无争的安然老宅，右手是绵长的静谧小巷，脚下泉脉里流淌着无尽的生机。斯时，这宁静真切地立在身边。恍然间，几分说不清的心事慢慢地涌上来……

小巷里的状元府

从繁华的泉城路向西，过省府前街向北一拐，便是鞭指巷。传说当年乾隆执马鞭指问地名，名臣刘墉随口妙答"鞭指巷"。现在的小街基本保留着清时的格局，略显破旧的老宅记录着风雨的痕迹。然而，真正让小巷闻名的，是济南现存唯一的状元府第——陈冕故居。

陈冕（1859~1893年），字冠生，先世山阴（今浙江绍兴）人，后随祖父入顺天府宛平县（今北京）籍，再后迁居济南。他自幼天资聪颖，勤奋好学，14岁考中秀才，16岁乡试中举。24岁时，他第四次入礼部贡院会试考场，殿试一鸣惊人，拔得头魁，成为我国历史上几位年轻的状元之一，也是清代建朝以来的第105位状元。陈冕曾任翰林院编修，掌修国史，还出任过湖南乡试主考官。从他出仕到离世不过10年，而其在丁忧居家的5年中，呈现出不一样的生命光辉。

在鞭指巷北首，可以看到两个高大的旧式门楼，长着杂草的花式屋脊诉说着曾经的荣光，这便是原状元府的鞭指巷9号、11号院。四合院还保留着二进的院

第四章 老街古巷 美食依旧

陈冕状元府大门

落，院内石阶已经有了裂缝，墙壁斑驳不平，院内住户各自搭建的小屋挤占了原本宽敞的院落，让整个院落显得有些杂乱。但细细看去，那精致的砖雕、气派的挑檐、小瓦花脊的主屋，依旧不减当年风采。院里槐树茂盛，香椿高大，葡萄、石榴掩映下颓败的院墙隐而不露。绿与灰，生与寂，在爬墙虎的藤蔓下互为因果。当年，陈冕祖孙三代便于此栖息。斯人已去，那澄澈的古井井水和依然挺立的老屋携带着百余年前陈冕赈灾操劳的身影向我走来。

大多数人秉承"不在其位，不谋其政"的观点，陈冕却无论身在何处，均将国事、民忧放在心头。陈冕考中状元的当年和次年，黄河决口，山东历城、邹平等多地受灾严重，官府动员各界捐钱救灾。陈冕与其父陈恩寿带头一次捐出数万银两，活民无数，并亲自到抗洪前线参加救灾。

值得注意的是，如果陈冕第一次捐款救灾有应景的嫌疑，那么他在其后的9年中为赈灾散尽家财乃至献出生命，就近于殉道了。光绪十年（1884年），陈冕丁忧居家，他带领亲友，乘坐小船，给灾民送餐送衣。他还亲自选择高地并个人出钱建设民房千间，安置了大批灾民。几次黄河救灾，他不但将祖父经营盐业积攒的钱财捐献，甚至先后将在济南的许多房产变卖，只留下几个四合院供家人居住。在他临终前一年，山西大旱，他在济南街头卖字募捐，将上万两黄金送往山西。最终，他和父亲一样，因劳累过度离世。

陈冕力行道义，与其家风有关。其祖父陈显彝曾任山东盐运使，山东候补道，登、莱、青州兵备道，以"积厚"为家训。其父陈恩寿，曾任山东莱阳县、长清县县令。两人都有"陈善人"之称。陈显彝任馆陶知县时，曾不待上命开仓赈粮，并自筹款救助饥民数万人。陈恩寿任长清县令时，辖区内发生了著名的"黄崖山教案"。山东巡抚阎敬铭诬山寨首领张积中谋反，派兵攻陷山寨，无辜山民死伤无数，妇女皆被裸身示众。陈恩寿流涕进谏无果，购棉衣若干授裸身妇女，并请亲友认领保全妇孺400余人。陈恩寿因此辞职归乡不仕。在其因黄河赈灾操劳病殁前，他告诫陈冕，不要空有状元头衔，要为百姓多做善事。如此，陈冕承父训广行善举便是一件自然而然的事情了。

世界时有冷漠，如陈冕热肠于内者，便显得格外可贵。尤其他以状元之尊誉，行赈灾之实务，为读书人立下为民之标尺，别具深意。从考上状元到离世的10年间，陈冕有5年在为父母服丧守制，他将自己的事业与梦想活成一段独特的人生，倾其所有救民于水火，其情可敬，其义可嘉。后人在评论历代状元时，将陈冕与南宋思想家陈亮、爱国诗人文天祥、清末立宪派书法家翁同龢、近代实业家张謇等并列，这个评价是很恰当的。

西熨斗隅巷

从鞭指巷沿双忠祠街西行200米，往南一拐便是西熨斗隅巷。这儿有4个院落是原状元府组成部分，其中20号院为陈冕书房，名为"小墨墨斋"。旁侧南北向三开间的二层阁楼，为藏书楼。当年，状元府东起鞭指巷，西至西熨斗隅巷，北起双忠祠街，南至将军庙街，规模颇为宏大。百年时光流逝，状元府大部分建筑也已被单位宿舍、宾馆、商铺所取代。

返程时，友人说，小巷中部原有经营百年的"熊家扁食楼"，可惜现在已然不存。"扁食"就是饺子，熊家饺子是很多老济南人挥之不去的记忆。而小巷南首，是山东画派创始人关友声故居"泰运昌辰"所在，其人其作，仍为许多人津津乐道。

美好的事和人一样，就像熠熠生辉的星空，能够在历史和人心的深处恒久闪耀。

何不食蒲菜

　　美景与美食是旅游的重点内容。很多时候，美食似乎比美景更深入人心。记得那一年到长沙，专门前往某餐馆点了剁椒鱼头大快朵颐，一群人一边辣得吐舌头，一边直呼过瘾。而今朋友见面说起长沙来，都嘻嘻哈哈地拿剁椒鱼头说事，岳麓山、橘子洲等著名景点反而不提。老舍也是这个观点，觉得风景达人远不如吃货多。他1937年在济南说："吃到肚子里的也许比一过眼的美景更容易记住，那么大明湖的蒲菜、茭白、白花藕，还真许是它驰名天下的重要原因呢！"

　　茭白和藕倒还罢了，但蒲菜是啥？我想起了那美丽而忧伤的誓言："君当如磐石，妾当如蒲苇，蒲苇韧如丝，磐石无转移。"蒲草坚韧，不仅成为爱情信物，在匠人的巧手下，还能编成蒲包、蒲篓、蒲扇、蒲鞋等精巧日用品。硬邦邦的蒲扇，和质地鲜嫩的蒲菜是一家子吗？

　　回头查阅资料，蒲菜入馔在我国已有两千多年历史。从《诗经》起便有"其嫩为何，维笋及蒲"之说，可见蒲菜为盘中珍物。老济南人称蒲菜为"蒲笋"，有奶汤蒲菜、锅塌蒲菜、蒲菜扁食（水饺）等多种名菜。凡品尝过这些美味佳肴的，无不交口称赞。臧克家青少年时期在济南读书，后来专门写文回忆："蒲菜炒肉，我尝过，至今皆有美好的回忆。"青春奋斗的时代与某种特定美食联系在一起，是很多人记忆中的珍品吧！

　　蒲菜的生长对水质要求极高。大明湖的蒲菜为泉水所育，蒲芯格外清甜爽口。民国时期，大明湖被一条条纵横交织的地埂隔开，形成一块块四四方方的池塘，池塘内是各家各户种植的藕荷、蒲菜和芦苇，成为湖民生存之所，利之渊薮。胡适与老舍均有诗文描述湖田中蒲、芦、莲密集生长的情景。那时，蒲菜与莲藕是湖民主要的经济作物，承担着养家糊口的重任。老济南人称蒲根和粗茎为"老牛筋""面疙瘩"。灾荒年景，它们不知救了多少贫苦百姓的性命。

我曾经在北极阁附近的小店中吃到皮薄汁多的蒲菜水饺，也曾在一些鲁菜名店品尝味道清鲜的蛋炒蒲菜。但认识蒲菜的真身，却是在黄河北岸的龙湖湿地。河边沟汊纵横，草木丛生，钓者端坐河畔，让人心中逸气横生。这时，水边一根根的"蜡烛"吸引了我的视线。仔细看去，那水草形如放大版箭兰，修长的叶子从水中伸向空中，中间一茎，擎着一支黄色"蜡烛"，又像是串好的烤肠，摇曳在夏日的水滨，不禁让人直咽口水。妻说："这不就是水蜡烛嘛！"正说着，一个声音传来："这是蒲菜。"回头一看，一位农民推着自行车，车后一大捆刚从水中收割、捆扎好的绿色植物，就像被去掉头部、择掉枝叶、加长加粗的芹菜。原来，"水烛"又叫香蒲、蒲草，其叶可用于编织，其花粉入药名叫"蒲黄"，它的嫩芯就是蒲菜。这里的蒲菜全部直接供应饭店，加上价格昂贵，所以市面上一般见不到。

回到家中，费了一小时，一层一层地将七根蒲菜坚硬的外壳剥去，足足七八层才露出形如大葱、其白如雪的蒲芯。按照奶汤蒲菜的做法，炝葱花，撒上面粉熬汁，再依次放入蒲菜、冬菇、火腿，沸后撒盐盛碗。乳白色的汤汁中蒲菜的独特香味扑鼻而来，蒲段由雪白转为象牙白，入口腻滑，嚼来却有酥脆之感。清淡的蒲香中，一丝丝的甜意从舌间慢慢生发开来……

路边的把子肉

把子肉的历史很简单，它大约只存在于老济南民间的口头传说中吧。

有段时间，快餐盒饭成为我们的午餐标配。浇上肉汤，染成酱色的米饭中卧着一块切成薄片、连着肉皮的五花肉，一两根牙签上下穿透，还用根棉绳捆着，免得肉与皮散开。同事便演绎着把子肉的传说。民间版的说法是，刘、关、张桃园结义后，张飞将自家的猪肉用麻绳捆了炖了，三人大碗喝酒，大块吃肉。学术版的说法是，年节祭祀时有着"把祭"，礼毕每个族人都能分到一块肉，以示祖宗恩德传承。

他们说他们的，我小心地把肉皮、肥肉剔了出来，只留下几小块瘦肉。一次，我傻傻地要把剔下来的肥肉赠给正在说张飞的肥肉好吃的兄弟，结果他用幽怨的眼神看着我。我装作没看见，找了根牙签，把潜入齿缝的那根干柴般的瘦肉丝剔了出来。

济南的大街小巷，常常看见的是"好米干饭把子肉"。许多的快餐店也将之作为招牌菜之一。我很不理解，为什么一块肉也能成为一个店的招牌。

到杭州旅游，如雷贯耳的名菜是"东坡肉"。白玉盘中，一方方"肉印章"站着，色泽红亮，酥烂香糯，带着江浙菜系特有的甜腻。朋友端着花雕酒，吟道："慢着火，少着水，火候足时它自美。"苏轼贬谪黄州时随手写下的煮肉歌，透着文人的自傲与生活的体悟。也难怪，当吃成为一种艺术时，后人便多了许多向往。

回来后，与朋友康谈起东坡肉，慨叹南方的文化与精致的饮食。康听了，带我来到中山公园外的一间平房路边摊，招牌就是"好米干饭把子肉"。时为中午，一溜长长的队伍中，除少数是农民工外，竟然大多是市民模样，其中不乏西装革履人士和摩登女郎。平房两侧全是矮桌、马扎，竟然无一空席。

半个多小时的等待后，面前摆上了七个大碗：四碗浇肉汤的白米饭，两片把子肉加两块肉皮，另外配着油炸豆腐、海带、豆芽、辣椒。把子肉的味道竟然特别好，瘦的糯中有韧、软中多汁，肥的入口即化、香而不腻，舌头扫过，如同冰上的舞蹈。肉皮柔韧，弹牙有劲，却又滑溜爽口，重重一口下去，像和牙齿在游戏。肉与口的纠缠很有相爱相怜、欲罢不能的感觉。

康打开了话匣子："咱这和东坡肉还真不一样，没有酒和糖这些诗意的东西。做把子肉，讲究五花肉的品质，最好是靠近猪后臀尖部位的，一斤切成八块长条，用济南特有的蒲草捆成一把。焯两遍，放入瓦罐，不放盐，全靠酱油、八角提味。炖好的肉掉在地上，像豆腐一样易碎。最出彩的地方就是肥的地方能创造肥而不腻的口感。肉汤浇米饭，配上把子肉，米香与肉香那是绝配啊！金圣叹不是说'花生米配豆腐干有火腿的味道'吗？我觉得，把子肉和米饭的搭配就是咱济南的味道。"

停了停，康又说："还有一点，把子肉下饭哪！过去老百姓吃饭时蹲在门口，一块肉配上两大碗米饭，吃得饱饱的出去干活，这才是咱老济南人的王道啊！"

康指着身边的这条路说："这条街区有许多老建筑。"随后，他又指着身边一座日耳曼风格的建筑说："这是济南老商埠的老宅，据说是民国时仁丰纱厂的创始人所建。"

我看了看，老房子很破很旧，已经无人居住，四坡孟莎式屋顶，上覆红瓦，那种陈旧的气息一下把人牵回到百年前济南主动开商埠的岁月中去。

这也是一种历史，在把子肉侍奉中的民间。

没有酥锅的过年都是"伪"过年

人生之旅漫漫，如果没有美食，就太过乏味了。在济南，超市和街巷里经常有酥锅（济南传统名菜）售卖，味道极好。但在老一辈眼里，打酥锅是过年的节奏。要是没有酥锅，那就称不上是过年。腊月二十六、二十七午夜，一大锅酥菜炖在灶上，一直到凌晨，肉烂汤浓，香气袅袅，成了许多人挥之不去的童年记忆。

我觉得，打酥锅是对新年年景的希冀。在它必不可少的原料中，白菜意味着平安，豆腐说着"都有福"的贺词，莲藕寓意亲情藕断丝连，花生是长生之果，长长的海带丝象征着幸福要长长久久。烹制时，从锅底到锅沿铺上一层白菜，然后放上棒子骨，避免煳锅，再依次放上肉、鱼、鸡、猪蹄等荤菜，白菜、藕、海带卷、豆腐等素菜，最上面压上一层白菜，放上调料，咕嘟咕嘟一宿至少十个小时的文火熬制，方才大功告成。成品的酥菜中，鲫鱼肉软刺酥，海带入口即化，莲藕软软糯糯，鸡肉香酥可口。各菜既互为渗透，又保持各自的味道，吃起来荤而不腻，软嫩柔润，又以酸甜为主，味中有味，让人胃口大开。

酥锅的起源有两个传说。一个传说是，清朝初年，淄博颜神镇一位叫苏小妹的女子，无意中将肉、鸡、鸭、鱼、白菜、海带放在一起炖制，因鱼酥肉烂，味道极好，便经常做，时间一长便传遍四方；因此菜以肉、鱼骨刺酥烂为主要特征，"苏"与"酥"又同音，人们称其为"酥锅"。另一个传说是，博山一位苏姓秀才过年请客，其妻不善做菜，就将各种原料倒在一起炖制，因困倦疏于看顾，炖了一夜，结果菜的味道格外美。苏秀才扬扬得意，说是自家祖传"苏家锅"。传来传去，就成了"酥锅"。

后面这个传说与名菜"佛跳墙"的起源很像。所不同的是，"佛跳墙"主角不是穷秀才的老婆，而是福建一个初嫁的富家女，其材料则是海参、鲍鱼、鱼翅、干贝等十八种珍材，号称"十八个菜一锅煮"。济南酥锅

济南酥锅

在博山酥锅的做法上有自己的发展，我更喜欢它的平民色彩。俗话说："穷也酥锅，富也酥锅"，肉多肉少都可以做到"鱼酥肉烂、酸咸甜香、形态晶莹、色似琥珀"。无论富贵与卑微，在酥锅里都能发现"味"与"美"的独特境界。

烹制酥锅也有秘诀。一是不加水，完全依靠原料渗出的汁液。尤其是白菜，围垫得比锅沿都高。烹制期间，先舀出将溢的汤汁，等原料下沉后，再把汤汁放回。二是调料放置亦有讲究。酱油上色，醋使原料酥烂，糖中和诸味，黄酒去除腥膻，然后是添加盐、葱、姜、花椒、香油等。制作过程添加调料的时间、数量、位置不同，最后做出的酥锅口味亦自不同。酸、甜、咸的控制，成了各家酥锅的口味的关键。

打好的酥锅在寒冷的季节里能够存放十多天，正好跨过春节。家里来了亲戚客人，顷刻之间便有待客的佳肴，荤素搭配，毫不寒酸。海带包肉、豆腐皮包鱼、香酥猪蹄可独立成菜，酥鸡、酥鱼、酥藕、酥白菜可成精美拼盘。还有人利用花生、鸡蛋等做出"双龙戏珠""龙凤呈祥"等图案，把简单的菜品做成一盘精美的艺术，从而使酥锅成为鲁菜的经典。看似一锅乱炖，其中有着中国人曲尽物性、祈盼幸福的生活愿望，"独乐乐"与"众乐乐"的哲学思想。

米兰·昆德拉说，生活就是一种永恒的沉重的努力。老济南人有大年初一吃素的习俗，为的是图个来年素净、安康如意。

"酥"与"素"也是谐音。

宫保鸡丁的民意

在"天下第一泉"趵突泉东北,有一个民族风格的小院,南北各有厅房三间,东西曲廊相围,院外小溪沿屋穿廊,敞中有蔽,闹中存静。这座幽雅的小院名为"尚志书院"。其创办者为晚清山东巡抚丁宝桢。

走进书院,迎面可以看见一座雕像,额宽面阔,浓眉挺鼻,颌下一蓬长须,颇有美髯公之感。雕像下方,刻着丁宝桢亲撰对联:"读书岂为虚名误,报国须教俗念空。"对丁宝桢来说,男儿读书就是为了报效国家,他的一生就是这句诗的写照。

丁宝桢(1820~1886年),贵州平远(今织金)人。咸丰三年(1853年)中进士,任翰林院庶吉士,自此步入仕途。他的一生与山东结下了不解之缘。从同治二年(1863年)至光绪二年(1876年),丁宝桢先后任山东按察使、布政使、山东巡抚;光绪二年(1876年)10月调升四川总督,光绪十二年(1886年)在成都逝世。丁宝桢在山东做了近10年巡抚,也给山东人留下了百年传颂的故事。

最为民间所津津乐道的故事是智斩权监安德海。同治八年(1869年)秋,受慈禧太后宠信的太监安德海出京南下采办。按清朝的潜规则,这是安德海"闷声发大财"的好机会。可安德海不知收敛,骄横跋扈,一路上公然索贿受贿、敲诈勒索,弄得民怨沸腾。这下将嫉恶如仇的丁宝桢惹火了:太监出都门违犯清朝祖制,大胆奴才还敢明火执仗地贪污受贿?于是,丁宝桢在泰安将其拿下,押至济南蜜脂泉边关帝庙。当慈禧太后闻讯后下密旨要丁宝桢释放安德海时,丁宝桢果断地决定"前门接旨,后门斩首",先将安德海从关帝庙后门拖出斩首，然后从关帝庙前的蜜脂殿出去接旨。慈禧太后对此也无可奈何。后来，当他升任四川总督之时，慈禧亲自题写了"国之宝桢"四字（现此四字在尚志书院）赐予他。"桢"字原意是硬木，为古时筑墙时所立的柱子。"国之宝桢"就是国之栋梁的意思，可见朝廷对他的重视。

丁宝桢像

"智斩安德海"事件可见丁宝桢廉洁刚正、维护国法的勇烈与胆识。现在看来，丁宝桢的时代正是中国面临千年大变局的时代。1842年至1865年间，中国签订了一系列不平等条约，中国面临着内外交困、不得不变的危局。在山东巡抚任上的丁宝桢心情是怎样的？

千佛山兴国禅寺东门外南墙壁上，在古树掩映下，有十二石屏，为丁宝桢于光绪元年（1875年）夏亲笔书写。碑面多处破损，却增添了字体的沉雄厚重。碑文落款云："石小南太守以《抑》诗一篇，痛切身心携纸索书，率笔以应……"为何"痛切身心"？《抑》是《诗经》中著名的篇章，为"卫武公刺厉王，亦以自警也"。而我的目光却落到屏中的"修尔车马，弓矢戎兵，用戒戎作，用遏蛮方"。意思是，把车辆马匹准备好，弓箭兵器要整修，要预防战争的发生，建立驱逐蛮夷千秋功业。岁月沧桑，碑中许多字已难以辨认。回溯丁宝桢的生平，就能理解在这风景佳处立碑的深意。可以说，他一生始终在追求六个字：保国、图强、教民。

在山东任上，他先后镇压了宋景诗黑旗军，围剿入鲁捻军。在西路捻军进逼京城时，丁宝桢率兵驰援，保护了京城安全。他定下海防大计，在烟（台）、威（海）、蓬（莱）等地构筑炮台，以应对日本挑衅。他开展黄河治理工程，多次亲赴水患现场，疏通大清河入海，至今百姓仍受其惠。而对山东科技发展有重大意义的，是他创立了山东机器局。

光绪元年，丁宝桢以"靖海安边""师夷长技以制夷"说服清政府，在济南北郊泺口择地300亩，引进国外机器设备，建山东机器局，制造火药、洋枪。值得注意的是，与洋务运动中普遍聘请洋人指导建厂不同，丁宝桢强调自力更生，不准雇募外洋工匠，所有厂房、机器设计制造安装，均自行建成，避免日后受洋人操纵。山东机器局生产的军火在中法战争、甲午海战中起了重大作用。从辛亥革命至新中国成立前，山东机器局多次改名，但一直以军火制造为主；1953年改称"山东化工厂"，成为现代山东化工事业之前驱。

发展教育，是丁宝桢在济南留下的另一意义深远的事业。眼前的这座尚志书院，是其在同治八年（1869年）创建，匾额为其手书。"尚志"二字出于《孟子·尽心上》："何为尚志？""仁义而已矣。"《庄子·刻意》中也有"贤人尚志"的说法。可见尚志书院正是为了实现他读书报国的理想而创立的。厅房内，迎面墙壁上方为一传统式样中堂，"进德修业"秉承洋务运动精神，点出了书院的宗旨，两侧对联曰"列事系时左迁有述，同天稽古彭契无言"，传为丁宝桢手书。中堂国画为吴泽浩绘制的《尚志书院》，描绘了历史上的尚志书院全景。东西两侧墙壁上各悬挂着五幅瓷挂，均为与尚志书院有关的历史名人，一侧绘有头像的分别是匡源、张曜、丁宝桢、任道镕、马国翰，另一侧不带头像的是张昭潜、张士保、宋书升、法伟堂和尹彭寿。展柜中是清末和民国时期山东书局印制的，尚志堂、尚志书院编纂的线装古籍，包括《论语》《书经》《孟子》等，印刷精美，为一时珍品。辑佚大家马国翰的《玉函山房辑佚书》，生前未曾刊行，在丁宝桢的协助下得以问世，为后世学术研究提供了珍贵资料。

值得一提的是，书院教育理念十分超前。除了招收儒生外，书院还招收天文、地理、算术学者，后相继改为校士馆、师范传习所、存古学堂，由此聚集了一批才识卓越之人，如长于治理黄河的丁彦臣，知识渊博的薛福成、张荫桓，深通军械制造的曾昭吉，外交家、散文家黎庶昌等人，均为一时精英。

尚志书院里的图强之音

　　丁宝桢在山东任职13年，在四川任职10年，先后居于军事、军工、海防、河工、教育等诸多重要岗位，却始终两袖清风。光绪十二年（1886年），66岁的丁宝桢卒于四川总督任所。病危时，这位封疆大吏竟然债台高筑，只好上奏朝廷："所借之银，今生难以奉还，有待来生含环以报。"应山东父老要求，丁宝桢遗体从成都运抵历城华山一带与其先逝的前妻合葬，并在趵突泉边设立丁宝桢祠，以供后人永世纪念。

　　作为清廷封疆大吏，丁宝桢不从流俗，洁身自好，其为官之道凝聚着传统士人"为国、福民、清廉"的光辉思想。他曾写信给其长子丁体常，信中讲，为官之人要做的就是"尽己"，即"不怠惰，不推诿，不轻忽，不暴躁，而又谦以处己，和以待人，忠厚居心，谨慎办事，如是而已"。在他的谆谆教导下，丁体常一生清廉自守、忧国忧民，官至广东布政使，成为晚清政坛上颇有清名的大吏。丁宝桢次子丁体勤，任山海关通判。其孙丁道津，曾任刑部主事，在济南创设官商合办的山东泺源造纸有限公司，任公司总理；民国元年（1912年）一度出任山东布政使。可以说，正是丁宝桢传下的家风，造就其子孙后代的荣耀。

　　由于长居济南，我曾多次与文友寻访丁宝桢在济南的踪迹。可是，我失望了。除了尚志堂（仅为当初书院的一小部分），在天桥区新黄路的山东机器局旧址只剩下建厂初期的工务堂，丁宝桢祠被改为李清照纪念馆，在旧军门巷的丁宝桢故居于2003年被拆迁得无影无踪。某文友心慕先贤，前往历城华山南麓辛甸庄北寻访丁宝桢墓不得，当地百姓说早在"文革"期间，墓已被盗，现墓址早已不存。听说其言，我叹了一口气。

　　那日，到友人家里做客，嫂子端上一道菜，说："尝尝这道宫保鸡丁，鸡肉的嫩配上花生的脆，那是格外香啊！据说这菜还是丁宝桢发明的呢。"

　　嫂子不厌其烦地说着菜的做法："精选本地笨鸡鸡脯肉，切丁，外面裹上淀粉糊，这样熟得快，而且能保持鸡肉的鲜美，配上花生、胡椒，旺火爆炒。嘿，美味啊！当初老丁在大明湖边学会了做菜，以后每次请客，这道菜都是压轴呢！后来，老丁到四川当总督，那边用辣椒代替胡椒，比咱这还出名。说起来，咱这边是正宗呢！"

　　丁宝桢先任山东巡抚，加"太子少保"衔，后任四川总督。按例，担任巡抚加"太子少保"衔者，也可称之为"宫保"。以"宫保鸡丁"命名他最喜欢吃的这道著名鲁菜，无疑是对丁宝桢最高的礼赞。

　　好在民间还有宫保鸡丁。

JINAN 济南故事

第五章

悦读济南 季节轮转

连翘清心

是谁春日竞豪奢？且将万金任意抛。每次我经过那墙隅、篱下与路边随处可见的丛丛连翘，就会想：这大片大片的黄金到处乱放，也太败家了吧？不过转念又想，似乎迎接春天的仪式怎样的奢侈也不为过。

这是暮冬，风中开始有了温柔的味道，水流似乎也有了血脉的通达。但是寒风依旧冷厉，霜雪依旧流连。就在此时，连翘展开它那华贵明亮的仪仗，一蓬一蓬金色的火焰，一夜一夜连着竞相燃烧，驱走了寒冬的冷意，护卫在青帝降临的道旁。

近看连翘，挺拔倔强的枝条上挂满了亮丽的花朵，像无数的金色的喇叭，把抑郁了一冬的季节吹奏得充满了活力，以其单纯和张扬诉说着生命的执着。是的，"凌寒冒雪几经霜，一沐春风万顷黄"，无尽的生机就像鸟儿在枝头展翅欲飞。

连翘"酷爱"几何。稍粗的主干上生出一排排细枝，呈平行分割，就像花园的栅栏，仿佛人工刻意为之。花是对生的花，像翅膀一样，呈等比序列，在细枝上一般大小、一个姿势地绽放，在春风的流水线上排列着。所有十字形的花冠都一律向下，低着头，虔诚地向青帝祈祷。它们精心测量着自己所处的空间，欢天喜地地开花，憋足了劲往高处生长，蓬蓬勃勃的力量让人好生羡慕。

不像温室中的名贵花木，连翘耐旱力极强。路边、宅旁、山野、池畔，不管土地是否贫瘠，不管水分是否充足，只要将它种下，来年就是大批挂满了金色军功章的军队。对，就像现在，连翘以剽悍的姿态生长着，万千朵集结而来，霸道地宣告春天的王者归来。

春日渐深，连翘也收敛了属于它的金色年华，逐渐回归植物的本绿。紧跟其后，一场花开的盛筵启动了，杏、梨、樱、桃各种花儿次第开放，带热了园间路旁的看花人。我也成了追香逐芳客之一。不曾想，口疮、牙痛、舌疡、唇裂全来了。医生说我内热上火，于是买来黄连上清丸，只是服用两包，症状便明显减轻。定睛细看，药的主要成分居然是连翘！

连翘

《中药辞典》中说，连翘性寒，微苦，果实可入药，主治热病初起，风热感冒，发热心烦。想不到连翘与生活如此息息相关。像银翘解毒片、双黄连口服液、连翘败毒丸这些常见感冒药，均是以连翘为主药。

据说，连翘的花语是预料。看来，它不仅最先预言春消息，在浮躁狂热的时候，还有着众醉我醒、清心解毒的功效。如此虔诚、如此冷静的花，却少见古诗文大家的描写。心有不平，遂顺口咏之：

连翘花开满眼金，报说青帝欲东巡。

谁知更怀清心志，绿甲蜜铃向春深。

春庭生玉树

　　春分时刻，憋了一冬的儿子嚷嚷着要去百花公园玩。我们在骀荡春风里踏入公园，顿时心中一荡——那片玉兰林就这么闯进我全部的视野。一朵朵玉兰以珠玉般的光辉照亮半个园子，似有袅袅的烟气升腾，让人想起了"蓝田玉暖日生烟"的奇景。细细地看，原来那烟气是白色的花瓣在春风里微动，搅乱了这一整片的空气，让人心里豁然开朗：这就是春天呢！

　　说是百花公园，这一大片玉兰花林就夺尽了所有花朵的风采。它们在空中迎风摇曳，千花万蕊，清新闪亮。无须绿叶的陪衬，枝间梢上，满满当当，全是这大气而莹润、简单而纯粹的花朵，伴随丝丝缕缕的幽香袭人而来。那片片碧白组合成优雅宁静的形状，整棵的树就是白玉雕琢的吧！清人李渔恳切地说：世无玉树，请以此花当之。我这才明白"玉树临风"这个成语的出典。有玉的色彩，有兰的王气，玉兰之名果然名实相符。那树干高大挺拔，长身玉立，那花朵的形状，仿佛古人的酒觞，春风中恍然一群青年才俊走来，尚未举杯相邀，其胸襟气度却已经倾倒路人无数了。

　　儿子踮着脚尖，看着这满天空的花朵。我指着一朵未放的玉兰问："你看这朵花像什么？"儿子想了想说："像一支毛笔，和我一样在学写字呢。"儿子又指着另一枝含苞的骨朵说："那个像元宵节时的灯笼。"我笑着说："对，玉兰的别名叫'木笔'，也叫'望春'。这些玉兰花也会写咏春的诗句，拿着灯笼迎接春天来呢。"儿子说："春天的玉兰真好看！"

　　是啊，此时的玉兰从枝到花都极耐看。壮实伟岸的树干上，一根根分枝均匀地分布在倒卵形的树冠里，节长枝疏，很有潇洒的感觉。灰褐色的小枝上，顶芽与花梗都有着灰黄色细毛，毛茸茸如小松鼠探头探脑；而盛开的花儿则像一朵朵白莲，梭形的花瓣尽情地舒展身姿，伸向四方，努力向上，又环抱成一团，在半空中肆意地放射自己蓬勃向上的愿望。漫步在花林下的人们都是一片喜悦，拿出手机，摆出姿势，留下一张张和玉兰一样潇洒的照片。他们在树下指指点点，久久不愿离去。

我很是理解他们的心情。唐人说了，"晨夕目赏白玉兰，暮年老妪乃春时"。如果天天与玉兰相伴，连老婆婆都能变成青春少女。留住岁月，永葆青春，这样的好事，谁不想呢？

有个女孩在树下支起了画架，用中性笔细细地勾勒着花的形状，手法稚嫩，却让我想起了王雪涛、于非闇等国画名家，玉兰也是他们笔下的常客。他们或用工笔细描，或晕墨点染，写尽了玉兰的朝气蓬勃和安逸典雅。还有许多画家将玉兰、海棠、牡丹组团成《玉堂富贵图》，取其谐音，寓意着富贵吉祥。当然，"民以食为天"的生活中，玉兰花也占着一格。上海的一个朋友发来微信，他用玉兰花加入面粉和豆沙，用油煎炸后美称"玉兰片"，让我馋涎欲滴。风花雪月入了美食，那是对生活怎样的热爱！

我在花下徜徉时，儿子在一旁拉着我："爸爸，我也要照张相。"照完了他还把手机要去，仔细地欣赏了一下。半歪着头、神气的儿子定格在玉兰林下，让我想起了《世说新语》中"芝兰玉树，生于庭阶"的旧典，不由得心生欢喜。

看罢春花春语，出百花公园西门，可以看到著名的"二十四孝"之一闵子骞的墓。玉兰的花语是报恩。看来，公园的建设者在闵子骞墓旁边培育这上千株玉兰，也是很有深意的。

花月令

住在一个有山有泉的城市，赶上一个五光十色的年代，在春天到来之际，免不了要沾染一些五彩缤纷的色彩。之所以这么说，是因为在北方，济南是唯一三面环山、山已入城，一面临水、满城皆水的城市。或许是因了这独特的地理环境，春天观花赏色极为便利。我所常去的地方皆有花，如五龙潭的樱花、百花公园的玉兰、南部山区的桃花、红叶谷的郁金香、泉城公园的牡丹，都是历来为人所称道的。春分前后，一场场的花事如惊雷、如闪电，常常给人惊艳的感觉。

那一天，从省图少儿部借书出来。儿子问，百花公园的玉兰是不是开了。我心里一动，便直接奔马路对面的公园去了。或许是时间还早，玉兰林的花部分已开，多为半苞，尚无满林玉舫时的壮丽晶莹、花香馥郁。而儿子却惊讶地"哇"了一声，拖着长长的尾音。他让我抱着，举着手机去拍一朵低垂下来的酒舫形的花冠。我从侧面看着，他的小脸在夕阳下格外认真。他连拍了好几张，又让我换个地方，将那朵花的形态拍了个十足。什么时候，十岁的儿子开始对这些美好的景物这么敏感了？

不仅仅是儿子，现在的我，每日贪看不够的便是这身边的色彩缤纷。春分之后，由萌动到矜持，由青涩到丰满，由隐晦到放纵，由寒冷到温暖，由黯淡到光芒四射，每一树赤橙黄绿青蓝紫中间有着多少说不出的诗意？

胜日寻芳"添"水滨，无边光景一时新。突然想起，给我这"新"意的原来还是儿子。日复一日的日子流过，忙碌中的我，对时序的转换早已麻木了。

春日五龙潭

儿子的成长让我重新回到济南的山山水水中：五龙潭的樱花最先把春的消息带来，他在如雨如雪的缤纷落英中摇摇晃晃地走着，绵绵百米的路散发淡淡的花香；泉城公园的桃花绯红如霞，他边走边东张西望，根本不理睬我让他照相的呼唤；张夏黄家峪万亩杏花铺天盖地，成云成海，他与小伙伴们在山石间跳来跳去，笑着叫着，撞到树干上，惊起无数花雪落下；长清双山的油菜花田一望无垠，"黄萼裳裳绿叶稠"，我们在田间瞭望，风筝与蓝天白云交相辉映；红叶谷的郁金香花色瑰丽多样，红、黄、紫、白等各色成片成块地种植在草坪、林间，他在花间跑来跑去，惊叹莫名。让我记忆最深的，是在泉城公园的那片牡丹花园：国色天香丛中，儿子坐在小凳上，手持画板，用中性笔一点点勾勒着花和叶的形状……春季里的享受莫过于此，背上行囊，带着妻儿，不知不觉间远离喧嚣，走进水墨济南，带着笑意看着他在花间田地间徜徉。

"桃始夭，玉兰解，紫荆繁，杏花饰其靥。梨花溶，李花白。"明人程羽文的《花月令》勾勒出花开的次序。春天从千佛山的蜡梅开始，至阳历三月，迎春、玉兰陆续开放，蔷薇、丁香、榆叶梅、笑靥花、棣棠、海棠、紫玉兰、绣球、流苏、牡丹……一场接一场地盛开。苟日新，日日新，又日新，如此的热烈欢快，如此的旗帜鲜明，又如此的招摇过市。而这些，就在行走的路边。我想让儿子看到花朵的绚烂，儿子却带着我发现了生命的诗意，而不必特意前往远方。最真的诗意就在我们的身边，在生活的过程中，在我们的眼前、手际和心中。

宋人王淇有诗云"开到荼蘼花事了，丝丝天棘出莓墙"。荼蘼，是南方的花，我没有见过。天棘亦名天门冬，其苗蔓生，好缠竹木上，叶细如青丝。据说，荼蘼也是黄泉中的彼岸花，此花谢后，青春便一去不返。是的，青春是一种张扬的状态，经历风雨后，何不像天棘一样呢？踏踏实实地伸展出自己一丝绿色，纵使无人注目，亦可娱悦生活，让青春的状态在心间永驻。

春花，浮在岁月的山水间；而我们，浮在大地的岁月里。

桃花源里可耕田

年少时晨练，偶入一片桃林。随着我的脚步，那一枝枝丹彩或直冲天际，或旁逸斜出，或曲回低舞。树枝擎着露水，花瓣衔着晨光，每一朵桃花都有着不同的妙境。后来，我曾多次在梦里回到那片桃园，那种发现、满足与平和的感觉让我留恋。我以为，陶渊明写下《桃花源记》时，一定被这种神秘的感觉附着过。

不久前，汶水源头冠世桃花源之行让我重回了那处梦境。车队行驶在一丛丛碧树中，汶水在车队右侧蜿蜒同行，闪动的波光鲜亮夺目。夹岸丘陵和原野上，不知名的花树繁丽烂漫，从车窗外招摇而过，又在远处留下一团团锦绣般的色彩。母性的阳光照进山谷里，将每一株植物都装扮得花团锦簇。法桐初生的幼叶抽出温润的绿色，时尚女孩穿行在幽静的水边，不时地停在那一树春艳前，对着手机屏幕左顾右盼。树荫掩映，小路弯弯，春花春语，成就一幅令人陶醉的春日花溪图。

然而，最吸引我目光的还是那漫山遍野的桃花。车前窗外，占据我视野的主角，是那或远或近的桃花。一朵朵，开得如云灿烂；一片片，染成盖地织锦；一山山，燃得如火如荼。路边，几树桃花半开，聚光灯般将一侧崖壁映得明亮如晓。河旁，树树桃枝相连，如同流淌着满溪的胭脂。车移景换，花随车走，低头仿佛姑娘的粉色风衣飘过，抬头一匹煌煌锦缎耀眼。而当我极目远望时，那点点粉色雪白，就如同国画名家蘸着丹砂蛤粉以大写意手法纷纷扬扬地撒向无边无际的天空中。

汽车在环山公路上行驶了半个多小时，窗外依旧是一片片桃花。陪同我们前往的工作人员笑着解释："这一片桃园有10万亩呢！"10万亩！这是一个什么概念？从地图上看，我们沿着一个蜜桃形的环山公路向山里进发，水偎着路，路沿着山，山又隐着水。山头、路边、水畔都可以看见风姿各异的桃花在春风里招摇。当公路绕上半山腰时，我们又看见一块块如同翡翠般的水库或者水潭在群山中展现，围绕着它们的依旧是成群、成片、成山头的桃花，在碧树黄土中展现着不同的风情。在这一片土地上生活的人们该有多爱它啊！蜜桃山、蟠桃山、桃花山、桃花路、桃源湖、桃花湖、桃花岛、桃花寨、桃花港、桃花溪、桃花涧、桃花峪、桃花洞、桃花亭，所有能想到的桃花词都用来命名这无边无际的桃源胜境了。诗人说：请给我一片山／让我可以攀登／可以游玩／可以探索／可以休憩。那么，这片广阔、幽深而又美丽的桃园完全可以满足这个人生的梦想。

中巴车在北通香峪停了下来，采风团的男女老少都迫不及待地冲向路边的桃园。当我徜徉在桃林中时，一个全新的花境出现了。青铜色的枝干、粉红柔白的花朵网成春的迷宫，又似曼妙的帷幄，随着我的脚步，在我身前身后若即若离。"客路那知岁序移，忽惊春到小桃枝。"都市忙碌的生活早已让人将时序的变迁遗忘，而当你置身这千万桃花中，才能真切地感觉春的神秘与浪漫。含着朱砂的苞，涌动着少年一般的激情；初绽或粉或白的骨朵，吐露蓬勃的生机；缀满花朵与嫩叶的枝条，在干净温和的风里轻摇，满溢着季节的喜悦和对未来的无限希望。丰盈、妖娆、绚烂、热烈、明媚，无论多么美好的词用来形容它都不为过。如果说梅花是历尽冰雪的报春使者，那桃花就是莺歌燕舞的阳春仙子！谁不曾春衫年少，谁不曾桃李芬芳，谁不曾在希望的田野尽情奔跑？春天的色彩弥散在满树和娇里，春天的精神融化在万枝丹彩中。桃之夭夭，灼灼其华，在这代表着万物生发的桃林里，怎能不唤起每个人心底的梦想呢！

也许很多人的梦想在岁月沧桑中沉淀，但春天却让每个梦想都走向复活。我们在景区制高点桃香亭下，共同唱起了一首接一首的歌："沂蒙那个山上哎好风光，青山那个绿水哎多好看……"不远处的旋崮正是沂蒙七十二崮之一，虽然山尚未全青，但满山的桃花与四处可见的绿水更让人心生喜欢。我看见团中的刘玉堂、戴永夏等老作家也忘却了矜持，与年轻人一起纵情歌唱，脸上满是春风、春水、春花带来的微笑。

美丽的桃山桃林让我们流连忘返，而桃乡的村庄更是留下浓墨重彩的一笔。我们经过的霞峰村、黄花峪村、南通香峪、杨家大峪等，无一不是桃花满山、落英缤纷，让我浮想联翩。抬眼望去，一块"爸爸去哪了"体验基地的牌子出现在我眼前，接着，篝火晚会、自行车比赛、开心农场的广告牌次第出现。这就是莱芜钢城区海拔最高、最偏远的山村——汶水源头的长胜村。

据说，长胜村原来名叫"雕窝"，老辈人为了躲避战乱来到这个四面环山的地方栖息，这里是个远近出了名的穷山村。现在，展现在我们面前的是一栋栋的两层联排别墅，红色的人字屋顶，白色的栏杆，黄色的墙壁。铺着漏水花砖的人行道上，是新栽不久、手臂粗细的树木，让整个村庄显得格外干净整齐。村支书董昌云告诉我们，村里借助政府大力发展高效生态农业和乡村旅游的东风，积极进行新农村改造，将整个村子从旧址迁到这儿。他们引进高新农业科技示范园和绿化苗木基地等投资千万元的项目，兴办农家乐、休闲采摘、民俗体验等多种经营方式，完成了由穷乡僻壤向现代新型农村的华丽转身。现在，这座只有118户人家的山村，从破败的草房中搬迁到现址，家家均有别墅。村里成立爱心基金会帮助贫困家庭脱贫，建立了养老院，为65岁以上老人建立子女养老档案和健康档案，并提供免费午餐。农家书屋、文化大院、村庄好人榜、"好媳妇、好婆婆"评选等孝德文化的开展，形成了良好的村风村貌。

听着村支书的介绍，便有人羡慕地说："这里果然是风光好、空气好、别墅好，还有人更好。"一人指着村头雕龙门坊上的对联说："安乐祥和居山灵水秀，藏宝纳福地天人合一。多好的地方，不如我们留下来吧！"这激起了大家一阵笑声。

在去黄花峪村的路上，朋友回答了我们的问题。原来，这万亩桃林，在带给我们一座美丽风景胜地的同时，给当地的老百姓带来巨大的经济效益。冠世桃花源号称"黄金桃之乡"，有着得天独厚的地理和气候条件。它地处大汶河源头，水质优良，土壤酸碱适中且富含磷、钾元素。另外，这10万亩桃园海拔较高，昼夜温差大，格外有利于桃的生长和果实中糖分的积累。桃的种类也多，从最早的蜜桃、"早香玉"到最晚的雪桃，从粉里透红的大白桃到娇艳欲滴的小嫣红，从盛夏的甜桃到金秋的黄金桃、"寒露蜜"、"秋风蜜"、中华寿桃，有十几个品种。其中的蟠桃，一个有小盘子大，汁多色好，格外鲜美。可以说，从五月到十一月均有收获。每年仅桃园的收入，户均达5万元。村民有了钱，开始修路、治水、绿化荒山。便利的交通、优美的环境又吸引了人员和资金的进入，使这一带的农村走上了一条良性循环发展的康庄大道。

　　汽车沿着黄台路向宾馆飞驰，我的目光依旧追逐着那一树树的桃花、那一片片的云霞。它们依旧从山村的小院开到田野，从田野开到路边，从路边开到水湄，又从水湄开到山巅。准确地说，还有许多山是光秃秃的，露出干枯的山体。但我也看到在山间劳作的山民们，他们的身后，是薄膜覆盖的层层梯田。田间的桃花静静地看着他们。再过一二十天，这桃花将隐没在桃叶中无迹可寻，但桃花的骨、桃花的魂将附在黄金蜜桃和蟠桃那诱人的色彩之上，为百姓带来富足。蟠桃，那是西王母园中的珍物吗？是刘晨、阮肇所遇的仙境之桃，还是夸父逐日时手杖化作的奉献之桃？其实，夸父为何逐日已不重要，那向着红红火火的生活奔走的身影是多么的明媚、多么的伟大！不正是那生生不息的理想染红桃林、洒满生活的角落吗？

民间的荷香

　　济南三大名胜之一的大明湖，自古以来便是著名的荷莲胜地，和别的风景名胜相比，大明湖的荷景有着别样的诗情画意，那是与老百姓的日子交相融会的。

　　据唐代段成式《酉阳杂俎》记载，公元前240年以前，大明湖就已经开始种植莲藕。明清之时，莲藕遍植湖内外。除历下亭周围及船行航道为水路外，其余水面阡陌纵横，形成一块块水田，以大明湖为主体，连接着城外难以数清的池渠水塘。因水较深，泥层也厚，所以遍植蒲苇莲藕，有江南风光之趣，也

放荷灯

明湖荷香

是经济之天然利薮，为大明湖周围田户船家生活之来源。

　　荷莲已经深深地种进了老百姓的生活深处。到济南旅游，街头巷尾最常见的便是荷叶粥、荷叶包子及荷叶肉，散发着荷叶特有的清香。常常见路边的小店里，将鲜嫩碧绿的荷叶，用热水略烫一下，一张放入锅底，覆上大米和水，另一张荷叶盖在大米和水煮成的粥上，等煮好的粥凉后再加糖，色碧味香，名曰"荷叶粥"。同时，将精工细做的包子放置在洗净的荷叶上，再上笼蒸熟。荷叶肉则是用碗口大的嫩荷叶，洗净，一张荷叶包起一块猪肉和适量的炒米，拌上酱油，摊放在碗里，再上蒸笼蒸熟。三样小吃有着粥、包子和猪肉的美味，又有荷叶的清香，清心降浊。

　　据史料记载，荷花还有两种特别诗意的吃法。据《酉阳杂俎》记载，魏时，大明湖荷花盛开之际，郑公悫设宴饮酒，将盛满美酒的荷叶系紧为杯，以簪刺透叶柄，使之与空心荷茎相通，以柄为管吸饮，那感觉按古人的说法，是"酒味杂莲气，香冷胜于水"。这就是被唐宋文士传为美谈的"碧筒饮"，可谓是奇思妙想。苏轼为此赋诗云："碧筒时作象鼻弯，白酒微带荷心苦。"夏天酷暑之际，以微苦荷叶入酒，确有消暑健胃之药用。

老济南人还喜用荷叶包装食品。蒸包、锅贴、熟肉以及腌菜等，荷叶一包，草绳一系，即可提回家中，这样既不透油、透水，又别有一番清香滋味。

荷花在老济南人的生活中无处不在，也成就了荷花节，分别是农历六月二十四日的迎荷花神节和农历七月三十日的送荷花神节。在迎荷花神节上，人们采取各种方式在大明湖边的藕神祠前祭祀。送荷花神节也是旧日的盂兰盆会，又称荷灯会，人们带来面灯，点燃后放在湖中，用以超度亡灵。此时，天空繁星点点，湖面荷灯盏盏，灿烂如繁星在天，顺着湖水从汇波楼下水闸中飘入小清河里。孩子们结队冲出北城门，沿河追灯，一直到灯灭为止。

现在，每年夏天，大明湖也举行明湖荷花艺术节，主要有荷灯会、荷花仙子选拔赛、荷莲食品周和啤酒节。大明湖畔再现当年放荷灯的壮观场景，那就是另一番风味了。

柳到泉边自飞扬

在泉城的植物里，杨柳最能吸引人的目光，最能印在人的心里，也最能与泉城的山水和气质相通。在泉畔，在湖边，在溪旁，它让人宁静，让人怀想。

济南人偏爱柳树。"家家泉水，户户垂杨"，道出了人们对杨柳的眷恋。老城区里，泉溪穿庭绕户，民居顺着水流错落，青瓦白墙的上方伸出摇曳的绿枝，曲曲折折的街巷里便有柳荫遮盖。尤其是在曲水亭街的曲水两岸，在春天里，柳树舒展开臂膀，亭亭玉立，婆娑生姿。而"四面荷花三面柳"的花团锦簇与呼朋引伴，要的就是这份旖旎，人们互相依偎着，让琐碎的日子多出来许多诗意、许多向往。

我一直认为，只有以纯净的清泉为饮，柳树才会格外精致。春寒料峭时节，大多数植物还在大地的棉被里睡着懒觉，等待燕子把它们唤醒。而此时的柳枝长长的、软软的，已经嘟起了淡绿的芽儿。乘舟沿护城河一路赏柳，远远望去，在绿的发蓝的湖边，一片鹅黄格外让人惊讶。再眨眼时，"东风三月飘香絮，一夜随波化绿萍"，柳絮与泉沫纷翻飞舞，互换菁华，流光溢彩，你已看不出柳絮与泉沫的区别了。夏天，它的枝叶更加茂盛，数根柳枝并排着，一片片狭长的柳叶两两对称在枝侧，慢慢地垂到护城河里。如果是有月的晚上，月辉、水光和柳枝的身影交织着，那种清逸和神秘让人只能远远地看着，如同一个小小的神明的世界。如果没有泉水，没有泉水形成的护城河，没有泉水汇成一片浩渺的大明湖，世上会有这么美丽的树吗？

柳树在古人那儿，总是与春天相连，与岁月相连。儿子见到柳树发芽，便

垂柳依依

念念有词，"碧玉妆成一树高，万条垂下绿丝绦""春城无处不飞花，寒食东风御柳斜"。看，"沾衣欲湿杏花雨，吹面不寒杨柳风"，如此风情迷人的句子居然是僧人所写。年少的迷惘中，有着"红酥手，黄縢酒，满城春色宫墙柳"的黯然。旅途中，也曾同李白一叹："此夜曲中闻折柳，何人不起故园情。"而让我感叹许久的却是大明湖畔秋柳园的雅集。那时，"亭下杨柳千余株，披拂水际，叶始微黄，乍染秋色，若有摇落之态"，清人王士禛慨然吟出《秋柳》四章："秋来何处最销魂？残照西风白下门。他日差池春燕影，只今憔悴晚烟痕。"以咏柳为题，却通篇不见一个"柳"字，真是"不着一字，尽得风流"。在我眼里，满满的是对春天的怀念、对岁月的怅惘，那种朦胧而鲜活的力量穿透了时空，至今余音袅袅。

民间却有"柳树不成材"的说法，"材"与"不材"在这儿格外引人注目。其实，柳树不仅风月无边，还与人们的生活紧密相关。例如，济南地区以柳木做房子桩基是他处少见的。在老城低洼湖区或土地暄软地区，人们以鲜柳

第五章　悦读济南　季节轮转

木桩打入地下，桩基密排成行，上铺石板，再起手发券做石砌基础，房屋极其结实，经数百上千年不坏。据载，老城区县西巷为宋元时期开元寺遗址，2003年考古发掘时，其下柳木桩基历经千年的埋藏，依然未曾腐烂。现在，济南的黄河大坝，柳木依然是河工的重要材料，起着促淤、固滩、护堤或护岸作用。插下的柳木极易成活，日久天长，黄河岸边的柳林成就一道别样的风景。

天生我材必有用。真正的柳，便是在大地上准确定位的柳。它可以在水边潇洒婆娑，可以在堤岸傲视洪峰，也可以在黑暗的地底守护千年。济南选它作为市树，不是没有原因的。它的生命力极其顽强，有点水土的地方就能生存。这种坚毅、随遇而安的性格像极了济南人。不管是春日明媚，还是月光幽雅，或者风雨兼程，年复一年、日复一日的岁月里，它都是洒脱自在、不卑不亢，笑对着生死之间的大恐怖。

我喜欢柳树，大概还有几分怀旧的意思。年少时，父亲在地质勘探队工作，我到了南方，15岁时才由南归北。南方的记忆里，沟汊纵横，水泽河畔，路边常常有绿柳成荫，树下常常听取蛙声一片。少年时的回忆常常进入梦中。后来读研时，我不知不觉迷上了那位五柳先生。先生之柳有诗，有酒，有平和闲雅，也有金刚怒目。那柳树不仅仅是诗坛里的景观与高峰，它内心的坚定也辐射了千年的岁月。这便是我喜欢的柳，高大挺拔，每一棵都有独特的风姿；它的树干肌肤龟裂，柔条却如诗如幻。它能在春风里绿润天下，也能在黑暗的地下负重千年。它承载着城市或乡村的风景，在泉边水畔，长枝飞扬。

高架的"河流"

从燕山立交上桥，车的时速表指针很快指向80，而后稳定下来。时间流速就在这时缓缓减慢，一栋栋大厦冲入眼底，如山般的身影矗立，玻璃的幕墙反射着炫目的光芒。城市的身影扑面而来，有着一种生机勃勃的气势。

这是济南的高架桥，从东外环到北外环乃至西外环，呈"卅"型覆盖着大半个城市。双向六车道的宽阔公路，伴随着城市的发展，从地面生长到半空，在两侧路灯的敬礼和护卫下，向着前方尽情地延伸。看着身前身后千车并流，鱼龙蜿蜒前行，让人想起了屈原的名句："屯余车其千乘兮，齐玉轪而并驰。驾八龙之婉婉兮，载云旗之委蛇……"若是春日，可以看到路旁偶尔闪现的绿树红花，远远地，低于车身，低于我的视线。天气晴朗时，可以看见远处的华山一峰独立，遗世望天。恍惚间，我就像漫步在城市的上空……不，我是一条在这个高架的河流中定速巡航的鱼。

在"河流"中巡航，看到的还是城市中上部的空间。这是在北园路上，济南最大的家居市场、各种各样的门牌广告招贴在身旁掠过；在光阴的流逝中，更多的门牌或广告涌了出来，不管不顾地占据着城市的更高处；可以看到桥下市声如潮、车水马龙，酒店里觥筹交错、欢声笑语。凌乱的楼顶下，城市深处，泉水甘醴入户，明湖碧波堆烟，旧宅窗棂雕花，而这穿越了新老城区的高架"河流"，更有着联结起城市的历史和现实的意味。

高架桥给我的生活带来巨大改变。从每日上班途中3个小时的奔波减少到1.5小时，缩短的不仅是时间，更多的是抚慰了心灵的烦躁。一次夜深归来，桥边的光栏勾勒出"河流"的主干，车灯的明灭仿佛星星在惬意地眨眼。随着

夜色下的济南高架桥

灯光忽明忽暗，我身上的疲惫慢慢消失，归家的心情也不那么急迫了。俯瞰立交桥下的经十路，霓虹闪烁，霞影卷拂；千车竞驰，灯柱摇曳；万点彩光，荡漾浮动。每一辆车就是一颗明灭不定的星星，将"河流"渲染成交汇的光河，颇有"海上生明月"的壮丽。那时，我是被震惊的，"江畔何人初见月，江月何年初照人……不知乘月几人归，落月摇情满江树"。唐人的月光超越时空照进我心深处的风景，我在月光中顺着高架的"河流"溯游、返家，就是为着给家人、给自己的生活赋予一个意义。

河流的幸福在于流注生机于两岸，附丽风景于视野，提供优游于小鱼。而这条高架的"河流"是崭新的，城市的发展给它无穷空间，还有古老泉水的滋养，从地脉的深处，输送着千年积攒下来的灵气，滋育城市文明的同时，它也必将给无数"小鱼"更多的从容与优雅，承载起他们粮食满筐的希冀和梦想。

最近市府规划，要在城市南部继续修建南外环高架桥。那时，整个泉城四面将为高架的"河流"所环拥，星起灯耀，"河"上"河"下，不知又会是怎样的一番风景呢？

悦读我的济南

有句戏谑之语，"千山鸟飞绝，都在写总结"。年终岁尾历来是总结报告满天飞的时候。读书作为一种生活方式，免不了也要盘点一番。一年来，我读过诸多文集、诗集、小说、回忆录，但读得最多的，还是济南的历史与文化。透过前人的瞳孔折射在我心里的，是一个中古的老城故事、一个泉水的天地造化、一个人文的光辉时代。越读，越了解济南的山水人文，就越发心爱、心疼这座老城。

首先进入视线的，是杨曙明主编的《济南的味道》。此书收入包括张炜、卞毓方、鲍尔吉·原野等54位名家描绘济南的散文。说实话，一开始我的目的很功利，就是以这些大家的文本学习写作。在读了这些妙文后，山还是那个山，泉还是那个泉，但我心中已经不同。我为自己生活在这座城市由衷地骄傲起来。天下有特色又美丽的城市不多，济南可为其中之一。城市化的进程中，老城在岁月的流逝里得以固守，山泉湖河里，那份精致与沧桑越来越美，何尝不是因为这一代又一代的作者不竭地咏唱？

如果说《济南的味道》是"济南当代人的心声，是往昔的和歌，是一首岁月妙词的下阕"，那么《山东文学史论》《海岱小品》和《济南琐话》则是老一辈学者对济南文化的守望。业师李伯齐先生的《山东文学史论》，以研究者的姿态，开创性地研究地域文化的宏观、地域文学的微观，指出鲁学的"德"与齐学的"才"共同形成"德才兼备"的山东人文精神。明清"济南诗派"得执全国文坛牛耳，与这一精神关系重大。明白这一点，"济南自古是诗城"的意蕴与传承便更加清晰。后两书作者徐北文与严薇青均为知名学者，留意桑梓文化，随手记之。短则数百，长不过数千字，说今眼见耳闻，论古事必有据。《济南的味道》中的许多史料掌故，均可以从中找到渊源。

说来惭愧。先生在2003年6月题赠《山东文学史论》，我却草草读之，半途放弃了对传统文化的研究。另两书内页有题签：一为1999年国庆期间陪友人张佐良共游趵突泉公园，佐良抢购之相赠；一为2000年5月购于山师大，其时我满怀着离开校园的忧伤。这三本书曾长期沉睡于书柜中。十多年后，重新摆到我的案头，我的青春，我的奋斗，伴随着十多年来济南的变化一起跳到我的心头，让人平添许多怅惘。

在品过现代诸位作家与学人的大餐后，《民国济南风情》就成为一道别样的风景。编者刘书龙从民国时期出版的书报杂志中，选出描绘济南风光与风情的79篇作品。其作者有范烟桥、徐一士、梁容若、芮麟等民国名家，还有被称为"地洼学说之父"的地质学家陈国达、地理学家韦润珊。或许是因年代差异带来的观念异同，这些作品史料价值大于文学价值。不过，历史总是以当前的生活作为参照系。你能想象民国时趵突泉的脏乱差、大明湖的湖田旧貌、城市交通的落后吗？过去与今天的视域重合时，才会更好地享有当下的都市风景。

人到中年，阅读散发出无尽的诱惑，写作便成为一个连环的甜蜜陷阱，让我深陷其中却自得其乐。由阅读而写作反过来让我进入更深层次的阅读。比如徐志摩，我曾两次前往长清寻找其飞机失事地点不得。陈忠、王展、逄金一合著的《徐志摩与济南》解答了我的疑惑。其书用诗一般的语言讲述了诗人一生追寻的"自由、爱和美"，徐志摩与济南的不解之缘，遇难前后鲜为人知的细节和史料。书中还提到，一群民间人士正发起筹建徐志摩纪念公园，我觉得，这份努力本身也是这片土地上的文化行吟。

值得一提的是民间刊物《泺源》，其作者大部分为济南本地学者、编辑、作家或报人。我手头上最新一期《泺源》为其编者之一张期鹏先生所赠。其中，《力士像："五三惨案"见证者》（作者：钱欢青）描述了老济南城西门

泉城书房

箭楼上元代楠木雕力士像历经战火洗礼和岁月沧桑后回到家乡的传奇故事。诸如此类文章均值得研究济南文化者一读。

案头的一些书，如牛国栋的《济南乎》、简墨的《山水济南》、车吉心的《齐鲁闻人》等，有些我已经读过，有些尚未开始读。还有些没找到的书，比如张润武的《图说济南老建筑》、讲述城市文化符号的《济南范儿》。不过不要紧，我见书山多妩媚，料书山见我应如是。我在找书，书也一定在找我。

像茶邂逅水一样舒展

茶邂逅水的瞬间是那么让人心醉。茶烟升腾中，姑娘茶青碧浓鲜，清香宜人，宛若翡翠新绿；白牡丹杏黄清澈，鲜爽馥郁，恰似蜜蜡久藏；正山小种艳红透亮，满室绕香，仿佛精酿红酒；凤凰单丛金红秾丽，醇郁绵长，灿若天边云霞……还有猴魁、滇红、贡眉、大红袍、老班章，那茶汤的明艳色彩，怎一个变幻了得？

济南张庄路的第一茶市。此刻的我们，静坐在一张古香古色的黄花梨木桌前。店主杜哥夫妇来自龙井的故乡，在济南落地生根，而带着我们前来的健哥，与他们交往了近20年。

温杯，纳茶，冲注，滤茶，分杯，杜哥一丝不苟地做着，每一个动作，都熟练而准确。我郑重地端起仿天青汝窑杯，在鼻前轻晃，清气即来。小口饮啜，一苦二甘三回味，春天的气息刹那盈满胸腹。饮毕，在茶杯挂壁余香中，你不禁感叹：茶，是有生命的。冲、饮者的郑重与虔诚，正是对美好事物的礼赞。

在这简单而庄重的仪式里，我的眼前现出茶的岁月，或生于山清水秀之地，或长于高山云雾之间，或成嘉树丛丛，或为古木森森。阳春三月，婴儿茶随着春花而来；清明前，黄毛丫头茶初展朝气；谷雨前，姑娘茶如牡丹花般风姿绰约；谷雨后，嫂子茶回味绵长；而婆婆茶呢，自有一番平淡中的回味。在茶人的眼中，茶的岁月分野宛如人生，难怪诗人说"从来佳茗似佳人"。每一片茶叶，吐纳土木灵气，在釜中经金火之锻，最后在沸水中舒展开来。这土木金火水的循环，竟蕴含着中国最古老、最神秘的哲学思辨。

浮生若茶。茶叶沉浮不定，茶香缥缈如蓬，茶味千变万化，对应的不是人心与生活吗？而命运又何尝不是一蓬火苗或一壶沸水呢？因了这炽热，在釜中慢慢成形；因了这炽热，在水中缓缓地绽放。苦涩的历程中，自有一段清香。

与茶邂逅

品茶内需心态，外需氛围。一通茶毕，寰端坐一侧捻杯微笑，健与寻照例开始侃茶兼掐架。健说："绿茶有青草香，白茶有花香，红茶有着果木香，岩茶有着焦糖香。"寻照例唱反调："我看就只有四种味道——涩、苦、鲜、甜。"我也开始唯恐天下不乱："我只觉得同样的茶，不如这儿泡得香。"我们相互对望大笑。一盏茶的时光，畅所欲言，让人心无间隙。

《菜根谭》云："千载奇逢，无如好书良友；一生清福，只在碗茗炉烟。"定期相聚成为我们的赏心乐事。有时，带着一桶不知来处的茶叶；有时，共同品评自己焙火后的岩茶。更多的时候，我们只是过来闲聊，看着茶叶在水中慢慢舒展，在岁月中渐渐晕染，滚滚红尘里所谓的忧郁与纠缠，早已化作一缕茶烟散去。

茶淡了，如同这尘世之梦，怀疑皆会淡去，苦乐皆会淡去。人散了，再度走向滚滚红尘，带着情的清爽，带着心的清气。

银杏涅槃

"正是江南好风景，落花时节又逢君。"我之所在并非江南，而是济南；没有春花，却是秋意正浓。在我眼里，秋叶飘落之静美，比春华烂漫更耐咀嚼。漫步在这西风黄叶满泉城的季节里，我却突然想起了这句令人思索不尽的诗。

时将冬至，岁月缓慢而坚定地向寒冷行去，森林公园里各种植物开始了季末的轮回。这是一片银杏林，秋叶如同群飞的黄蝶，在这一片小园里飘逸来去，让人目光不停地追逐着叶舞时的弧线。小园不大，数百棵银杏成林，造就一方让人恋之不去的诗境。微微的秋风里，世界变得温婉恬静而芬芳。千条万条枝桠横斜，疏密浓淡间，黄黄绿绿地变幻，有着令人迷醉的美。

不知从什么时候开始，我喜欢上了行走，而且是独自行走。就在这过程中，我发现了以往所不注意的美显化在身边。比如现在这片银杏林，就在我工作单位的隔壁，抬脚即来。以往也曾与同事散步闲聊而至，银杏扇叶如花，开开谢谢间的风情我却视而不见。现在，我注意到蓝天高冷而通透，将银杏林浸润得格外干净，地面厚厚一层金色掩去平常的杂乱。面对这富丽堂皇、天蓝地金的纯粹，我是否在无意间错过了许多，是否应该反思自己多年来忽视了与银杏的对话！

细看那一棵棵银杏树，也是千姿百态、各展其妙。碗口粗的树干个个笔直挺拔，如御前带刀侍卫，劲健有力。主干之上旁逸斜出的枝叶却另有一番精致与婀娜。可能因为光照的原因，有的树上是满满的灿烂金色，却一点也不刺眼；有的还是半树的青翠，意气风发地在风里轻摇。那些描了金边的银杏叶格

银杏林中的母与子

外有意思，它们三枝五簇地凑在一起，如同一枝重瓣牡丹，重重叠叠，里外俱全。银杏枝条不算繁密，纵横交织，没有规则，没有秘密，却神秘莫测地勾勒出花中之王牡丹的层层叠叠。秋风吹过，满眼都是巨大的"花朵"在摇曳，倾倒整座园林。

最让人清醒的，还是遍地静默的叶子。无须秋风催促，银杏所有的梦想都日渐向低处沉落。在芳草依旧碧绿的林间，如鸭掌，如书页，或枯或腴，或黄或绿。走在林间，脚掌被叶毯的温柔包裹，被斑斓的色彩炫目，被落叶的声音唤醒。多么干脆的叶子啊，仿佛大树一生全部的挑战，又回归喜悦初始之地。经历了春夏，它们的情感是否凝聚了曾经的挣扎，一圈圈烙入年轮；是否将这些秘密深深嵌入树根，将之扎入自然和大地深处？

比起人类来，银杏显然更能享受季节的恩赐，在身边这一方世界里，演化生命的恒美。如雪花盘旋的扇状叶片飘向大地，斑斓多彩，似聚还散，似栖还惊。那满眼的静美之落，却让我陡生惆怅：流光抛却，秋叶落尽，大概也是严冬的预演吧！

忽然想起了台湾诗人杨平的诗：

萎谢的花，绝迹的兽

消失在地平线的光

从蛹到蝶

有形的是躯体，剥落的是往事

轮转的是一首永恒的慈悲之歌！

这便是银杏的涅槃了。时间快步向前，自然法则不变，落叶知道这一点。落叶还知道，冬至时，日最短，夜最长，天最冷，极阴之至，便是阳气始生。所以，它泰然飘落在林间，化作泥土，是对过去的告别，也是在黑暗与寂寞中无尽的参悟与修炼。

秋风吹过，一棵银杏删繁就简，洗尽铅华，在风里泰然不动，而我的思想却在专注与恍惚中来回游荡。叶之飘落，留给人的美是永恒的，何况秋叶涅槃之后，还有新叶的萌芽，还有春天的希望，还有未来生活秩序新一轮的营建。

那秋风教给银杏的本领，银杏也教给了我。

冬天的芽苞

　　济南的腊月是一年中最寒冷的月份。或许因为实实在在地进入岁月深处，植物似乎也陷入了沉默。触目所及，山体的色彩单调起来，行道树脱落了绿意，路边的冬青一眼看去也是灰不溜丢的，布满了灰尘，间或一两片枯叶夹杂其中。风景在此时寥落，秋天里那份热烈也无影无踪。

　　在我看来，植物的芽苞便是冬天的宝藏。任凭寒风再凛冽，那些芽苞依旧千姿百态。大多数的芽儿都是不动声色的，它们将针鼻儿似的嫩芽贴在细枝上。远远看去，那些树枝光秃秃的，似乎在季节里抑郁。靠近了看，法桐依旧悬着圆铃铛，枝梢的末端却有一丝尖锐。柳枝开始柔软，黄色的凸起开始灌浆。毛白杨棕黑色的芽儿一簇一簇，密密的，似乎已经有绿意探头探脑。银杏依旧潇洒利落，枝干旁逸斜出，每个"之"形的转折处都生出一枝嫩芽，平行互生，从下往上看，很有几何的美感。水杉总是枯黄色的，它的芽儿在细枝上对生，就像小小的桃子。小叶女贞的芽是淡淡的小米粒，规规矩矩地睡在树皮上。看着这些初萌，我常常出神。因为新生的刹那，总是让人期待的。

　　通常我愿意在有阳光的时候来看这些芽苞。没有夏天的枝叶繁茂，这些芽苞格外清晰。此时的树下，阳光有着母性的温暖，有着少女的明媚。因为没有阴影遮翳，那片光明让这些欲萌出的芽儿无比单纯、无比珍贵，让人心里特别安静。

　　对行色匆匆的人来说，小小芽苞其实是不引人注目的。大千世界里，有几人能关注沧海一粟？然而，"一沙一世界，一叶一菩提"，静下心来，每个芽苞都能带来莫大的惊喜。临近年关，那些在春天开花的植物更是一时一个变化、一天一番气势。桃、杏、梨、李，这些植物的枝头上，如同召集了万千兵马，一色黑色服装，芽苞挺立，枪戟森严。樱花像在起跑线上的运动员一般，憋足了劲，一个个芽苞伸出两寸多长，密密麻麻地望空生长，没有丝毫冬天的寂寥。浅黄的丁香枝上，芽儿是对生的，像两只小鼠靠在巨大的茎上。紫薇很好玩，棕红色的枝上，紫黑的芽儿挤成一团，像受惊的刺猬撑起满身的刺。还有一种植物，大概是紫荆，它的芽儿像微缩版的玉米棒子，一粒粒支棱在梗上，很有蠢萌的喜气。一群喜鹊飞来，轻啄这些尚未萌出的花苞，大概是嫌弃壳太硬，便又飞走了。当然，这些热闹，被一层暗淡的色彩盖住了，离开它们三米就是另一个世界。"随柳参差破绿芽，此中依约欲飞花。"谁能想到，春天爆炸式的花团锦簇与热烈绚烂会在这儿有着神秘的约定呢！

现在，它们大都有着坚硬的外壳、冷漠的表情、暗淡的色彩，疮疤一般的印迹，很难吸引人的目光。当然，异类哪儿都有。冬天的石楠依旧盛妆，它的芽儿两三寸高，红彤彤的，在绿叶的衬托下，像盛开的花心。棣棠是灌木，一丛丛的，像竹子一般挺立，绿如翡翠，棕黄色的芽儿像大米般贴在干上。贴梗海棠则举着去年的黄色果实，在枝上一粒一粒地生出紫红的芽苞，不大，却很引人注目。在瑟缩的冬天里，它们带来了许多生气。

腊月将尽，年来了，它是人们心中冬与春的分界。一年来最为丰盛的年夜饭临近了，农人颤巍巍地走到桃树下，剪取带分叉的桃枝，在烛火的摇曳里，连同龙柏、竹枝一起祭祀在北方人家的家堂前。桃枝上的芽苞硕大饱满，还露出几许红意，和凝重的龙柏、青绿的翠竹一起构成人们心里重大的节日。城里花卉市场中，碧绿的富贵竹塔、染红的桃枝、泥巴裹胸的水仙球最是好卖，人们将它们置入一钵清水，或者干脆养上几头大蒜、一块白菜根，每天都盼着芽苞拱出，对来年就有了一个绿色的梦想。

春天，春天的芽苞会是怎样？冬天的脚步从这些芽苞上走过，它们依旧在寒风里沉默，依旧在冰雪中生长。这时的天空静穆、高远、明澈、通透，它们目送着冬天渐行渐远，等待着岁月新一轮起承转合的开始，等待着平平仄仄的铿锵韵律中那春的大幕缓缓拉开。

图书在版编目（CIP）数据

人在济南：众泉为我洗尘埃 / 施永庆著. — 济南：
济南出版社, 2020.6
（济南故事 / 杨峰主编）
ISBN 978-7-5488-4042-8

Ⅰ.①人… Ⅱ.①施… Ⅲ.①散文集—中国—当代
Ⅳ.①I267

中国版本图书馆CIP数据核字（2020）第013535号

人在济南：众泉为我洗尘埃
REN ZAI JINAN: ZHONGQUAN WEIWO XICHENAI

出 版 人：崔　刚
图书策划：郅　良　李　岩　张元立
责任编辑：姚晓亮　张伟卿　肖　震
封面设计：张　金
出版发行：济南出版社
地　　址：济南市市中区二环南路1号　250002
邮　　箱：ozking@qq.com
印 刷 者：济南新先锋彩印有限公司
经 销 者：各地新华书店
成品尺寸：170 mm×230 mm　1/16
印　　张：15
字　　数：200千字
印　　数：1—10000册
出版时间：2020年6月第1版
印刷时间：2020年6月第1次印刷
书　　号：ISBN 978-7-5488-4042-8
定　　价：75.00元